U0042668

跨時空的漢法文化對話

（下）差異與傳承

林志芸　主編

中央大學出版中心｜遠流

Sommaire

Préface

Le colloque « Dialogues culturels franco-chinois » a eu lieu les 8 et 9 octobre 2010 à l'occasion du 30e anniversaire du département de français de l'Université Nationale Centrale. C'était le premier de ce genre à Taiwan. Etant donné le nombre des communications (26 en tout), les questions abordées sont vastes et les thèmes divers : 5 panels ont été constitués – 1. Dialogue et influence, 2. Patrimoine, 3. Identité, aliénation, altérité, 4. Traduction, 5. Transmission et migration.

Ce receuil *Dialogues transculturels franco-chinois* (跨時空的漢法文化對話) contient 16 études issues du colloque, réparties en deux volumes selon la langue utilisée : le premier - *Influence et traduction* (影響與轉譯) , écrit en chinois, traite l'inter-influence entre des auteurs écrivant en langue chinoise et des écrivains français, ainsi que des problèmes de traduction en chinois d'ouvrages littéraires français : **Te-Yu Lin** met en parallèle deux poétesses Hu Pin-Ching et Anna de Noailles pour réfélchir sur la réception culturelle et littéraire dans la démarche créatrice des femmes écrivains; **Chi-Lin Hsu et Kai Sheng** comparent les stratégies narrative et stylistique chez Lai-He et Anatole France ; **Chia-Ping Kan** porte l'intérêt à la réflexion narrative de Balzac et de Cao Yueqin ; **Cheng-Sheng Weng** aborde le métissage des cultures orientale et occidentale dans le théâtre d'Antonin Artaud; **Wen-Hui Chang** étudie le thème de l' « éternité » dans Le Dit de Tianyi de François Cheng et dans l'album *La Vie Duale* de Chin-Lang Hou; **Chih-Yun Lin** explore des problèmes de la traduction en chinois du jeu de mots dans *La Double*

Inconstance et *Le Jeu de l'amour et du hasard* de Marivaux; **Chien-Wen Tsai** compare les rites des boissons alcoolisées des banquets chinois et français.

Le second volume - *Altérité et transmission* (差異與傳承) , écrit en français, examine la différence, la similitude, et la transmission des deux cultures et pensées en question: **Sylvain Menant** envisage « la sagesse des Chinois » que Montesquieu dégage de documentations sur la Chine pour l'application à la France; **Geneviève Artigas-Menant** travaille les aspects documentaire, philosophique et polémique du « mythe chinois » dans les écrits de Robert Challe et de Voltaire; **Paul Perron** se penche sur le problème de l'identité nationale dans le discours romanesque et historiographique québécois; **Yih-Ching Hsin** observe des points de rencontre entre la pensée et la sensibilité de Victor Segalen et la culture chinoise; **Hui-Yun Hsu** décrit des similitudes et correspondances entre proverbes français et chinois; **Jun-Pei Liao** souligne le conflit de la rencontre des mondes chinois et français dans *Le Combat pour le sol* de Victor Segalen; **Jean-Yves Heurtebise** s'intéresse aux possibilité et condition du dialogue culturel entre les deux civilisations; **Teng-Yueh Hong** montre l'influence de Madame Jeanne Proust sur la carrière de Marcel Proust; et enfin **Chao-Ying Lee** analyse la politique des arts dans *Les Mémoires concernant les Chinois* d'Henri Bertin.

Grâce à la participation des chercheurs de divers domaines, les thèmes de cet ouvrage se révèlent riches et variés. L'ensemble du travail ouvre de nombreux champs d'exploration à l'étude du dialogue entre les deux cultures.

Nous remercions tous les chercheurs et collègues de leur contribution au colloque et à ce recueil, en particulier l'assistante du département Michelle LIN, sans l'aide de laquelle toutes ces entreprises n'auraient pu être réalisées.

Chih-Yun LIN

Sagesse chinoise et politique française chez Montesquieu

Sylvain Menant *

Résumé

Montesquieu, fondateur de la science politique moderne au 18e siècle, a consacré son grand traité, *De l'Esprit des lois* (1748), à une vaste enquête sur tous les régimes politiques du monde, leur fondement et leurs lois. L'un des pays qui l'intéressent le plus est la Chine. Une récente édition de ses notes de lecture permet de mieux comprendre ses intentions. Il cherche à dégager de toute la documentation disponible à son époque des enseignements applicables à la France. Malgré ses réserves sur un régime qu'il juge despotique, il est loin de pratiquer, comme on l'a dit, une sorte de « sinophobie ». Il admire notamment la résistance de la Chine aux troubles et révolutions, le système des châtiments gradués, celui du mandarinat, le mode de collecte des impôts. Il met en valeur le rôle de « l'esprit général », un consensus dans tout l'empire chinois depuis des siècles autour de quelques principes fondamentaux, qui constitue « la sagesse des Chinois ».

Mots clés: Montesquieu, Chine, impôts, mandarinat, justice

* Professeur émérite à l'Université Paris-Sorbonne

On sait que la civilisation chinoise a fasciné le Siècle des Lumières français. La connaissance approximative qu'en avaient les intellectuels et le public cultivé a suscité une grande admiration, un désir d'imitation, surtout dans le domaine des arts décoratifs, et de multiples comparaisons avec les usages et les lois en vigueur en France. Le fondateur de la science politique dans son pays, Montesquieu, s'est vivement intéressé à la Chine comme ses contemporains, et spécialement aux lois, au système de gouvernement, aux mœurs et à l'économie de la Chine. Il en fait un des éléments de sa réflexion générale sur tous les régimes politiques du monde, leurs fondements et leurs lois, réflexion qu'il a développée dans son grand ouvrage publié en 1748, *De l'esprit des lois*[1]. Montesquieu tire ses informations sur la Chine des mêmes sources que tous ses contemporains: les lettres des missionnaires jésuites, la *Description de la Chine* du P. Du Halde publiée en 1735, le récit du voyage de l'amiral Anson mis en valeur par Voltaire, quelques témoignages de marchands européens. Mais Montesquieu est caractérisé par un esprit critique très développé, qui remet en question systématiquement les récits et les jugements de ses prédécesseurs. Il tient avant tout à l'indépendance de son esprit. D'autre part, la plupart des informations parviennent en France aux XVIIe et XVIIIe siècles par l'intermédiaire de la Société de Jésus. Montesquieu, élevé chez les Oratoriens, congrégation enseignante rivale des jésuites, se défie des entreprises de la compagnie de Jésus, et soupçonne que son témoignage sur la Chine est orienté de façon tendancieuse dans un sens favorable aux Chinois. L'auteur de *L'esprit des lois* exprime tant de réserves sur certains aspects de la civilisation chinoise qu'il a pu être taxé de « sinophobie »[2]: son attitude réservée contraste avec

1 Toutes les références à *De l'esprit des lois* (entre parenthèses dans le texte) renvoient à l'édition de Laurent Versini, Paris: Gallimard, coll. « Folio-Essais », 1995, 2 vol. (numéro du livre en chiffres romains et du chapitre en chiffres arabes, suivis du numéro du tome et de la page).

2 Voir Michele Fatica, « Le fonti orali della sinofobia di Ch.-L. Secondat de Montesquieu », *L'Europe de Montesquieu*,

l'enthousiasme de la plupart des écrivains de son temps et avec la vision philosophique qu'ils présentent du pays, de ses mœurs et de ses croyances. Ses réserves portent notamment sur l'état économique de la Chine. La prospérité extraordinaire dont parlent les missionnaires lui paraît peu vraisemblable, et sans doute limitée à quelques zones favorisées. Il est sceptique sur l'efficacité de la médecine chinoise, en rationaliste qui a cherché à partir des connaissances physiologiques pour établir les bases d'une médecine expérimentale. Mais surtout, il voit dans le système politique de l'Empire chinois une forme cynique du despotisme, dont il fait une analyse en profondeur dans *L'esprit des lois*, pour le condamner comme le pire des systèmes, même si les circonstances peuvent le rendre parfois inévitable et préférable à l'anarchie. Il reprend en la durcissant la formule qu'avait employée, malgré toute son admiration pour les Chinois, le P. Du Halde: « C'est le bâton qui gouverne la Chine » (VIII, 21, t. I, p. 281, note). Et si les conséquences de ce régime brutal ne sont pas catastrophiques sur tous les plans, c'est aux yeux de Montesquieu pour des raisons accidentelles, notamment les effets du climat qui corrigent ceux d'un mauvais gouvernement (VIII, 21, t. I, pp. 282-283). On est donc fondé à parler d'un jugement global plutôt négatif de l'auteur de *L'esprit des lois* sur la Chine, bien différent de l'enthousiasme et de l'admiration de ses contemporains.

Deux publications récentes permettent de nuancer cette « sinophobie » de Montesquieu . Une thèse d'abord, soutenue à l'Université de Nice sous la direction de Marie-Hélène Cotoni: le livre de Jacques Pereira qui en est tiré, publié en 2008 aux éditions de l'Harmattan, est intitulé *Montesquieu et la Chine*. Il synthétise, complète et rectifie les travaux plus anciens. Ensuite, les notes de lecture de Montesquieu ont fait l'objet d'une savante édition cri-

---

Cahiers Montesquieu n°2, pp. 395-409.

tique, sous le titre de *Geographica* (écrits sur la géographie) dans la collection des œuvres complètes de Montesquieu publiées à la Voltaire Foundation d'Oxford (tome 16, 2009) et maintenant par les Presses de l'ENS de Lyon. C'est notamment la façon dont Montesquieu fait un choix dans la *Description de la Chine* du P. Du Halde qui nous permet de comprendre le mouvement de sa pensée. L'idée qui nous guidera ici est celle d'un projet pratique de l'écrivain. Son seul but n'est pas de comprendre et de connaître un monde étranger au sien, ni de mettre en évidence le caractère particulier, et non universel, des choix français et, plus largement, occidentaux. Montesquieu songe aussi aux imperfections de la monarchie à la française, qu'il accepte mais qu'il passe au crible de son esprit critique. Son enquête sur la Chine est donc guidée par l'espoir de trouver dans ce pays lointain des idées de remèdes aux défauts de la politique, de la justice ou de l'économie françaises. En cela, il agit en bon citoyen, mais aussi en parlementaire d'Ancien Régime, qui se sent investi d'une mission de service public; il est, comme il le dit, un de ces « magistrats qui, ne trouvant que le travail après le travail, veillent nuit et jour pour le bonheur de l'empire » (XIII, 20, t. I, p. 439). Nous chercherons donc, dans *L'esprit des lois*, des propositions de réformes inspirées par l'exemple chinois, et appliquées ou applicables aux institutions françaises. L'hypothèse que je défendrai est que Montesquieu a trouvé en Chine, en tout cas dans la Chine telle qu'il la connaît ou se la représente, un modèle sur certains points pour la France moderne. Ce sera une contribution à l'étude de l'influence profonde que *L'esprit des lois* a exercée sur la pensée politique des élites françaises jusqu'à ce jour.

I. Du pouvoir

Le but final de la vaste entreprise de Montesquieu consiste, on le sait, à comprendre et faire comprendre la logique interne profonde de chaque type de gouvernement. Cette recherche et cette mise au clair doivent conduire chaque citoyen à mieux adhérer à l'esprit de la collectivité à laquelle il appartient. Mais elles doivent aussi apporter des améliorations à chaque régime, car chaque régime fonctionne de façon d'autant plus efficace que toutes les lois et toutes les pratiques sont davantage en harmonie avec le principe du « gouvernement », avec la logique interne du système politique auquel il appartient. Ainsi, une monarchie où certaines lois iraient contre la possibilité d'acquérir et de conserver de l'honneur risquerait de s'affaiblir, de connaître la décadence et finalement de disparaître au profit d'un régime plus brutal (c'est ce que montrait déjà, on s'en souvient, l'épisode des Troglodytes dans les *Lettres persanes*, et c'est ce que développe le livre VIII de *L'esprit des lois*, qui traite « de la corruption » des régimes politiques). La réflexion sur le régime politique établi en Chine renforce cette conviction chez Montesquieu, quelque préférence qu'il ait pour d'autres régimes. Voilà un vaste empire, aux dimensions et à la diversité incomparables avec celles du royaume de France, qui parvient à fonctionner de façon dans l'ensemble cohérente et à survivre à de multiples révolutions, conflits, luttes de succession. Ces réalités historiques ont retenu toute l'attention de Montesquieu, qui recopie (ou fait recopier, on ne sait) longuement, au fil de dizaines de pages, la succession des dynasties, des coups d'État, des assassinats qui jalonnent les siècles de l'empire chinois, tels que le P. Du Halde les raconte. La conclusion de cette enquête dans une histoire dramatique n'est pourtant pas un jugement sévère sur la violence des peuples, la médiocrité des héritiers, la fragilité du pouvoir. Tout au contraire, la conclusion met en vedette la stabilité d'un grand peuple qui compte beaucoup d'esprits profondément pénétrés des principes nationaux. Comme l'écrit Montesquieu résumant un paragraphe du P. Du Halde, « la Chine s'est toujours relevée des malheurs et des troubles par la sagesse de ses lois fondamentales » (*Geographica*, p. 207). Sans que la formule soit reprise explicitement dans *L'esprit des lois*, l'idée y est partout répandue: un petit nombre de lois fondamentales assure la pérennité d'un État. Pour employer une expression qui a fait couler récemment en France beaucoup d'encre et de salive, ces lois fondamentales se confondent avec l'identité nationale qu'elles définissent pour l'essentiel. Montesquieu fait partie d'un courant de réflexion historique qui en France traverse tout le XVIIIe siècle et qui, malgré la Révolution française, court jusqu'à nous. Avant Montesquieu, ou parallèlement à lui, de bons esprits comme le Président Hénault, Voltaire, le duc de Saint-Simon (qui écrivent en même temps que Montesquieu compose et publie *L'esprit des lois*) cherchent à dégager de l'histoire de France depuis le moyen âge jusqu'au règne de Louis XIV ces lois fondamentales du royaume qui en assurent la pérennité et la prospérité. C'est cette recherche qui fait l'unité profonde des grands travaux historiques et politiques que sont l'*Abrégé chronologique* de Hénault, *Le Siècle de Louis XIV* de Voltaire, les Mémoires de Saint-Simon – qui aboutissent d'ailleurs à des conclusions sensiblement différentes. Le cas de la Chine ne fournit pas à ceux qui veulent perfectionner le modèle de la monarchie française, admiré et imité dans toute l'Europe, des recettes magiques. Vu de près dans les documents les plus précis, « le merveilleux s'est évanoui » (VIII, 21, t. I, p. 282), au moins dans le regard critique d'un Montesquieu. Mais une fois dissipée l'image embellie d'un monde parfait, reste la confirmation de l'intuition fondamentale de toute la pensée de l'auteur de *L'esprit des lois*: c'est grâce aux lois, et spécialement aux lois fondamentales des États, qu'est assuré le bonheur des peuples.

Reste que certains aspects des institutions chinoises peuvent aider à améliorer le système français, si différents que soient les climats et l'esprit des nations, très influents selon Montesquieu. C'est le cas par exemple des mesures adoptées en Chine pour assurer l'obéissance des provinces les plus lointaines, dans un ensemble redoutablement étendu. Aux yeux des Français du XVIIIe siècle, le problème se pose aussi en France, tellement moins étendue que l'Empire chinois, mais faite de provinces aussi différentes alors que la Bretagne ou la Franche-Comté, marquée par des traditions, des parlers, des institutions locales souvent diverses. Dans le chapitre 15 du livre X de *L'esprit des lois*, Montesquieu souligne les « bons effets » d'une mesure mise en œuvre par le gouvernement chinois pour éviter les tensions entre Chinois et populations nouvellement annexées: l'établissement de corps de troupe mixtes, associant des soldats des deux origines. Cette idée n'était guère mise en pratique dans la monarchie française, où les régiments restaient ordinairement formés de recrues d'une même province. Mais le brassage sera une grande idée de la Révolution française, et restera jusqu'à la suppression, toute récente, de la conscription un idéal républicain aux efficaces retombées.

On s'attendrait qu'un autre trait caractéristique de la République française ait son origine dans les observations de Montesquieu sur la Chine. On voit dans ses notes de lecture sur la description de la Chine du P. Du Halde qu'il s'est vivement intéressé au système du mandarinat, décrit par Du Halde dans la seconde partie de son livre (*Geographica*, pp. 211-215). Du Halde, recopié par Montesquieu, souligne que les concours organisés dans tout l'empire permettent à des postulants de toute région d'occuper les emplois publics les plus importants, militaires comme civils. Il n'y a pas de noblesse héréditaire, à l'exception d'un tout petit cercle, et il n'y a pas non plus de vénalité des charges. Ce ne sont ni l'argent ni la naissance qui distinguent les Chinois, mais leurs qualités intellectuelles et leurs connaissances. On sait que dans la monarchie française, les charges sont à vendre et le plus souvent attribuées à des membres de la famille qui les détenait. Or ces pratiques sont concurrencées à la fin de l'Ancien Régime par la création des écoles militaires qui recrutent sur dossier, et elles vont être éclipsées à partir de la fin du siècle par un système de concours, d'abord dans les branches techniques (l'École royale des Ponts et Chaussées date de 1747, l'École des Mines de Paris de 1783), puis dans tous les domaines du savoir (l'École centrale, l'École normale et le Conservatoire des Arts et Métiers datent de 1794). Selon les formules de Fourcroy en l'an X, « la bonne conduite, l'attachement à leurs devoirs, les études fructueuses conduisent ceux des élèves qui seront les plus distingués à puiser dans les sciences ou dans les arts libéraux les moyens de parvenir à une profession honorable » (discours du 11 floréal an X). On est bien là à l'origine de ce qu'on appelle volontiers en France aujourd'hui la méritocratie, au sujet de laquelle on parle d' « ascenseur social ». Il est clair que cette organisation d'origine chinoise a marqué l'évolution de la France du milieu du XVIIIe siècle – moment où paraît *L'esprit des lois* – jusqu'à aujourd'hui. Il est clair aussi, les notes prises par Montesquieu en abondance à partir du livre de Du Halde sur cette question le montrent, que Montesquieu a été frappé par cette conception des élites toute différente de celle qu'il connaissait dans son pays. Étrangement, il n'en souffle mot dans *L'esprit des lois*. On peut supposer que la remise en cause d'un ordre social dont il bénéficiait lui-même l'a fait reculer: parlementaire, il a acheté sa charge à un parent. D'autre part, toute sa conception de la monarchie repose sur l'honneur, dont l'appartenance à un groupe héréditaire favorise à ses yeux la recherche. Peut-être n'a-t-il pas voulu faire l'éloge d'un système de sélection qui n'est pas en harmonie avec la logique interne de la monarchie – ni le critiquer tant il est séduisant et conforme à la loi naturelle, dont on sait qu'il la respecte dans tous les systèmes de gouvernement.

Montesquieu est moins embarrassé, on le voit, quand il s'agit de trouver dans le cas de la Chine une confirmation de son système de pensée politique. Contrairement à ce que prétendent des critiques, il affirme que la Chine est un État despotique. Mais la persistance et la cohérence de cet État met en lumière l'importance pour un gouvernement, quelle que soit sa nature, de se montrer fidèle à ses principes et à ses « lois fondamentales ». À cet égard, la leçon que la Chine donne à la France moderne, suivant la pensée de Montesquieu, est une leçon de fidélité: il est vain et dangereux de vouloir tout bouleverser. Dans un passage amusant du livre XIX, chapitre 6 (t. I, p. 569), Montesquieu s'écrie: « Qu'on nous laisse tels que nous sommes. Nos qualités indiscrètes, jointes à un peu de malice, font que les lois qui gêneraient l'humeur sociable parmi nous ne seraient point convenables ». « L'esprit général d'une nation » (XIX, 5, titre, t. I, p. 568) est le garant de sa pérennité.

II. De l'argent

Pour autant, Montesquieu ne se désintéresse pas des aspects techniques du gouvernement qui peuvent être imités d'un pays à l'autre sans que soient concernés l'esprit général de la nation ni les lois fondamentales qui constituent, on l'a vu, une sorte de sacré politique. Je ne retiendrai que deux problèmes qui restent posés aux Français depuis l'Ancien Régime jusqu'à aujourd'hui, et sur lesquels l'auteur de *L'esprit des Lois* fait des propositions précises. Il s'agit de la perception des impôts et de la réglementation du luxe.

On sait que les impôts et les taxes de toute espèce étaient collectés sous l'Ancien Régime par des sociétés privées nommées « les fermes ». Les plus grandes fortunes se bâtissaient sur les bénéfices de ces sociétés. Ce système a été abandonné au profit de la régie directe, où une administration publique est chargée d'exercer sans intermédiaire ce service public. Le débat autour de ces modes de perception de l'impôt n'était pas nouveau au milieu du XVIIIe siècle. Mais on peut penser que la netteté avec laquelle Montesquieu prend parti en faveur de la régie a joué un rôle décisif dans l'orientation vers le choix moderne. Or c'est l'exemple de la Chine qui permet à l'auteur de *L'esprit des*

Lois de conduire une analyse concluante. Dans le livre XII, chapitre 19, il expose avec admiration que « la régie est l'administration d'un bon père de famille, qui lève lui-même, avec économie et avec ordre, ses revenus » (t. I, p. 436). Dans ce domaine technique de la fiscalité, la distinction entre les systèmes de gouvernement s'efface. La régie est le mode de collecte de tous les états bien gouvernés, quelle que soit leur nature. Montesquieu le précise et insiste: « Dans la République, les revenus de l'État sont presque toujours en régie » (*ibid.*, t. I p. 437), et de même, dans une monarchie, « Par la régie, le prince est le maître de presser ou de retarder la levée des tributs, ou suivant ses besoins, ou suivant ceux de ses peuples [...] par la régie, il épargne au peuple le spectacle des fortunes subites qui l'affligent. Par la régie, l'argent va directement au prince, et par conséquent revient plus promptement au peuple. Par la régie, le prince épargne au peuple une infinité de mauvaises lois qu'exige toujours une avarice importune des fermiers » (*ibid.*, t. I, p. 436). Tout ceci constitue un projet pour la France, où le roi (« le prince ») reste soumis au bon vouloir des fermiers, c'est-à-dire des financiers concessionnaires de la collecte des impôts. Mais le modèle, l'exemple, vient des états despotiques, la Perse, et surtout la Chine, citée (*ibid.*, t. I, p. 437) comme un des « États despotiques » où les peuples sont infiniment plus heureux » car « la régie [y] est établie ». Dans ces analyses et cet éloge de la régie, on peut voir l'une des principales sources de sa généralisation dans la France moderne.

La question du luxe est moins indépendante de la réflexion sur les principes de gouvernement. En effet, on se souvient que Montesquieu justifie le développement du luxe dans la monarchie, parce qu'il contribue à l'honneur dont doit être entourée la noblesse, « corps intermédiaire » indispensable. Mais dans d'autres développements, Montesquieu réfléchit, de façon plus élémentaire et fondamentale, à la notion même de luxe et à son existence, inévitable, dans tous les régimes politiques. Faut-il faire des lois pour le réglementer? La réponse est positive, non par un rejet moral du luxe comme contraire à l'égalité ou à la justice, mais par un raisonnement de type économique. Quel que soit le régime, le luxe doit être modéré, ou réprimé, dès lors qu'il nuit à la survie des peuples: c'est ce que suggèrent les sages lois de la Chine, à en croire Montesquieu (livre VII, chap. 6) : « voilà l'esprit des belles ordonnances des empereurs chinois. "Nos anciens, dit un empereur de la famille des Tong, tenaient pour maxime que, s'il y avait un homme qui ne labourât point, une femme qui ne s'occupât point à filer, quelqu'un souffrait le froid et la faim dans l'empire [...]". Le troisième empereur de la vingt-unième dynastie, à qui on apporta des pierres précieuses trouvées dans une mine, la fit fermer, ne voulant pas fatiguer son peuple à travailler pour une chose qui ne pouvait ni le nourrir ni le vêtir » (VII, 6, t. I, pp. 241-242). Dans tous les régimes, une hiérarchie des besoins et des priorités s'impose, fondée sur la loi naturelle dont un des aspects est l'exigence de survie. La Chine est invoquée sur ce sujet de deux façons. Elle fournit l'exemple de « belles ordonnances » pour réduire le luxe et favoriser les productions économiques indispensables, ordonnances justifiées par une pression démographique constante que Montesquieu attribue aux particularités du climat. Mais aussi, second argument contre le luxe, l'histoire de la Chine montre, selon *L'esprit des Lois*, que c'est lui qui a entraîné en général la décadence et la chute des dynasties qui se sont adonnées peu à peu aux « délices » et aux « voluptés d'une vie de luxe (VII, 7, t. I, p. 243). À travers *L'esprit des Lois*, la Chine a donc inspiré une sorte de dirigisme économique qui est un trait marquant de l'histoire moderne de la France. Certes la France est depuis longtemps le pays par excellence des industries et du commerce de luxe, meubles, parfums, haute couture. Mais ces productions sont plutôt destinées à l'exportation qu'à la consommation intérieure. Et tout au contraire, les lois favorisant l'agriculture et la production des nourritures de base, l'existence ou la demande de taxation, une imposition en partie fondée sur les signes extérieurs de richesse jusqu'à une époque récente, toutes sortes de traits de l'histoire récente de la France montrent que la leçon que Montesquieu a trouvée dans les « belles ordonnances » des empereurs de Chine contre le luxe continue à être entendue et à former l'une des bases de la pensée politique collective de notre pays.

Les réflexions de Montesquieu sur le modèle chinois, dans le domaine de la fiscalité ou dans celui des édits somptuaires, mettent en évidence un certain empirisme du philosophe, à côté d'une rigoureuse pensée systématique. Cette pensée tend à opposer les types de « gouvernement » les uns aux autres et à écarter l'existence de ce que nous appelons aujourd'hui les « règles de bonne gouvernance » à usage universel. Mais à côté de cette pensée systématique, Montesquieu fait place à des observations de bon sens qui forment une sorte d'art de gouverner universel. Et ici la sagesse des Chinois, ainsi que leur longue expérience, qui surpasse celles de tous les autres peuples, est une source féconde de préceptes et de techniques dignes d'être partout imités.

Ⅲ. Des délits et des peines

Mais c'est dans le domaine des délits et des peines que l'observation de Montesquieu conduit le plus nettement à des conséquences sensibles dans la France contemporaine, la France d'aujourd'hui. Montesquieu, faut-il le rappeler, était un juge de formation et de profession. Ses connaissances et son expérience professionnelles le conduisaient à s'intéresser particulièrement au droit privé et au droit pénal. Les lois et la pratique des Chinois, si exotiques pour lui, ne pouvaient que susciter et nourrir sa réflexion.

Je m'arrêterai à une première question juridique, qui est celle des enfants nés hors mariage. Montesquieu s'intéresse à plusieurs reprises à la question de leur statut, car elle entraîne des conséquences importantes pour la vie des particuliers, mais aussi pour la santé de l'État. Au livre XXIII, chapitre 6, il traite de la situation « des bâtards dans les divers gouvernements » (t. II, p. 754). Comme il le fait sur tous les sujets, il distingue le cas des républiques, celui des monarchies et celui des états despotiques. Dans les républiques, il est nécessaire que les lois fassent un statut nettement inférieur aux bâtards en raison de l'ordre moral qui est indispensable dans ce type de gouvernement, « où il est nécessaire que les mœurs soient pures »; une plus grande tolérance est possible dans les monarchies. La situation des états despotiques n'est pas développée, mais c'est le cas particulier de la Chine qui est mis en avant. La bâtardise n'y est pas inscrite dans les lois. « On distingue les femmes en grandes et petites, c'est-à-dire en légitimes ou non, mais il n'y a point une pareille distinction entre les enfants. "C'est la grande doctrine de l'empire", est-il dit dans un ouvrage chinois sur la morale » (XXIII, 6, t. II, p. 754). Considérer que tous les enfants d'un même père ont la même mère, alors que l'usage en Chine autorise l'existence de concubines, c'est « une fiction », selon la formule de Montesquieu (XXIII, 5, t. II, p. 754), mais « à l'aide d'une telle fiction, il n'y a pas d'enfants bâtards » (*ibid.*). Les avantages démographiques peuvent être considérables. Sans aller contre les préjugés établis alors en France, Montesquieu, en s'appuyant sur l'exemple de la Chine, esquisse une évolution qui, après le coup d'arrêt du Code civil de Napoléon, conduira lentement à la législation actuellement en vigueur en France, où la légitimité de la naissance n'entraîne aucune supériorité de statut légal.

La prise de position prophétique de Montesquieu est cependant bien plus nette sur la question des peines que peuvent établir les juges. En professionnel de la justice, il sait que le but des lois pénales est de prévenir les crimes, plus encore que de punir justement les coupables. Parmi toutes les pratiques qu'il relève dans les codes, chez les historiens et dans les récits de voyageurs, celle des Chinois le retient particulièrement. Il est sceptique, et même très réservé, devant les lois chinoises qui permettent de punir tous les membres de sa famille en même temps que le coupable. « C'est la fureur despotique qui a établi que la disgrâce du père entraînerait celle des enfants et des femmes. Ils sont déjà malheureux sans être criminels » (XII, 30, t. I, pp. 413-414). Mais il fait réfléchir ses lecteurs sur une question plus incertaine: les parents doivent-ils être punis lorsque leurs enfants commettent des fautes? Au livre VI, chapitre 20 (t. I, p. 228), Montesquieu pose la question, parce que cette pratique existe en Chine. « On punit à la Chine les pères pour les fautes de leurs enfants ». Il prend tout d'abord ses distances avec cette règle: « Ceci est encore tiré des idées despotiques ». En effet, le sentiment de l'honneur, propre aux sujets des monarchies, ne peut pas exister dans un état despotique. Mais l'analyse qu'il propose de la différence entre Chine et France ouvre la porte à une évolution. « Parmi nous, les pères dont les enfants sont condamnés au supplice [...] sont aussi punis par la honte, qu'ils le seraient en Chine par la perte de la vie » (*ibid.*). C'est que la France du temps de Montesquieu est une monarchie, régime fondé sur le sentiment de l'honneur; et la perte de l'honneur (c'est-à-dire de la considération) entraîne une honte, une dévalorisation de soi, proprement insupportable. Mais si la France cesse d'être une monarchie, le sentiment de l'honneur cesse d'être au centre des relations sociales, et donc la honte des pères de fils coupables cessera aussi d'être un véritable châtiment. C'est alors que la justification de la pratique chinoise de punir les parents devient une bonne justification pour introduire une responsabilité effective, et donc un châtiment, des pères: « On punit à la Chine le père pour n'avoir fait usage de ce pouvoir paternel que la nature a établi, et que les lois même y ont augmenté » (*ibid.*, p. 228). On sait qu'après un long règne exclusif de la responsabilité individuelle affirmée par le code Napoléon et encore renforcé par toute la législation du XXe siècle, un mouvement se dessine aujourd'hui en France pour infliger aux parents des peines pécuniaires ou afflictives lorsque leurs enfants commettent des crimes ou des délits. L'exemple le moins grave est celui de l'absentéisme scolaire: depuis peu, les parents se voient infliger des peines financières quand leurs enfants ne paraissent pas à l'école. C'est, à travers bien des intermédiaires, dont l'un des plus influents est *L'esprit des Lois*, une application du modèle chinois à la société française moderne.

Sur un autre problème, Montesquieu tire du modèle chinois des propositions pour améliorer le système judiciaire français. Il s'agit de la proportion des délits et des peines. On sait que depuis surtout le célèbre livre du jurisconsulte italien Beccaria (1764), cette question est devenue un des thèmes majeurs de la philosophie des Lumières. C'est en particulier le modèle chinois qui nourrit la réflexion de Montesquieu sur ce sujet. Le chapitre 16 du livre VI (t. I, pp. 223-224) s'intitule « De la juste proportion des peines avec le crime ». Il y expose un cas qu'il a dû rencontrer quand il présidait une des chambres du Parlement de Bordeaux. Il s'agit d'un cas banal dans la France d'autrefois: « C'est un grand mal, parmi nous, de faire subir la même peine à celui qui vole sur un grand chemin et à celui qui vole et assassine [...]. À la Chine, les voleurs cruels sont coupés en morceaux, les autres non: cette différence a fait que l'on y vole, mais qu'on n'y assassine pas » (*ibid.*, p. 224). L'exemple que donne la législation chinoise est indépendant de la nature du régime politique. C'est d'un point de vue pragmatique, soucieux d'efficacité, que Montesquieu propose cette réforme des lois françaises: « Il est visible que, pour la sûreté publique, il faudrait mettre quelque différence dans la peine » (*ibid.*). Cette réflexion est de celles qui ont été mises en œuvre dans le code Napoléon et depuis lors, de façon de plus en plus précise, en nuançant les peines. Si Montesquieu n'est pas le seul à promouvoir des changements de ce type, il reste que l'exemple de la Chine constitue un argument dans un combat qui prendra du temps pour aboutir.

On s'en tiendra à ces quelques exemples pour définir la démarche de Montesquieu, observateur des institutions chinoises et penseur de la meilleure justice possible. En professionnel du droit, il distingue ce qui relève de la cohérence interne d'un système politique et ce qui a une portée pratique et des conséquences heureuses quel que soit le type de gouvernement.

Conclusion

En conclusion de ces quelques aperçus sur le rôle de la Chine dans *L'esprit des Lois*, on ne saurait totalement remettre en question l'opinion commune qui fait de Montesquieu un « sinophobe ». Il est incontestable qu'il ne partage pas l'admiration enthousiaste de la plupart de ses contemporains cultivés pour la civilisation chinoise. Mais on ne saurait en conclure qu'il porte sur elle un jugement globalement négatif. L'édition récente de ses notes de lecture montre quel intérêt vif et approfondi il porte aux réalités, à l'histoire, aux idées de la Chine. Il fait un inventaire et dans cet inventaire il fait un tri. La pensée systématique est chez Montesquieu essentielle; le plan même qu'il a choisi pour *L'esprit des Lois* le montre bien, puisqu'il commence par les conclusions les plus abstraites de sa grande enquête dans l'histoire et les institutions du monde connu, la théorie des trois gouvernements et la présentation de leur principe. Or, dans cette perspective systématique, il ne peut que porter un jugement sévère sur le gouvernement chinois qu'il analyse comme un despotisme dans le sens qu'il donne à ce mot, un régime où « un seul, sans loi et sans règle, entraîne tout par sa volonté et par ses caprices » (II, 1, t. I, p. 97). Cette question de la nature du gouvernement de la Chine lui tient assez à cœur pour qu'il revienne sur ce sujet dans plusieurs chapitres du livre XIX (16, 17, 18, t. I, pp. 579-583). C'est que la Chine présente le cas exceptionnel d'un despotisme où il existe des lois, mais il n'en est pas moins un despotisme, « un état despotique dont le principe est la crainte » (VIII, 21, t. I p. 284 – c'est la fin de la première partie). Dans la hiérarchie des types de gouvernement qu'a établie Montesquieu, la Chine appartient donc au groupe des régimes les moins désirables. Mais cette position de principe n'empêche pas le philosophe politique d'admirer, dans son genre, le système politique chinois. Comme il l'écrit, « des circonstances particulières, et peut-être uniques, peuvent faire que le gouvernement de la Chine ne soit pas aussi corrompu qu'il devrait l'être » (selon la théorie du despotisme établie par Montesquieu (VIII, 21, t. I, p. 282). La « sagesse des lois » et la nécessité de prévenir des désordres toujours menaçants ont obligé les empereurs à développer « un grande attention » (*ibid.*, p. 284) aux besoins de la population, ce qui est la marque d'une sagesse politique (XIV, 5, t. I, p. 452). Le gouvernement des Chinois a su lutter contre la tendance naturelle à l'inaction dans un climat où la chaleur est « excessive » (*ibid.*, p. 451). C'est le sens de cette « bonne coutume » qui veut que l'empereur sacrifie chaque année à la « cérémonie d'ouvrir les terres » par une séance solennelle de labourage (XIV, 8, t. I, pp. 453-454). La nature du gouvernement est indéfendable. Mais à l'intérieur de ce régime, et le rendant supportable, existent de bonnes lois, qui méritent d'être imitées en France. On a vu que c'est le cas pour le choix de la régie, ou celui des peines diversifiées selon la gravité des crimes et délits. Ainsi la politique française moderne a pu s'enrichir des analyses qu'a diffusées *L'esprit des Lois*. Le modèle chinois, dans ce qu'il a de meilleur aux yeux de Montesquieu, n'est d'ailleurs pas la création de quelques grands hommes d'État. Il est le fruit de « l'esprit général » des Chinois, cet ensemble collectif de principes moraux, comme le respect des pères, de manières, comme cette civilité qu'on trouve même dans les milieux populaires, et de traditions culturelles (XII, 29, t. I, p. 413 et XIX, 19, t. I, p. 584; XIX, 4 et 13, t. I, p. 567 et 576; XIX, 17, t. I, p. 581).

En somme, ce qu'admire Montesquieu, ce n'est pas le système politique, qu'il condamne tout en reconnaissant qu'aucun autre n'aurait permis la survie et l'unité de cet immense pays. Ce qu'il admire, c'est une mentalité généralement répandue, transmise pendant des siècles de génération en génération, la sagesse des Chinois.

Bibliographie

Montesquieu, *De l'esprit des lois*, éd., Laurent Versini, Paris: Gallimard, coll. « Folio-Essais », 1995, 2 vol.

Montesquieu, *Geographica*, dans *Œuvres complètes*, Oxford: Voltaire Foundation, t. 16, 2009.

Fatia, Michele, « Le fonti orali della sinofobia di Montesquieu », *Cahiers Montesquieu*, n°3, 1995, *L'Europe de Montesquieu* .

Pereira, Jacques, *Montesquieu et la Chine*, Paris: L'Harmattan, 2008.

Le mythe chinois dans la critique antireligieuse des Lumières françaises

Geneviève Artigas-Menant *

Résumé

Parmi les arguments de la critique antireligieuse développée au XVIIIe siècle en France, le relativisme tient une grande place. Il prend ses exemples dans tous les pays, tous les cultes, tous les peuples mais particulièrement en Chine. À partir d'une connaissance fondée essentiellement sur les récits de voyage, notamment les correspondances des missionnaires, se construit un véritable « mythe chinois » dont on étudie ici, à partir de textes divers, trois aspects principaux: documentaire, philosophique et polémique.

Les articles CHINE et CONFUCIUS du *Grand Dictionnaire historique* de Moreri, qui étudient la Chine comme réalité historique et géographique, illustrent l'aspect documentaire. Voltaire développe l'aspect philosophique, notamment dans l'*Essai sur les mœurs*, en prenant la Chine comme modèle social, moral, politique et religieux, bref comme modèle de sagesse. On voit alors comment la Chine devient un prétexte à la propagande antireligieuse. Cet aspect polémique du mythe chinois se trouve déjà dans le traité déiste de Robert Challe, « manuscrit philosophique clandestin » rédigé vers 1710, les *Difficultés sur la religion proposées au Père Malebranche*. La Chine, représentée à la fois par la sagesse populaire, par l'autorité de l'empereur, par Confucius et le Confucianisme, fournit un arsenal d'arguments à la critique de la religion catholique, thème majeur de la philosophie des Lumières en France.

* Professeur émérite à l'Université Paris-Est Créteil

Dans le *Dictionnaire philosophique portatif*, Voltaire tire parti des matériaux rassemblés par des générations d'admirateurs du monde chinois et d'esprits violemment critiques.

Mots clés: Challe (Robert), Chine, Lumières, « Manuscrits philosophiques clandestins », Voltaire

« Ce serait une chose assez curieuse qu'une Relation de l'Occident composée par un Japonais, ou par un Chinois, qui aurait vécu plusieurs années dans les grandes villes de l'Europe. On nous rendrait bien le change[1] ». J'emprunte au *Dictionnaire historique et critique* de Pierre Bayle ce propos liminaire parce qu'il résume parfaitement la théorie à la fois relativisante et critique à l'égard de l'Europe qui n'a cessé de se développer au Siècle des Lumières. Son contexte est intéressant pour en comprendre la signification, la portée et l'influence. La phrase corrosive et provocatrice se trouve dans la remarque A) de l'article « JAPON », dès la première édition. Elle vient après une citation du *Journal des Savants* du 18 juillet 1689 portant sur les bonzes:

> Les Bonzes font profession de vivre dans le célibat. Mais ils ne le gardent pas toujours fort exactement. Ils s'abstiennent de chair et de poisson, se rasent la barbe et les cheveux et cachent leurs débauches sous l'apparence d'une vie austère [...]. Leur plus grand profit est d'enterrer les morts. Le peuple, persuadé qu'en l'autre vie les âmes de leurs parents peuvent tomber en quelque nécessité, n'épargnent rien pour leur procurer le soulagement que les Bonzes leur promettent moyennant de grosses aumônes[2].

Le commentaire critique qui suit immédiatement la citation est éloquent et révélateur:

> Le célibat mal observé, les tromperies cachées sous les apparences d'une morale rigide, le profit des enterrements, le secours envoyé aux âmes séparées du corps, fourniraient beaucoup de comparaisons. Je suis persuadé que plu-

1 Pierre Bayle (1647-1706), *Dictionnaire historique et critique* (1696, daté de 1697), article JAPON, remarque A, 5ème édition, 1740, vol. II, p. 831.

2 *Journal des Savants* du 18 juillet 1689, édition de Hollande, p. 492, 493.

sieurs personnes n'ont pu lire les extraits de Mr Cousin[3] sans s'écrier intérieurement « c'est comme chez nous ».

Le procédé consiste à comparer les mœurs, surtout et le plus souvent, comme ici, les comportements religieux, pour renvoyer dos à dos les catholiques romains et les peuples lointains que leur ont fait découvrir les grandes expéditions récentes et qu'ils veulent évangéliser. Pierre Bayle l'explique et le justifie:

> Les Missionnaires qui vont aux Indes en publient des relations, où ils étalent les faussetés et les fraudes qu'ils ont observées dans le culte de ces Nations idolâtres. Ils s'en moquent, mais ils ont à craindre qu'on ne les fasse souvenir du *quid rides*[4]; ou du reproche que méritent, et des représailles à quoi s'exposent ceux qui méconnaissent leurs défauts, et découvrent avec la dernière sagacité les vices d'autrui.

Avant même l'incitation théorique de Pierre Bayle, dès 1684, un journaliste italien qui séjournait alors à Paris, Jean Paul Marana[5], a mis à la mode avec succès ce procédé caricatural dans son *Espion turc*, où il fait la satire des mœurs européennes, sous l'apparence de lettres secrètes destinées au Sultan et traduites de l'Arabe. On sait que le succès a été encore plus grand lorsqu'en 1721 Montesquieu a repris la fiction du voyageur naïf dans son roman

---

3 Louis Cousin (1627-1707) directeur du *Journal des Savants* de 1687 à 1702.

4 Horace, *Satire* I, livre 1, v. 69-70: « *Quid rides? Mutato nomine de te fabula narratur* » « Pourquoi ris-tu? Sous un nom d'emprunt c'est ton histoire qui est racontée ».

5 Giovanni Paolo Marana (1642-1693), *L'esploratore turco* ou *L'espion du grand Seigneur*, 1684, publié à Paris en même temps en italien et en français, connu aussi sous le titre: *L'espion dans les cours des princes chrétiens ou Lettres et mémoires d'un envoyé secret de la Porte dans les cours d'Europe* (édition de1739).

épistolaire, les *Lettres persanes*[6]. L'idée fondamentale de ce système de renversement des points de vue est de présenter aux Européens une image inversée d'eux-mêmes, plus ou moins fantaisiste, et de les obliger à envisager, par l'imagination, qu'ils ne sont pas au centre du monde et ne détiennent pas la vérit absolue. Ils deviennent ainsi, fictivement, à leur tour, objet de découverte et d'étonnement de la part de ceux qu'ils considéraient jusque-là comme des étrangers aux mœurs bizarres. On le voit, cet effet artificiel de miroir vise à provoquer une distanciation forcée qui conduit infailliblement à la critique.

Il est clair que ces fictions volontiers subversives ont leur origine dans une information a priori objective mais susceptible d'interprétations diverses. Les voyages d'Européens vers les continents éloignés, les correspondances, les récits, procurent aux érudits une vaste documentation en même temps qu'ils nourrissent l'imagination collective. Au milieu de ce très riche foisonnement, la Chine fournit une importante réserve de sujets. À partir d'une connaissance fondée essentiellement sur les récits de voyage, notamment les correspondances des missionnaires, se construit, dans l'imaginaire littéraire et philosophique, un véritable « mythe chinois » subversif.

Pour essayer de comprendre comment ce mythe s'est construit, nous en étudierons successivement trois aspects. Nous observerons comment la Chine, de réalité historique, aspect documentaire, est devenue modèle de sagesse, aspect philosophique, puis élément de propagande antireligieuse, aspect polémique.

6 Il aura des imitateurs, notamment Jean-Baptiste de Boyer, marquis d'Argens (*Lettres chinoises*, 1739) et Ange Goudar (*L'Espion chinois*, 1766).

I. Aspect documentaire: la réalité historique

On sait combien les réalités de la Chine, son histoire, ses mœurs, sa politique, sa philosophie, ses cultes religieux passionnèrent ses visiteurs et notamment les nombreux jésuites qu'elle attira dès la fin du XVIe siècle. Je passerai très rapidement sur cet aspect documentaire bien connu. Je veux seulement évoquer un témoignage bibliographique particulièrement parlant: la comparaison de l'article « Chine » dans deux éditions différentes du *Grand Dictionnaire historique* de Moreri. La première édition de ce dictionnaire, en un volume *in folio*, date de 1674 et elle est la seule à avoir été publiée du vivant de son auteur qui est mort en 1680 alors qu'il en préparait la seconde édition en deux volumes, parue en 1681. Son succès fut tel que vingt éditions lui succédèrent, augmentées, à partir de la cinquième, par des auteurs différents, ce qui n'empêcha pas le dictionnaire de continuer à porter le nom de Moreri. La vingt-et-unième édition, en 1759, comporte vingt volumes. Je voudrais tirer quelques leçons de la comparaison entre les deux articles « Chine », celui de la troisième édition, celle de 1683, encore entièrement due à Moreri et la vingt-et-unième, celle de 1759, fruit de toutes les augmentations successives[7]. Ces deux dates représentent assez bien les *terminus, a quo et ad quem*, de l'élaboration progressive de ce que j'ai appelé le « mythe chinois » subversif. La troisième édition, posthume mais due, je le répète, à Moreri lui-même, accorde un peu plus de deux pages à l'article Chine. La vingt-et-unième lui en consacre quatorze. Moreri s'est contenté de cinq courtes rubriques: « Situation et division de la Chine », « Qualités du Pays », « Inclinations et coutumes des Chinois », « Le Gouvernement », « La

7 Louis Moreri (1643-1680), *Le Grand Dictionnaire historique*, 3ème édition, Lyon, 1683, t. I, pp. 880-882; 21ème édition, par Étienne-François Drouet, nouvelle édition dans laquelle on a refondu les suppléments de M. l'abbé Goujet, Paris, Libraires associés, 1759, t. III, pp. 623- 636.

Religion » . La bibliographie, réduite à une énumération, tient en deux lignes et demie: « Trigaut et Semeno, *Relat[ions] de la Chine.* Iarric, Mendoza, Maffée, Martin Martiny, Palafos, De Rhodes, Sanson, Kirker, etc.[8] ».

De ces auteurs, l'édition de 1759 ne retient, sous la rubrique finale intitulée « auteurs qui parlent de la Chine » , que Martino Martini et Kircher, mais elle ajoute des précisions et plusieurs autres noms et titres:

> Le P Martin Martini, *description de la Chine, dans le recueil de Thévenot, vol. III.* Le P. Grueber, *voyage de la Chine, dans le même recueil, vol. IV.* Ample description de la Chine, par le P. Athanase Kircher qui parut *in-fol.* à Amsterdam, l'an 1666, en latin, et en 1667 en français. Le P. Couplet, jésuite, *carte de la chine etc. Confucius sinarum philosophus.* Le P. Le Comte dans ses *Mémoires.* Nikiposa, moscovite, *relation de la Chine.* Renaudot, *relation des Indes et de la Chine.* Le recueil donné par les jésuites, sous le titre de *Lettres édifiantes des missionnaires, etc*[9].

8 Nicolas Trigault (1577-1628), jésuite français, missionnaire en Chine, *Histoire de l'expédition chrétienne au royaume de la Chine entreprise par les PP. de la compagnie de Jésus*, traduction française (1716) du latin (1715) ; Alvarez Semedo (*ca* 1586-1658), jésuite portugais, *Histoire universelle du grand royaume de la Chine* (1642) ; Pierre de Jarric (1566-1617), jésuite français, *Histoire des choses plus memorables advenues tant ez Indes orientales que autres païs de la descouverte des Portugais*; Juan Gonzalès de Mendoza (*ca* 1540-1617), missionnaire espagnol de l'ordre des Augustins en Chine, *Histoire du grand Royaume de la Chine*; Giovanni Pietro Maffei (*ca* 1533-1603), jésuite italien, *L'histoire des Indes orientales et occidentales*; Martino Martini (1614-1661), missionnaire jésuite en Chine, *Histoire de la Chine* (en latin), *Relation de la guerre tartare en Chine* et *Atlas de la Chine*; Jean de Palafox de Mendoza (1600-1659), évêque espagnol au Mexique, *Histoire de la conquête de la Chine par les Tartares*; Alexandre de Rhodes (1591-1660), missionnaire jésuite français en Cochinchine et au Tonkin, *Divers voyages et missions du père Alexandre de Rhodes de la Compagnie de Jésus en la Chine et autres royaumes de l'Orient, avec son retour en Europe par la Perse et l'Arménie*; Nicolas Sanson d'Abbeville (1600-1667), cartographe, carte de l'Asie dans *Cartes générales de toutes les parties du monde*; Athanase Kircher (1601-1680), jésuite allemand orientaliste doué d'un esprit encyclopédique mais qui n'est pas allé en Chine et ne sait pas le chinois, *China monumentis illustrata*.

9 Melchisedech Thévenot (*ca* 1620-1672), physicien français, compilateur de voyages à qui l'on doit des *Relations de divers voyages* (1663-1672) ; Johann Grueber (1623-1680), jésuite autrichien, astronome, missionnaire en Chine et grand voyageur; Philippe Couplet (1629-1693), jésuite brabançon, missionnaire en Chine, commentateur enthousiaste de la philosophie de Confucius; Louis-Daniel Le Comte (1655-1728), jésuite français, *Nouveaux Mémoires sur l'état présent de la Chine, 1687-1692*, texte établi, annoté et présenté par Frédérique Touboul-Bouyeure, dans *Un Jésuite à Pékin*, Paris: Phébus, 1990; Nikiposa, [voyage depuis Moscou capitale de Moscovie jusqu'à Pékin, capitale de

On le voit, les continuateurs de Moreri ne se sont pas contentés de mettre à jour la bibliographie, ils l'enrichissent et la complètent de façon importante.

Mais c'est surtout le texte dont les transformations sont très significatives. Il n'est ni possible ni utile ici de détailler les différences. On se doute que pour passer de deux à quatorze pages, l'article Chine a reçu de très nombreuses additions, ponctuelles ou développées. L'examen de certaines augmentations permet rapidement de comprendre quelques principes généraux de la méthode. L'éditeur de cette dernière et nouvelle édition, Étienne-François Drouet (1715-1779), avocat au Parlement de Paris et bibliothécaire des Avocats, a une véritable spécialité de rééditions savantes dans des domaines divers. Ses remaniements vont ici tous dans le sens, non pas de l'érudition gratuite, mais de l'utilisation de l'érudition à des fins pratiques, avec un souci visible de l'actualisation et du passage à l'action. Son information est explicitement fondée sur la documentation la plus récente, propice à une réflexion personnelle du lecteur sur les différences entre les peuples. Les transformations de l'article correspondent à des nécessités logiques, pédagogiques et techniques. L'influence de la méthode encyclopédique de Diderot et d'Alembert, en œuvre depuis neuf ans, est évidente. Il est clair, en lisant l'article, qu'il est destiné, comme ceux du célèbre *Dictionnaire raisonné des sciences, des arts et des métiers*, à faire comprendre les conditions, les difficultés, les avantages, politiques et économiques, des relations entre la France et la Chine. Ainsi s'expliquent les parties ajoutées. Le chapitre « Qualités du pays » est inchangé, mais il est séparé du chapitre « Inclinations

la Tartarie septentrionale ou moscovite] relation imprimée dans le *Mercure galant* de septembre 1687; Eusèbe II Renaudot (1646-1720), théologien et orientaliste, *Anciennes Relations des Indes et de la Chine de deux voyageurs mahométans qui y allèrent dans le neuvième siècle; traduites de l'arabe, avec des remarques sur les principaux endroits de ces relations*, 1718.

et coutumes », lui-même fortement remanié, par trois nouveaux chapitres plus techniques, « Richesses de la Chine », « Affluence de peuple dans la Chine », « Édifices de la Chine » , qui, tous les trois, évoquent des aspects entièrement absents de l'article de 1683, touchant aussi bien à l'économie et au commerce qu'à la philosophie. D'autres additions s'accompagnent d'une modification du plan. L'interversion des chapitres religion et gouvernement s'explique en effet sans doute par l'augmentation importante de ce chapitre, grossi de quatre nouvelles rubriques: « Gouvernement des villes » , « De l'empereur ou du roi de la Chine avant l'invasion des Tartares » , « Du roi tartare de la Chine » , « Suite chronologique des rois et empereurs de la Chine » . Mais ce déplacement n'empêche pas le sujet de la religion de prendre une importance considérable[10]. En outre on revient au sujet un peu abruptement à la fin de la rubrique sur le roi tartare. De façon inattendue, la formule « À l'égard de la religion » introduit deux éléments d'information complémentaires, un élément descriptif: « Il y a trois principales sectes, savoir celle des savants qui adorent un premier être qu'ils nomment *Xanthi*; celle des nobles et du peuple qui font des sacrifices au bon et au mauvais esprits; et celle des bonzes qui sont de vrais idolâtres » et un élément historique:

> L'on a longtemps disputé sur la religion et les rites des Chinois. Il y a eu des missionnaires qui ont prétendu qu'ils adoraient le vrai Dieu, et qui ont cru que quelques-unes des cérémonies qu'ils faisaient en l'honneur de leurs ancêtres et de Confucius pouvaient être tolérées et même pratiquées par des chrétiens. Mais cette contestation a été terminée par les décrets du pape Clément XI du 20 novembre 1704 et du 25 septembre 1710.

10 Le chapitre qui lui est consacré passe en effet de 30 lignes à 188, insistant sur l'importance des nouvelles données apportées par les travaux récents.

La conclusion de cette courte digression est aussi abrupte que son introduction. Le dictionnaire livre les faits, il les accumule, il les juxtapose avec la plus grande précision et la plus grande objectivité possibles. Il expose les témoignages, dépouille les documents, exploite les progrès de l'information. Au lecteur de se faire une opinion.

On pourrait multiplier les exemples de ce genre qui permettent de mesurer à la fois l'évolution des connaissances, la richesse de la documentation et le développement de l'intérêt intellectuel porté à la Chine au cours du XVIIIe siècle. C'est que précisément la Chine offre à l'homme des Lumières un objet de réflexion de choix. Elle apparaît comme un parfait modèle de sagesse, c'est l'aspect philosophique du mythe que nous allons maintenant étudier.

II. Aspect philosophique: le modèle de sagesse

Là encore la confrontation des deux éditions déjà mentionnées du *Grand Dictionnaire historique* de Moreri est éclairante. Confucius est totalement absent, même de nom, de l'article CHINE des premières éditions. Il y est présent par plusieurs allusions bien placées en 1759. On a l'impression qu'en 1683, il y a une dissociation totale entre la pensée de Confucius, à qui est cependant consacré un article de vingt-sept lignes, et son pays, dissociation systématique entre la philosophie d'un côté et l'histoire et la géographie de l'autre. Cette attitude intellectuelle est intéressante. À la fin du XVIIe siècle, la philosophie n'est pas encore le prisme à travers lequel l'homme, la nature, la société sont observés. On peut s'intéresser à la Chine, à ses reliefs, à sa population, à sa politique, à ses mœurs, à sa religion même, sans y mêler la doctrine d'un philosophe, si célèbre soit-il. Au milieu du XVIIIe siècle, au contraire, la philosophie est la référence absolue de ceux qu'on appelle, non sans raison, les « philosophes des Lumières ». L'intérêt pour la Chine, dont témoignent aussi l'abondance et le rythme des publications diverses à son sujet, est absolument indissociable de l'intérêt pour Confucius dont la philosophie, ou plutôt l'interprétation qu'en donnent les Européens, devient peu à peu le symbole dominant. Ainsi, non seulement l'article CONFUCIUS est considérablement développé[11], mais l'article CHINE ne manque pas de signaler le lien étroit entre la religion du pays et son philosophe le plus célèbre[12]. Il consacre même le tiers de la très courte rubrique « Édifices de la Chine » à une curiosité: « il n'y a guère de ville ni de cité qui n'ait un collège de Confucius, célèbre philosophe des Chinois, où plusieurs professeurs enseignent la morale de ce docteur à un grand nombre d'étudiants; on remarque qu'il ne se trouve aucune idole dans ces collèges »[13]. Cette attitude n'est évidemment pas propre aux dictionnaires. On assiste ainsi peu à peu à une association grandissante, voire à une assimilation, de la Chine et du confucianisme qui tend à faire du peuple chinois un peuple de philosophes, donc peuple exemplaire.

Depuis Saint-Simon qui parle des « artificieuses relations de leurs missions diverses »[14], le rôle déterminant des jésuites, notamment des *Lettres édifiantes et curieuses*, et de la *Description géographique, historique, chronologique, politique et physique de l'empire de la Chine et de la Tartarie chinoise* (1735) de Jean-Baptiste Du Halde[15], dans cette interprétation, favorable jusqu'à la

11 Il passe de 27 lignes en 1683 à 146 lignes en 1759, Moreri, *Grand Dictionnaire historique*, 1759, t. IV, pp. 38-39.

12 Par exemple, *Ibid.*, t. III, p. 626: « Voyez CONFUCIUS, au sujet du culte des Chienois ». Voir Nguyên Thê Anh, E.P.H.E. (Sciences Historiques et Philologiques), *L'Asie Orientale et Méridionale aux XIXe et XXe siècles* (en collaboration avec Harmut Rotermund, Alain Delissen, François Gipouloux, Claude Markovits), Paris: Presses Universitaires de France, Collection « Nouvelle Clio », 1999. « Confucius et le confucianisme », le 19 février 2009, larevuedesressources.org

13 Moreri, *Grand Dictionnaire historique*, 1759, t. III, p. 625.

14 Saint-Simon, *Mémoires*, éd. Yves Coirault, Paris: Gallimard, Bibliothèque de la Pléiade, t. IV, 1985, p. 916.

15 *Lettres édifiantes et curieuses écrites des missions étrangères par quelques missionnaires de la Compagnie de Jésus*, Paris: 1702-1776, 34 volumes; Jean-Baptiste Du Halde (1674-1743), *Description géographique, historique, chronologique,*

partialité, est bien connu. Je ne reviendrai pas sur ce phénomène qu'a parfaitement analysé Virgile Pinot[16] et je me contenterai de citer la conclusion de son commentaire:

> Le P. du Halde reste malgré tout [à l'époque] une source importante pour la connaissance de la Chine ancienne et moderne, d'ailleurs la seule qui soit accessible. Mais cette source n'est pas absolument pure, les philosophes qui y puiseront verront les Chinois, de gré ou de force, à travers les idées des jésuites.

C'est précisément cela qui nous intéresse et sur quoi je veux insister, c'est la coïncidence et la convergence paradoxale d'intérêts profondément divergents.

Il est remarquable en effet que Voltaire ait consciencieusement puisé sans broncher à cette source jésuite qui n'était pas *a priori* faite pour attirer son indulgence et dont il fait, dans *Le Siècle de Louis XIV*, le très célèbre éloge: « Duhalde (Jean-Baptiste), jésuite, quoiqu'il ne soit point sorti de Paris et qu'il n'ait point su le chinois, a donné, sur les Mémoires de ses confrères, la plus ample et la meilleure description de l'empire de la Chine qu'on ait dans le monde[17] ». On a déjà beaucoup écrit sur les relations de Voltaire avec la Chine dont il était l'admirateur inconditionnel, et sans doute même, de tous les grands hommes des Lumières, le plus grand admirateur[18]. Il est nécessaire cependant, au risque inévitable de répéter des choses connues, de revenir sur

politique et physique de l'empire de la Chine et de la Tartarie chinoise, Paris, 1735, 4 volumes.

16 Virgile Pinot, *La Chine et la formation de l'esprit philosophique en France 1640-1740*, Paris: Paul Geuthner, 1932, p. 181.

17 Voltaire, « Catalogue de la plupart des écrivains français » , *Le Siècle de Louis XIV*, Jacqueline Hellegouarc'h et Sylvain Menant éd., Paris: LGF, coll. « Bibliothèque classique », 2005, p. 1150 (addition de 1756).

18 Voir notamment la thèse de Hua Meng, *Voltaire et la Chine* (Paris IV, 1988) et son article CHINE dans le *Dictionnaire général de Voltaire*, Raymond Trousson et Jeroom Vercruysse dir., Paris: Honoré Champion, 2003, pp. 198-203.

les traits les plus saillants de l'enthousiasme de Voltaire pour la sagesse chinoise. Rappelons d'abord que c'est à la Chine qu'il consacre les deux premiers chapitres de son *Histoire universelle*, publiée en 1752 sous le nom de *Nouveau plan pour l'Histoire de l'esprit humain*, plus connue sous le nom d'*Essai sur les mœurs et l'esprit des nations*[19] . C'est évidemment là qu'il développe le plus systématiquement son analyse du sujet. Il en donnera en 1765 une sorte de précis, fruit d'une longue gestation, dans *La philosophie de l'histoire*, qui deviendra, dans l'édition de 1769, le discours préliminaire de l'*Essai*. Les pages intitulées « De La Chine » dans cette introduction ajoutée après coup sont destinées à porter aux nues l'exception chinoise par des expressions comme « Seuls de tous les peuples [...] », « Les autres nations inventèrent [...] et les Chinois écrivirent [...] », « Ce peuple [...] diffère sur tout des autres nations [...] ».

Cela justifie implicitement et *a posteriori* la place donnée à la Chine dans l'ensemble de l'*Essai* dont le chapitre I et le chapitre II détaillent les caractères exceptionnels de ce pays et de son peuple. D'abord il s'agit d'un des plus « anciens peuples de l'Orient [...] qui ont été si considérables avant que les autres nations fussent formées[20] » . C'est explicitement pour le philosophe un motif d'intérêt particulier, comme il le dit à Mme Du Châtelet, pour qui il a commencé à Cirey ce qui est devenu l'*Essai sur les mœurs*:

> Vous ne cherchez [...] que ce qui mérite d'être connu de vous; l'esprit, les mœurs, les usages des nations principales, appuyés des faits qu'il n'est pas

19 Voltaire, *Essai sur les Mœurs*, René Pomeau éd., Paris, Classiques Garnier, 1963; t. I, chapitre I « De la Chine, de son antiquité, de ses forces, de ses lois, de ses usages et de ses sciences » , chapitre II, « De la religion de la Chine. Que le gouvernement n'est point athée. Que le Christianisme n'y a point été prêché au septième siècle. De quelques sectes établies dans le pays ».

20 *Ibid.*, p. 196.

> permis d'ignorer. [...] En vous instruisant en philosophe de ce qui concerne ce globe, vous portez d'abord votre vue sur l'Orient, berceau de tous les arts, et qui a tout donné à l'Occident[21].

Sur un plan général, l'affinité première entre Voltaire et son sujet, d'où découlent d'une certaine façon toutes les autres, c'est la conception de l'histoire:

> Seuls de tous les peuples, ils [les Chinois] ont constamment marqué leurs époques par des éclipses, par les conjonctions des planètes [...] . Les autres nations inventèrent des fables allégoriques, et les Chinois écrivirent leur histoire, la plume et l'astrolabe à la main, avec une simplicité dont on ne trouve point d'exemple dans le reste de l'Asie[22].

Cette constatation est le fondement d'un jugement récurrent sur la simplicité et la pureté des mœurs, du gouvernement et de la religion des Chinois. Si tout n'est pas parfait en Chine parce que « tous les vices existent à la Chine comme ailleurs », du moins le frein des lois y est plus efficace parce que « les lois sont toujours uniformes » et parce que règnent « dans toute la nation une retenue et une honnêteté qui donnent à la fois aux mœurs de la gravité et de la douceur ». En effet « ce qu'ils [les Chinois] ont le plus connu, le plus cultivé, le plus perfectionné, c'est la morale et les lois »[23]. De là découle une supériorité à la fois juridique et morale: « dans les autres pays les lois punissent les crimes; à la Chine elles font plus, elles récompensent la vertu »[24]. Les

21 *Ibid.*, pp. 195-197.

22 *Ibid.*, pp. 66-67.

23 *Ibid.* , pp. 216-217.

24 *Ibid.*, p. 217.

conséquences d'une telle situation se manifestent à la fois dans le domaine privé et dans le domaine public: « Le respect des enfants pour leurs pères est le fondement du gouvernement chinois. L'autorité paternelle n'y est jamais affaiblie[25] ». Tout cela conduit à admirer un gouvernement éclairé où les lettrés professent la même religion que l'empereur qui est « le premier philosophe, le premier prédicateur de l'empire » et dont les « édits sont presque toujours des instructions et des leçons de morale[26] ».

Le plan suivi par Voltaire met l'accent sur le rôle de la philosophie dans ce modèle social, moral, politique et religieux. Le deuxième chapitre, consacré à la religion, commence en effet par un panégyrique de Confucius, qui « rétablit cette religion, laquelle consiste à être juste ». Pour qu'il soit bien clair que la supériorité de la Chine réside dans le fait que la religion et la morale se confondent, Voltaire précise dans *La Philosophie de l'histoire*:

> Nous disons quelquefois, et bien mal à propos, la religion de Confucius; il n'en avait point d'autre que celle de tous les empereurs et de tous les tribunaux, point d'autre que celle des premiers sages. Il ne recommande que la vertu; il ne prêche aucun mystère. Il dit dans son premier livre que pour apprendre à gouverner il faut passer tous les jours à se corriger. Dans le second, il prouve que Dieu a gravé lui-même la vertu dans le cœur de l'homme; il dit que l'homme n'est point né méchant et qu'il le devient par sa faute[27].

Rien n'illustre mieux peut-être la fascination de Voltaire philosophe pour la Chine modèle de sagesse que la convergence entre l'inspiration de Voltaire

25 *Ibid.*, p. 216.
26 *Ibid.*, p. 218.
27 *Ibid.*, pp. 67-68.

auteur dramatique et celle de Voltaire historien. En 1755, *L'Orphelin de la Chine*[28] met en scène, en cinq actes et en vers dans un décor oriental à la mode, les effets aussi émouvants qu'édifiants de l'exemple vertueux. Les passions du tyran sanguinaire, amour, violence, désir de domination, cèdent devant les modèles de fidélité, de loyauté, de courage que lui donnent, dans l'action dramatique, le mandarin lettré et sa femme. La conversion morale de Gengis-Khan bouleversé par le sacrifice sublime de Zamti et d'Idamé est la version poétique des chapitres I et II de l'*Essai sur les mœurs*.

C'est à l'occasion de *L'Orphelin de la Chine* que Voltaire utilise pour la première fois dans sa correspondance une formule finale pittoresque qu'il réservera à certains correspondants. Le 3 août 1754, il décrit pour son ami d'Argental[29] les progrès de sa tragédie chinoise et les précautions qu'il a prises pour « qu'on ne trouve dans nos Chinois rien qui puisse donner lieu à des allusions malignes ». C'est-à-dire qu'il a, selon son expression, « eu grand soin d'écarter toute pierre de scandale ». Il termine sa lettre par une curieuse variante des adieux épistolaires conventionnels: « Je vous salue en Confucius »[30]. On trouve pour la deuxième fois le philosophe chinois à la fin d'une lettre du 12 octobre 1755 à Dumarsais, grammairien, ami et collaborateur des Encyclopédistes. La lettre porte essentiellement sur *L'Orphelin de la Chine*, que Dumarsais est allé voir à la Comédie Française. Elle comporte des témoignages d'une ancienne familiarité accompagnée de commentaires sur la tragédie et, ici encore comme pour d'Argental, sur les

28 Représentée pour la première fois à la Comédie Française le 20 août 1755, cette tragédie de Voltaire est inspirée d'une célèbre œuvre littéraire chinoise du XIVe siècle, *L'orphelin de la maison de Tchao* de Ji Jun Xiang.

29 Charles-Augustin Ferrriol, comte d'Argental (1700-1788), conseiller au Parlement de Paris. Voltaire, *Correspondance*, d'après l'édition définitive de Voltaire, *Correspondence*, par Théodore Besterman, traduction et adaptation par Frédéric Deloffre, Paris: Gallimard, Bibliothèque de la Pléiade, 1978-1993, t. IV, lettre 3838.

30 Sur cette formule, voir Geneviève Artigas-Menant, *Du secret des clandestins à la propagande voltairienne*, Paris: Honoré Champion, 2001, pp. 310-311.

précautions que Voltaire a prises:

> Si les Français n'étaient pas si français, mes Chinois auraient été plus chinois, et Gengis encore plus tartare. Il a fallu appauvrir mes idées et me gêner dans le costume pour ne pas effaroucher une nation frivole qui rit sottement, et qui croit rire gaiement de tout ce qui n'est pas dans ses mœurs, ou plutôt dans ses modes[31].

On remarque une évidente connivence entre hommes des Lumières « au-dessus des préjugés » qui considèrent la terre comme « un tas de boue, où la raison et le bon goût sont un peu rares » et qui n'attendent la mort que comme le moment où leur « machine végétante et pensante retourne[ra] aux éléments dont elle a été faite ». Après avoir exhorté Dumarsais à continuer d'« inspirer la philosophie », Voltaire conclut: « Je vous embrasse en Confucius » . Dans la fameuse lutte « contre l'infâme »[32] la formule deviendra, jusqu'au 22 juillet 1769, un véritable cri de ralliement adressé exclusivement, avec quelques variantes, à ceux qu'il appelle « frères », « adeptes », « prophètes », « disciples de Confucius » . On le voit, l'obsession de la Chine ne se borne pas à l'aspect philosophique du modèle de sagesse que l'historien s'efforce de présenter objectivement, elle alimente une virulente propagande antireligieuse.

---

31 *Correspondance*, éd. cit., t. IV, lettre 4225, p. 580. César Chesneau Dumarsais (1676-1756), grammairien, est l'auteur de la dissertation intitulée *Le Philosophe*, manuscrit philosophique clandestin anonyme, publié pour la première fois en 1743 dans les *Nouvelles Libertés de penser*, légèrement transformée dans l'article « Philosophe » de l'*Encyclopédie* de Diderot et d'Alembert, cette dissertation sera aussi publiée, avec quelques modifications, par Voltaire dans plusieurs recueils à partir des *Lois de Minos*, 1773.

32 Sur ce sujet, voir René Pomeau, La Religion de Voltaire, Paris: Nizet, 1957, pp. 314-360.

Ⅲ. Aspect polémique: la propagande antireligieuse

Cet aspect polémique du mythe chinois que nous allons maintenant étudier n'est pas du tout de l'invention de Voltaire. Nous allons voir comment il s'est développé souterrainement avant de faire surface brillamment dans un combat magistralement orchestré. Comme nous l'avons montré pour commencer, la différence des comportements humains, en particulier des principes moraux, des conventions sociales et des croyances religieuses est un ferment puissant de la critique. Dès 1697, un ouvrage descriptif comme le *Dictionnaire* de Bayle a considérablement éveillé les esprits dans ce sens en leur fournissant tous les éléments de comparaison favorables à une remise en cause générale. Au tournant des XVIIe et XVIIIe siècles, cette prise de conscience est à l'origine d'une extraordinaire effervescence intellectuelle dont les témoignages ont été découverts dans les bibliothèques françaises par Gustave Lanson en 1912[33]. On a depuis retrouvé, non seulement en Europe mais dans le monde entier, des milliers de copies manuscrites de centaines de traités issus de ce grand mouvement philosophique qui est à l'origine des Lumières françaises. Souvent anonymes, rarement édités avant 1750, ce sont, sous des titres divers, des analyses, examens, dialogues, entretiens, lettres, sur Dieu, le monde, l'âme, la religion, la morale, etc. Grâce à une intense activité plus ou moins secrète de copistes, amateurs ou de métier (les lecteurs, leurs secrétaires, des employés de librairie) ils ont été vendus « sous le manteau » et ont circulé clandestinement pendant

33 Gustave Lanson « Questions diverses sur l'histoire de l'esprit philosophique en France avant 1750 », *Revue d'Histoire Littéraire de la France*, XIX, 1912, pp. 1-29, 293-317; voir aussi Ira O. Wade, *The Clandestine Organization and diffusion of Philosophic ideas in France from 1700 to 1750*, Princeton: Princeton University Press, 1938; rééd. New York: Octagon Books, 1967; Miguel Benítez, *La Face cachée des Lumières*, Oxford, Voltaire Foundation et Paris, Universitas, 1996; Geneviève Artigas-Menant, *Lumières clandestines. Les papiers de Thomas Pichon*, Paris: Honoré Champion, 2001 et *Du secret des clandestins à la propagande voltairienne*, Paris: Honoré Champion, 2001.

plusieurs décennies. À partir des années soixante beaucoup d'entre eux ont été édités, souvent dans des recueils, par les soins de Voltaire, ou d'auteurs secondaires engagés dans la propagande encyclopédique comme le baron D'Holbach et Jacques-André Naigeon. Anonymes ou publiés sous des noms d'emprunt, attribués, de façon tantôt véridique tantôt fantaisiste, à des auteurs morts, ils puisent en général à un fonds commun d'ouvrages historiques ou philosophiques, antiques ou modernes, leurs arguments critiques. Au milieu de ce foisonnement, le mythe chinois tient une place intéressante. J'en prendrai quelques exemples principalement dans un traité déiste rédigé vers 1710 sous le titre de *Difficultés sur la religion proposées au Père Malebranche*, dont un exemplaire intégral est conservé à la bibliothèque Mazarine à Paris[34]. En 1768, en parut une variante abrégée, défigurée en traité athée et matérialiste sous le titre de *Militaire philosophe*[35], qui fut à l'origine d'une quantité d'attributions fantaisistes à des auteurs supposés. La version intégrale est restée inédite jusqu'en 1970[36]. C'est l'édition critique donnée à cette date par Roland Mortier, encore anonyme mais accompagnée d'un remarquable portrait-robot, qui permit d'en identifier l'auteur[37]. Il s'agit de Robert Challe (1659-1721), auteur du *Journal d'un voyage fait aux Indes*

34 Bibliothèque Mazarine, Ms 1163.

35 *Le Militaire philosophe ou Difficultés sur la religion proposées au R.P. Malebranche prêtre de l'Oratoire, par un ancien officier* [extraits et arrangements de Jacques-André Naigeon (1738-1810) avec la collaboration de D'Holbach (1723-1789)], Londres, 1768 [fausse adresse pour Amsterdam, 1767].

36 *Difficultés sur la religion proposées au Père Malebranche* (anonyme), Roland Mortier éd., Bruxelles, Presses universitaires de Bruxelles, 1970.

37 Le premier à avoir identifié l'auteur des *Difficultés* [...] est le docteur Francis Mars dans « Avec Casanova à la poursuite du Militaire philosophe. Une conjecture raisonnée: Robert Challe », *Casanova Gleanings* , vol. XVII, nouvelle série, I, 1974, pp. 21-31; son hypothèse a été amplement vérifiée par Frédéric Deloffre, auteur de nombreux articles sur le sujet et de la première édition critique des *Difficultés* [...] attribuée à Robert Challe, Oxford: The Voltaire Foundation, 1982, en collaboration avec Mélâhat Menemencioglu (ci-dessous: *Difficultés*). Voir aussi l'édition d'un autre manuscrit intégral des *Difficultés* [...] conservé à Munich (Bayerische Staatsbibliothek, Cod. Gall. 887), Frédéric Deloffre et François Moureau éd., Genève: Droz, 2000.

orientales (1721)[38], de *Mémoires* historiques rédigés en 1716[39], des *Illustres Françaises* (1713)[40], roman dont l'influence sur le roman français et anglais du XVIIIe siècle, notamment sur Prévost et sur Samuel Richardson, n'est plus à démontrer. Sous le couvert de l'anonymat, l'auteur se présente au Père Malebranche comme un catholique de bonne volonté dont la foi est en danger autant que comme un ennemi déclaré de l'athéisme. Écartelé entre ces deux tendances et inspiré par les lumières de la raison, il est à la recherche d'un « système de religion purement naturelle » . Parmi les nations païennes, antiques et contemporaines, que Challe évoque constamment dans son système comparatiste, la Chine lui fournit maints griefs qu'on peut en gros regrouper en quatre types d'arguments, quoiqu'ils soient parfois difficiles à démêler, ceux qui concernent la sagesse, ceux qui concernent les missions, ceux qui concernent la tolérance unilatérale, ceux qui concernent la chronologie[41].

Challe procède très méthodiquement pour exposer ses doutes sur la religion, car c'est bien le sens à peine caché qu'il faut donner à « difficultés », en numérotant et en intitulant ses parties et sous-parties. Il n'est pas étonnant qu'adoptant systématiquement le point de vue comparatiste, il s'appuie sur l'idée la plus répandue et la plus consensuelle de son temps, celle de la sagesse

38 *Journal d'un voyage fait aux Indes orientales 1690-1691*, Rouen: Machuel le Jeune, 1721; Robert Challe, *Journal d'un voyage fait aux Indes orientales 1690-1691*, éd. crit. par Frédéric Deloffre et Mélâhat Menemencioglu, Paris: Mercure de France, 1979, 2 vol.; nombreuses rééditions. Nouvelle édition mise à jour: Frédéric Deloffre et Jacques Popin éd., Paris: Mercure de France, collection « Le temps retrouvé », 2002. Voir aussi une autre version, sous le titre *Journal du voyage des Indes orientales*, suivi de *Relation de ce qui est arrivé dans le Royaume de Siam en 1688*, Jacques Popin et Frédéric Deloffre éd., Genève: Droz, 1998.

39 *Mémoires. Correspondance complète. Rapports sur l'Acadie et autres pièces*, Frédéric Deloffre éd., avec la collaboration de Jacques Popin, Genève, Droz, 1996.

40 Robert Challe, *Les Illustres Françaises*, Frédéric Deloffre et Jacques Cormier éd., Genève Droz, 1991; Robert Challe, *Les Illustres Françaises*, Frédéric Deloffre et Jacques Cormier éd., Paris: Librairie générale française, Le Livre de poche, collection « Bibliothèque classique », 1996. Robert Challe est aussi l'auteur d'un autre roman, *Continuation de l'histoire de l'admirable Don Quichotte de la Manche*, Jacques Cormier et Michèle Weil éd., Genève: Droz, 1994.

41 Voir notamment *Difficultés*, pp. 157-158, et postface, p. 378.

chinoise. C'est dans le troisième des quatre cahiers qui composent les *Difficultés*, intitulé « examen de la religion chrétienne », qu'il examine ce qu'il appelle par dérision « Les merveilleux effets du christianisme » et il pose la question: « Où est donc le bien que la religion chrétienne a fait? ». Cela le conduit à comparer « de bonne foi les païens et les chrétiens ». Après un long parallèle accablant pour ces derniers, il concède:

> Et quand même j'accorderais que le christianisme a produit de bons effets, que conclurait-on? La philosophie en a produit de meilleurs dans l'ancienne Grèce; Confucius à la Chine a par sa morale tenu en paix ce grand empire, et la religion qu'il y a établie y subsiste et fait moins de mauvais effets que la chrétienne.

C'est sur ce panégyrique de la sagesse chinoise que se conclut l'important article de la morale. On peut en déduire aisément que si les Chinois sont plus vertueux que les chrétiens, c'est que leur religion est fondée non sur la Révélation mais sur la philosophie.[42]

La conséquence de cette affirmation est claire et elle recoupe une des attaques les plus récurrentes de tout le traité, la plus diffuse[43], celle qui concerne les missions [44]. De quel droit les catholiques, et en particulier les jésuites parcourent-ils le monde pour évangéliser? Dès les premières pages du premier cahier, la violence donne le ton: « Quant aux païens d'à présent, quel tort ont-ils de se défaire de gens qui viennent renverser des lois et des coutumes avec lesquelles ils vivent en paix, pour leur en apporter qui sèmeront la haine et la discorde, et les rendront esclaves de mille marauds? ».

---

42 Sur la sagesse, voir *Difficultés* p. 75, 94, 242, 246, 321.

43 Voir aussi *Mémoires et Journal de voyage, passim.*

44 Voir *notamment Difficultés*, p. 46, 91, 94, 124, 127, 133, 181.

La liste que dresse Challe, avec une éloquence complaisante, des atrocités des missionnaires partout dans le monde est inépuisable, et c'est en particulier à propos de la Chine que le commentaire est le plus développé et le plus pittoresque.

Il est, au début du traité, imbriqué avec un autre thème, celui de la tolérance unilatérale qui déchaîne l'indignation et la verve de l'auteur. Sans jamais donner de précision historique, ni même le nommer, Challe fait d'emblée allusion à l'Édit de tolérance de 1692 et donne un tableau apocalyptique de ses conséquences:

> Je voudrais bien qu'on instruisît l'empereur de la Chine de ce qu'il fait en souffrant nos missionnaires[...]. Ils prêcheront hardiment que tout leur appartient de plein droit, comme leurs docteurs l'ont écrit et décidé; par conséquent, qu'ils peuvent s'emparer de tout ce que possèdent quelques sortes de gens que ce soit; qu'on l'instruisît qu'il s'élèvera vingt mille républiques dans ses États dont les biens et les personnes seront hors de sa juridiction et pour lesquels il sera obligé d'avoir plus d'égards et de ménagements qu'ils n'en auront pour lui; qui soutiendront hautement qu'ils peuvent le priver de la vie et de l'Empire s'il n'est pas de leur opinion sur toutes leurs fantaisies, sans que lui, pour quelque chose que ce soit puisse seulement leur faire la moindre correction; que ces gens-là se diront exempts de toutes charges publiques, possèderont les plus beaux biens et lèveront sur le peuple plus d'impôts, le laissant seul chargé de toutes les dépenses de l'État et d'aller courir les risques et les fatigues de la guerre pour les mettre à couvert de leurs ennemis, tandis que ces Messieurs seront à table, au lit, à se promener dans leurs superbes jardins ou à séduire les femmes et les filles des malheureux qui courront s'exposer pour leur défense; qu'on lui fît voir au doigt et à l'œil qu'il faudra

> qu'il sorte tous les ans plus de dix millions de son Empire [45].

La virulence imagée, qu'on retrouvera chez Voltaire, par exemple dans le *Dictionnaire philosophique*, est propre à Challe mais le commentaire critique sur l'Édit de tolérance a de solides bases. Il a pu le trouver notamment chez Bayle en deux endroits. Dans le *Dictionnaire historique et critique* que nous avons déjà évoqué, l'article « Milton »[46] développe longuement le sujet d'après des extraits du *De vera religione* cités par John Toland. En effet le poète anglais « montre que le papisme doit être entièrement privé du bénéfice de la Tolérance, non pas en tant que c'est une religion, mais en tant que c'est une faction tyrannique, qui opprime toutes les autres ». À partir de là, Bayle détaille longuement la position de ceux qu'il appelle les « plus fidèles sectateurs » de Milton:

> Ils ne savent comment accorder l'Édit de l'Empereur de la Chine avec cette haute sagesse dont on le loue. Je parle de l'Édit de Tolérance qu'il a fait pour les Chrétiens [...] ils croient qu'un Prince sage n'eût pas accordé aux Missionnaires du Pape et à leurs néophytes la liberté de conscience avant que de s'informer quels sont leurs principes de conversion et de quelle manière leurs prédécesseurs en ont usé.

Là-dessus Bayle exprime sa propre opinion:

> S'il [l'empereur] eût cherché là-dessus tous les éclaircissements que la bonne politique demandait, il n'eût point permis aux Missionnaires ce qu'il leur

45 *Difficultés*, pp. 45-46.

46 Bayle, *Dictionnaire historique et critique*, éd. cit., t. III, p. 399 et suivantes.

> accorde, il eût su que ce sont des gens qui prétendent que J.C. leur ordonne de contraindre d'entrer, c'est-à-dire de bannir, d'emprisonner, de torturer, de tuer, de dragonner, tous ceux qui refusent de se convertir à l'Évangile et de détrôner les princes qui s'opposent à ses progrès.

Ici Bayle renvoie en note à son autre écrit où il traite le même sujet, le *Commentaire philosophique sur contrains-les d'entrer*. On voit par cet exemple à quel point l'actualité contemporaine occupe les esprits critiques et la place qu'y tient la Chine. Une des raisons de cette curiosité intellectuelle qui va jusqu'à l'enthousiasme est l'antiquité de la Chine dont, on l'a vu, Voltaire fait un commentaire important dans l'*Essai sur les mœurs*. On ne s'étonne pas de voir Challe exploiter abondamment le sujet de la chronologie.

Dans le troisième des quatre cahiers qui composent les *Difficultés,* intitulé « examen de la religion chrétienne », Challe consacre aux « Livres des Juifs », c'est son sous-titre, la première section, qui elle-même se décompose en articles. Le premier pose la question de savoir « Si ces livres sont divins », le second pose celle de savoir « Si ces livres contiennent l'histoire de la création du monde ». La réponse est fondée sur des données historiques: « Cette précieuse histoire bien supputée ne donne guère au monde que six mille ans [...] les Chinois comptent à présent par des annales bien suivies et bien authentiques près de neuf mille ans de leur empire ». C'est le même ton que prendra Voltaire dans l'*Essai sur les mœurs*, où, on l'a vu, il insiste sur l'antiquité de la Chine à laquelle il consacre les premiers chapitres et dont il dit dans *La Philosophie de l'histoire*: « Oserons-nous parler des Chinois sans nous en rapporter à leurs propres annales? ». Mais on sait que Voltaire ne s'est pas contenté de ce rapport objectif et que dès 1740 il ironisait avec ardeur contre l'*Histoire universelle* de Bossuet, dans l'*Entretien avec un Chinois* publié dans un *Recueil de pièces fugitives*[47]. Or Challe non plus ne s'en tient pas à une constatation factuelle et il enchaîne avec une violence satirique à laquelle on pourra comparer celle de Voltaire:

> On nie impudemment tout cela, non que l'on puisse convaincre de faux, mais cela ne convient pas. Moïse avait l'imagination trop bornée pour un faiseur de romans; ne pouvant pas trouver d'événements pour remplir un plus long espace de temps, il l'a raccourci, et encore le pauvre homme a-t-il été obligé de faire vivre ses héros huit à neuf cents ans. Il est plus apparent que le monde est très ancien que très nouveau. Les mémoires, les traditions et les histoires de peuples fameux par leur grandeur, leurs arts, leurs sciences et par les armes, sont plus croyables que celles de ces misérables fugitifs, grossiers, ignorants, qui n'ont jamais occupé qu'un misérable coin de terre, dont ils ont été chassés plusieurs fois.

Tous les éléments de la violente satire voltairienne contre les Juifs et contre les Chrétiens sont déjà là. Cela ne veut pas dire que Voltaire les ait pris à Challe car on ne sait pas s'il l'avait lu en 1740, mais on rencontre ici un thème commun à la littérature clandestine des Lumières naissantes qui fait de la critique de la Genèse un de ses thèmes favoris. La Chine fournit ainsi des ressources opportunes à une critique de la religion chrétienne, essentiellement de la religion catholique, qui devient peu à peu l'un des thèmes majeurs de la philosophie des Lumières en France.

C'est là-dessus que je voudrais conclure. Dans ce contexte général, l'exemple mythique de la Chine est un véritable leitmotiv. La Chine dans son ensemble, représentée à la fois par la sagesse populaire chinoise, par l'autorité

47 *Entretien* qui deviendra la section III de l'article « Gloire, Glorieux » des *Questions sur l'Encyclopédie* en 1772.

de l'empereur de Chine, par le personnage de Confucius et par le Confucianisme, fournit de façon indistincte aux adversaires du catholicisme un véritable arsenal d'arguments contre la morale chrétienne, contre le culte, contre le clergé, contre l'Église, contre les jésuites, contre Rome. Cet arsenal trouvera son expression littéraire la plus parfaite dans le petit livre que Voltaire diffuse en 1764, le *Dictionnaire philosophique portatif*. C'est ce livre aussi qui a assuré, par son immense succès et ses multiples éditions, la popularité des idées antichrétiennes liées à l'image, sans doute mythique, de la Chine. Dans des textes percutants comme le « Catéchisme chinois », Voltaire a su tirer le meilleur parti des matériaux rassemblés avant lui par plusieurs générations d'admirateurs passionnés du monde chinois, qui étaient en même temps des esprits ardemment critiques.

Bibliographie

[Alexandre de Rhodes], *Divers voyages et missions du père Alexandre de Rhodes de la Compagnie de Jésus en la Chine et autres royaumes de l'Orient, avec son retour en Europe par la Perse et l'Arménie*, Paris, 1653.

Argens, Jean-Baptiste de Boyer marquis d', *Lettres chinoises* (1739), Jacques Marx éd., Paris: Honoré Champion, 2009, 2 vol.

Artigas-Menant, Geneviève, *Lumières clandestines. Les papiers de Thomas Pichon*, Paris: Honoré Champion, 2001.

Artigas-Menant, Geneviève, *Du secret des clandestins à la propagande voltairienne*, Paris: Honoré Champion, 2001.

Bayle, Pierre, *Dictionnaire historique et critique*, Rotterdam, 1697, 2 volumes in-folio; éd. Beuchot, 16 vol. in-8, 1820-1824; Genève: Slatkine Reprint, 1969, 16 volumes.

Benítez, Miguel, *La Face cachée des Lumières*, Oxford: Voltaire Foundation/ Paris: Universitas, 1996.

Challe, Robert, *Difficultés sur la religion proposées au Père Malebranche*, Frédéric Deloffre et Mélâhat Menemencioglu éd., Oxford: The Voltaire Foundation, 1982.

Challe, Robert, *Difficultés sur la religion proposées au Père Malebranche*, Frédéric Deloffre et François Moureau éd., Genève: Droz, 2000.

Challe, Robert, *Journal d'un voyage fait aux Indes orientales 1690-1691*, Paris: Mercure de France, collection « Le temps retrouvé », 2002, 2 volumes.

Challe, Robert, *Journal du voyage des Indes orientales*, suivi de *Relation de ce qui est arrivé dans le Royaume de Siam en 1688*, Jacques Popin et Frédéric Deloffre éd., Genève: Droz, 1998.

Couplet, Philippe, *Confucius Sinarum Philosophus*, Paris, 1687.

Difficultés sur la religion proposées au Père Malebranche (anonyme), Roland Mortier éd., Bruxelles: Presses universitaires de Bruxelles, 1970.

Du Halde, Jean-Baptiste, *Description géographique, historique, chronologique, politique et physique de l'empire de la Chine et de la Tartarie chinoise*, Paris, 1735, 4 volumes.

Goudar, Ange, *L'Espion chinois*, Cologne, 1765, 6 volumes.

Grueber, Johann, *Voyage de la Chine*, dans Thévenot, *Relations de divers voyages curieux*, t. II.

Hua, Meng, article CHINE, *Dictionnaire général de Voltaire*, Raymond Trousson et Jeroom Vercruysse dir., Paris: Honoré Champion, 2003, pp. 198-203.

Jarric, Pierre de, *Histoire des choses plus memorables advenues tant ez Indes orientales que autres païs de la descouverte des Portugais*, Bordeaux: Simon Millanges, 1608-1614, 3 volumes.

Ji Jun Xiang, *L'orphelin de la maison de Tchao*, traduction française par le Père Joseph-Henri Prémare, Pékin, 1755.

Journal des Savants, 1689.

Kircher, Athanase, *China monumentis illustrata*, 1667, traduction française 1670.

Lanson, Gustave « Questions diverses sur l'histoire de l'esprit philosophique en France avant 1750 », *Revue d'Histoire Littéraire de la France*, XIX, 1912, pp. 1-29, 293-317.

Le Comte, Philippe Louis-Daniel, *Nouveaux Mémoires sur l'état présent de la Chine, 1687-1692*, texte établi, annoté et présenté par Frédérique Touboul-Bouyeure, dans *Un Jésuite à Pékin*, Paris: Phébus, 1990.

Lettres édifiantes et curieuses écrites des missions étrangères par quelques missionnaires de la Compagnie de Jésus, Paris, 1702-1776, 34 volumes.

Maffei, Giovanni Pietro, *L'Histoire des Indes orientales et occidentales*, traduite du latin en français par Michel de Pure, Paris: R. de Ninville, 1665.

Marana, Giovanni Paolo, *L'esploratore turco ou L'espion du grand Seigneur*, Paris, 1684.

Mars, Francis, « Avec Casanova à la poursuite du Militaire philosophe. Une conjecture raisonnée: Robert Challe », *Casanova Gleanings*, vol. XVII, nouvelle série, I, 1974, pp. 21-31.

Martini, Martino, *Atlas sinensis* (1654), traduction française: *Description géographique de l'empire de la Chine* dans Thévenot, *Relations de divers voyages curieux*, t. II.

Martini, Martino, *Histoire de la Chine* (en latin), traduction française par Le Peletier, 1692.

Martini, Martino, *Relation de la guerre tartare contre la Chine*, 1654.

Mendoza, Jean de Palafox de, *Histoire de la conquête de la Chine par les Tartares*, Amsterdam: Jean-Frédéric Bernard, 1729.

Mendoza, Juan Gonzalès de, *Histoire du grand Royaume de la Chine*, Paris: Nicolas du Fossé, 1589.

Militaire philosophe (Le), Londres, 1768 [fausse adresse pour Amsterdam, 1767].

Montesquieu, *Lettres persanes*, Laurent Versini éd., Paris: GF-Flammarion, 1995.

Moreri, Louis, *Le Grand Dictionnaire historique*, Lyon, 1674; 3ème éd. 1683; 21ème éd., Paris Libraires associés, 1759.

Pinot, Virgile, *La Chine et la formation de l'esprit philosophique en France 1640-1740*, Paris: Paul Geuthner, 1932.

Pomeau, René, *La Religion de Voltaire*, Paris: Nizet, 1995.

Renaudot, Eusèbe, *Anciennes Relations des Indes et de la Chine de deux voyageurs mahométans qui y allèrent dans le neuvième siècle; traduites de l'arabe, avec des remarques sur les principaux endroits de ces relations*, Paris: Jean-Baptiste Coignard, 1718.

Saint-Simon, *Mémoires*, éd. Yves Coirault, Paris: Gallimard, « Bibliothèque de la Pléiade », 8 volumes, 1983-1988.

Sanson d'Abbeville, Nicolas, *Cartes générales de toutes les parties du monde*, 1658.

Semedo, Alvarez, *Histoire universelle du grand royaume de la Chine*, 1642; éd. J.-P. Duteil, Paris: Kimé, 1996.

Thévenot, Melchisedech, *Relations de divers voyages curieux*, Paris, 1663-1696, 5 vol.

Trigault, Nicolas, *De Christiana Expeditione apud Sinas*, 1615; *Histoire de l'expédition chrétienne au royaume de la Chine entreprise par les PP. de la compagnie de Jésus*, 1716.

Voltaire, *Correspondance*, d'après l'édition définitive de Voltaire, *Correspondence*, par Théodore Besterman, traduction et adaptation par Frédéric Deloffre, Paris: Gallimard, Bibliothèque de la Pléiade, 1978-1993, 13 volumes.

Voltaire, *Dictionnaire philosophique*, René Pomeau éd., Paris: GF-Flammarion, 1993.

Voltaire, *Essai sur les Mœurs*, René Pomeau éd., Paris: Garnier, 1990.

Voltaire, *Le Siècle de Louis XIV*, Jacqueline Hellegouarc'h et Sylvain Menant éd., Paris: LGF, coll. « Bibliothèque classique », 2005.

Wade, Ira O., *The Clandestine Organization and diffusion of Philosophic ideas in France from 1700 to 1750*, Princeton: Princeton University Press, 1938; rééd. New York: Octagon Books, 1967.

Identité et subjectivité dans le discours romanesque et historiographique québécois

Paul Perron *

Résumé

L'imaginaire québécois depuis la conquête de la Nouvelle France par l'Angleterre en 1763 se trouve caractérisé avant tout par l'émergence progressive d'une conscience aiguë d'une identité nationale fondée sur l'unité de la langue, la race et la religion, du moins jusqu'à la Révolution Tranquille des années 1950 et 60. Dans peu de nations trouve-t-on un lien si étroit entre l'écriture romanesque et l'historiographie, qui voient le jour juste après la Révolution des Patriotes en 1837. Lord Durham est mandaté de faire une enquête sur les relations entre les Britanniques et les Canadiens. Dans son rapport de 1839 il propose comme solution l'union du Québec et de l'Ontario ainsi que l'assimilation des Canadiens-français qui « sont restés une société vieillie et retardataire dans un monde neuf et progressif. » De plus, Durham considère « …qu'ils ont gardé leurs langues et leurs coutumes particulières. C'est un peuple sans histoire et sans littérature. »

Comme réponse et comme démenti massif au *Rapport de Durham*, paraissent les premiers romans (1837, 1846) ainsi que la première *Histoire du Canada*. Dans ce travail nous examinons les croisements et entrecroisements des grands axes du discours historiographique et romanesque depuis leurs débuts qui correspondent à des quêtes identitaires. Ces deux discours articulent une mouvance du sujet, surtout depuis la Deuxième Guerre Mondiale et

* Professeur émérite à l'Université de Toronto

la Révolution Tranquille, vers un dépassement des anciennes idéologies nationalistes et multiculturelles de la différence par l'entremise de l'interculturel de l'accommodement et de la reconnaissance des droits de la personne qui choisit librement de s'établir au Québec au sein d'une majorité francophone.

Mots clés: Droits, idéologies, *Histoire du Canada*, immigration, interculturel, Durham

L'imaginaire québécois depuis la conquête de la Nouvelle France par l'Angleterre en 1763 se trouve caractérisé avant tout par l'émergence progressive d'une conscience aiguë d'une identité nationale fondée sur l'unité de la langue, la race et la religion, du moins jusqu'à la Révolution Tranquille des années 1950 et 60. Aussi, dans peu de nations trouve-t-on un lien si étroit entre l'écriture romanesque et l'historiographie qui voient le jour quasi simultanément juste après la Révolution des Patriotes en 1837, quand les parlementaires québécois se sont révoltés contre la main mise économique et politique sur leur province par une minorité d'Anglais au Québec (le Bas-Canada) et une majorité de Loyalistes en Ontario (le Haut-Canada) restés fidèles à la couronne anglaise, ayant fuit les États Unis en 1775 après la Guerre de l'Indépendance. Pour mieux saisir les raisons qui ont provoqué cette révolution et afin de proposer des solutions durables, le Parlement du Royaume Uni a nommé Lord Durham Gouverneur Général de l'Amérique du Nord Britannique[1]. Il a voyagé au Québec et en Ontario, a fait une enquête sur les relations entre les Britanniques et les Canadiens et a publié *Le rapport de Durham* en 1839 sur lequel a été fondé l'*Acte d'Union du Canada*, de 1840. Dans son rapport il évoque « [...] deux nations en guerre au sein d'un même État[2] [...] » et propose comme solution l'union du Québec et de l'Ontario ainsi que l'assimilation des Canadiens-français qui « [...] sont restés une société vieillie et retardataire dans un monde neuf et progressif. En tout et partout, ils sont demeurés Français, mais des Français qui ne ressemblent pas

1 Sa Majesté lui confia la tâche durant la période où la Constitution du Bas-Canada fut suspendue « [...] j'eus à déterminer la nature et l'extension des difficultés du règlement desquels dépend la paix des Canadas; j'eus à mettre sur pied de grandes et nombreuses enquêtes concernant les institutions et l'administration de ces provinces; j'eus à proposer les réformes convenables à leur système gouvernemental et réparer le mal déjà fait, à poser enfin les fondements de l'ordre, de la paix et du progrès. » The Earl of Durham, *Report of the Affairs of British North America*, London: House of Commons [1839]. Marcel-Pierre Hamel, (trad. officiel) *Le rapport de Durham*, Montréal: Éditions du Québec, 1948, p. 67.

2 Marcel-Pierre Hamel, *op. cit*, p. 67.

du tout à ceux de la France. Ils ressemblent plutôt aux Français de l'Ancien régime[3]. » De plus, il considère que « *C'est un peuple sans histoire et sans littérature*[4].» Paroles fatidiques qui ont profondément marqué l'idéologie québécoise jusqu'au présent. Comme réponse et comme démenti massif au *Rapport de Durham*, paraissent les premiers romans (1837[5], 1846) ainsi que la monumentale *Histoire du Canada* en quatre volumes de François-Xavier Garneau[6], (1842-52) Toutefois, les romans du XIXe et des 40 premières années du XXe siècle se répartissent en bonne partie en récits historiques et en romans de la terre. Dans un premier temps, je me pencherai brièvement sur deux romans éponymes le roman de la terre, La terre paternelle de Patrice Lacombe[7] et le roman historique[8], *Les anciens canadiens* de Philippe Aubert de Gaspé afin

3 *Ibid.*, p. 82.

4 *Ibid.*, p. 82. C'est nous qui soulignons. Lord Durham introduit dans sa conclusion ces paroles qui restent gravées dans la conscience collective des Québécois. « On ne peut guère concevoir nationalité plus dépourvue de tout ce qui peut vivifier et élever un peuple que les descendants des Français dans le Bas-Canada, du fait qu'ils ont gardé leur langue et leurs coutumes particulières. *C'est un peuple sans histoire et sans littérature.* La littérature anglaise est d'une langue qui n'est pas la leur; la seule littérature qui leur est familière est celle d'une nation dont ils ont été séparés par quatre-vingts ans de domination étrangère, davantage par les transformations que la Révolution et ses suites ont opérées dans tout l'état politique, moral et social de la France. » *Ibid.*, p. 311.

5 Philippe Aubert de Gaspé, fils, *Le chercheur de trésors: ou l'influence d'un livre*, Québec: Édition Réédition, 1968 [1837], le premier roman publié au Québec. Deuxième enfant né en 1814 du grand romancier Philippe Aubert de Gaspé, *Les anciens canadiens*, Montréal: Fides, 1970 [1863], il fait de brillantes études et devient journaliste au *Telegraph* de la ville de Québec à l'âge de 23 ans. Cependant déçu par la critique de son roman il déménage à Halifax en Nouvelle-Écosse pour trouver un poste et meurt d'une cirrhose de foie, en 1841, pendant l'emprisonnement de son père à Québec.

6 François Xavier-Garneau, *Histoire du Canada*, Paris: Librairie Félix Alcane, 1913 [1845-1852].

7 Patrice Lacombe, *La terre paternelle*, (intro.) par André Vannasse, Hurtubise HMH, 1972 [1846].

8 Des 53 romans publiés au Québec au XIXe siècle 26 peuvent être classés comme romans historiques qui traitent pour la plupart de thèmes tels que la Nouvelle-France avant la Conquête, la Conquête, la guerre de 1812 entre le Canada et l'Amérique, les Rébellions de 1837 et 1838 et la diaspora des Acadiens, une colonie de Français, établie sur la côte atlantique en 1604. Prise dans les guerres franco-britanniques du XVIIIe en Europe et en Amérique, toute la population est déportée en Louisiane et en Europe et interdite de séjour au Canada. Toutefois, de nombreux survivants reviennent se ré-établir subrepticement au pays des ancêtres au XIXe siècle pour former le deuxième regroupement de francophones au Canada, après celui de la province de Québec. Alors que le nombre de romans de la terre est moindre au XIXe siècle la proportion par rapport au roman historique augmentera au XXe siècle, pour s'éteindre avec la parution de *Marie-Didace*, 1947, de Germaine Guèvremont. Comme l'écrit Jean Pierre-Duquette, « Avec cette œuvre de Germaine Guèvremont, c'est exactement un siècle de roman québécois qui s'achève; roman paysan, du terroir, régionali-

d'illustrer mes propos sur les origines des relations entre les discours romanesques et historiographiques identitaires au Québec[9]. Dans un second temps, j'examinerai deux romans représentatifs de deux grands virages qui ont marqué la quête identitaire au Québec au cours du vingtième siècle, notamment *Agaguk*, d'Yves Thériault et *Nous parlerons comme on écrit* de France Théoret[10].

Récit fondateur, *La terre paternelle* se trouve à l'origine de la grande majorité des romans québécois de la terre qui traitent du sujet contraint de choisir entre rester sur la terre des ancêtres pour maintenir son identité ou d'émigré et se perdre dans la masse anglophone de l'Amérique du Nord en ville ou, encore, dans la forêt en s'assimilant aux Amérindiens[11]. Ce roman définit clairement quatre espaces qui sont positivement ou négativement investis au cours du dévidage du récit, en fonction des transformations favorables ou défavorables qui y ont lieu. Ce qui distinguera un roman par rapport à un autre, ce ne sont pas nécessairement les techniques de description ou de narration, mais plutôt la façon dont les quatre espaces distincts sont positivement ou négativement moralisés et phoriquement ou dysphoriquement investis de valeurs. Dans ce récit, les membres de la famille, avec le père à la tête, passent la majeure partie de leur vie dans l'espace clairement circonscrit de la

---

ste, de la fidélité, nos cent premières années de création romanesque sont très largement dominées par le thème de la terre. », *Marie-Didace*, dans Maurice Lemire (dir.), *Dictionnaire des œuvres littéraires du Québec*, Montréal: Fides, 1982, p. 611.

9 Les conditions historiques et sociales ayant façonné la littérature du XIXe et du XXe siècle ont aussi eu un impact considérable sur la critique littéraire. Dans leur ouvrage qui a fait date, Réjean Robidoux et André Renaud, *Le roman canadien-français du vingtième siècle*, Ottawa: Éditions de l'Université d'Ottawa, 1966, inaugurent leur étude sur le roman québécois du XXe siècle en déclarant sans ambages que la littérature canadienne française est née de l'histoire et dans l'histoire. Dans ce travail séminal où ils se penchent sur les origines du roman québécois les auteurs concluent que les récits écrits durant la première partie du XIXe siècle sont un mélange de fiction et d'histoire qui combinent des épisodes historiques avec des descriptions d'us et de coutumes sociaux par l'entremise d'une intrigue amoureuse traditionnelle.

10 France Théoret, *Nous parlerons comme on écrit*, Montréal: Les Herbes Rouges, 1982.

11 Voir aussi François Paré, « Identité et filiation dans *La terre paternelle* de Patrice Lacombe », dans Cécile Cloutier-Wojciechowska et Réjean Robidoux (dir.), *Solitude rompue*, Ottawa: Les Presses de l'Université d'Ottawa, 1985, pp. 294-300.

terre paternelle héritée. La famille, déménage au village, puis en ville, pendant que le fils puîné, Charles, abandonne la terre et passe plus d'une quinzaine d'années comme coureur de bois dans les forêts du Grand Nord, avant de revenir racheter son héritage légitime, perdu par le père, afin d'assurer la descendance de la famille Chauvin[12] sur la ferme ancestrale.

Les concepts de la nation ou de la nationalité ne sont pas articulés en tant que tels dans le roman de Lacombe; ils n'émergent pas clairement et on doit les reconstituer par inférence. Néanmoins, ce qui paraît évident après cette brève synopsis, c'est que nous pouvons considérer la famille Chauvin comme étant représentative d'un type ou d'un groupe et que les transformations qu'elle subit peuvent être décrites comme des solutions possibles qui assureraient la survie et la prospérité de l'ensemble de ces sujets. Ce construit culturel, au niveau de l'imaginaire, participe en partie au débat sur la nation et sur la nationalité de l'époque, dans la mesure où le récit privilégie la notion des traits et des intérêts distincts: **une seule** religion, des lois et des institutions qui définissent **tous** les membres du groupe, ainsi qu'**une seule** langue partagée par tous; le tout ancré dans une périodicité à long terme qui lie chaque membre du groupe à l'autre. De ce point de vue, on peut interpréter le roman comme faisant écho et reproduisant l'idéologie ultramontaine conservatrice dominante du milieu du XIXe siècle, décrite dans de nombreuses publications de l'époque[13]. Ce récit explore un nombre de solutions hypothétiques à la question de l'identité en proposant des options différentes, et finalement se fixe sur une solution « idéale », voire idéalisée, qui garantit une identité collec-

12 Pour une étude onomastique du patronyme Chauvin et le rôle de la généalogie dans ce roman « Le signifiant du personnage dans Paul Perron, *Quête identitaire et subjectivité dans la prose québécoise du XIXe siècle*, Jhong-Li, Taiwan, 2006, pp. 59-69.

13 Par exemple: *Le nouveau monde* (1867-1900) ; *La gazette des campagnes* (1861-1876) ; *L'avenir* (1847-1852) Voir François Dumont, Jean Hamelin, Jean-Paul Montminy et J. Hamel (dir.), *Idéologies au Canada français 1850-1900*, Québec: Les Presses de l'Université Laval, 1971.

tive ou nationale.

Les anciens canadiens de Philippe Aubert de Gaspé publié en 1863 est, sans aucun doute, le roman éponyme historique du XIXe et de la première moitié du XXe siècle. Les romans historiques de l'époque[14] évoquent et reconstituent l'antériorité glorieuse des premiers explorateurs, missionnaires et habitants du Canada depuis Jacques Cartier en 1535, fondant ainsi la nation canadienne-française dans un passé historique prérévolutionnaire en la dotant d'une véritable histoire et/ou idéologie identitaire qui constituent un pendant à celle prônée par Garneau et les historiens qui suivent. Alors que le roman de la terre qui s'éteint avec la deuxième guerre mondiale quand le récit émigre définitivement en ville[15] véhicule une idéologie identitaire qui fonde le sujet comme sujet collectif du devoir dans un univers fermé, mais défini par des traits partagés par tous les habitants d'une langue, race et religion communes et homogènes, en excluant tout élément et tout sujet de provenance étrangère et/ou hétérogène.

Du point de vue thématique, le roman historique inscrit dans un contexte social des personnages imaginaires qui dépendent d'un code référentiel[16]

14 Dans une optique analogue et complémentaire, voir les travaux très récents publiés dans Marie-Christine Pioffet (dir), *Nouvelle-France: fictions et rêves compensateurs, Tangence*, vol. 90, été 2009, Sainte-Foy: Les Presses de l'Université du Québec, qui jettent un regard nouveau sur l'imaginaire de la Nouvelle-France du XVIIe au XXe siècles en analysant les écrits des missionnaires, explorateurs, historiens et littéraires qui ont écrit sur la période pré-conquête du Canada. Les chapitres de Rémi Ferland, « Rêver la Nouvelle-France au XIXe siècle », pp. 71-82 et d'Hélène Destrempes, « Mise en discours et médiatisation des figures de Jacques Cartier et de Samuel Champlain au Canada français dans la seconde moitié du XXe siècle », pp. 89-106, bien qu'abordant cette problématique sous un angle différent de celui de mon propre travail, éclairent toutefois mes propos.

15 Avec la publication du roman Roger Lemlin, *Au pied de la pente douce*, Montréal, Éditions de l'Arbre, 1944 suivi un an plus tard du récit à renommée internationale de Gabrielle, Roy *Bonheur d'occasion*, Montréal-Paris, Stanké, 1977 [1945] quand le roman se campe irrévocablement dans les centres urbains, les aspirations nationalistes et patriotiques qui définissait et valorisaient les personnages étaient présentées avant tout dans des ouvrages à caractère agricole ou historique.

16 Non seulement ces codes déontiques règlent le comportement des sujets héroïques dans les livres d'histoire officiels ou les romans historiques, mais ils informent également les œuvres de quantité de poètes, dont les plus connus sont Octave Crémazie et Louis Fréchette. En outre, dans une étude très détaillée et érudite sur le discours didactique au

généralement accepté, reconnu et partagé par la population en situant leurs pensées, actions et passions dans un topos reconstitué qui est censé avoir existé, créant, pour ainsi dire, un effet « historique », comparable à « l'effet de réel[17] » décrit par Roland Barthes. Bien que n'étant pas le premier roman historique écrit au Québec, *Les anciens Canadiens* de Philippe Aubert de Gaspé constituait une rupture nette avec les romans antérieurs et était, de loin, le roman le plus populaire et le plus lu au Canada français du XIXe siècle. À vrai dire, la première édition, tirée à 1000 volumes, a été épuisée en quelques mois, et une deuxième de 5000 volumes a été publiée l'année suivante, avec une traduction en anglais de Madame G. M. Pennée intitulée *The Canadians of Old*. D'autres éditions et traductions ont vu le jour durant le XIXe et XXe siècles, qui contribueront à accroître la réputation de l'auteur. La réussite de ce récit est d'autant plus étonnante que la population se trouve en général peu instruite et le lectorat du roman est constitué d'une élite minoritaire. À la fois aux niveaux diégétique et narratif, le roman d'Aubert de Gaspé figurativise et thématise l'émergence d'une nouvelle sensibilité concernant la nation et l'identité[18] du sujet. Aux niveaux thématique et figuratif, on retrouve trois générations de personnages qui doivent faire face au problème de la nationalité qui est en jeu, et en trouver des solutions. Dans ce roman, avant la Con-

Québec depuis 1852 (date de la fondation de l'Université Laval) à 1967 (date de la dissolution des 'Cours Classiques') sur un corpus de manuels et de compositions écrites par 3500 étudiants des classes de Belles-lettres et de Rhétorique, Joseph Melançon, Clément Moisan et Fernand Roy, *Les discours d'une didactique. La formation littéraire dans l'enseignement classique au Québec*, Québec: CRELIQ, 1988, ont étudié l'institutionnalisation des codes en question dans les collèges classiques sur une période de plus de cent ans, qui correspondent aux comportements sociaux souhaités et prônés par les pédagogues et les dirigeants du Ministère de l'éducation.

17 Roland Barthes, « L'effet de réel », *Communications* 11, Paris: Le Seuil, 1968, pp. 84-89.

18 À l'opposé de *La terre paternelle* où on doit inférer le concept de la nation et où on ne trouve aucune mention de la Conquête et de la présence anglaise, sauf pour le grossier et vulgaire personnage britannique ne sachant pas parler français. Celui-ci a acheté la ferme de la famille, agressé et insulté Charles, le fils puîné, de retour après 15 ans passés à voyager dans les espaces vastes de la grande forêt, qui est revenu au bercail acheter la terre ancestrale afin de continuer la famille dans un espace sécurisant bien circonscrit.

quête la nationalité se définissait par la langue française, la foi catholique, les us et coutumes, les traditions, les lois et les institutions importés, d'origine française de l'ancien régime, qui sont partagés par tous les habitants de la Nouvelle-France. Après la Conquête, la nationalité se définit par la collaboration avec la nouvelle monarchie constitutionnelle de l'Angleterre auprès des classes dominantes restantes qui doivent accepter la défaite de la mère patrie et l'émergence d'un nouveau sujet canadien, sujet clivé ayant une identité double.

Dans le roman de la terre, le village et la ville constituent des espaces négatifs. Il s'agit du **Là**, de **l'Ailleurs**, de la contingence, de l'impossibilité qui absorbent le sujet en le dissolvant dans un ego qui se définit dans et par ses propres désirs, alors que la grande forêt est un espace mixte, **l'Au-delà**, où le sujet est incorporé, mais peut néanmoins revenir revigoré pour sauver l'ensemble nucléaire de la société; la famille. Dans le roman historique, la ville est un **Là**, alors que Québec avant la chute, et le manoir d'autrefois, **Ici**, sont des espaces positifs, sûrs et rassurants, tandis que la forêt et le monde anglo-saxon sont des espaces menaçants, dangereux mais parfois neutres, qui sont à négocier par les sujets. Chaque genre met en place des limites au sein desquels le sujet peut se déterminer en fonction des aspirations collectives du groupe. Dans le roman de la terre, **Ici** et, à un bien moindre degré, la forêt **Au-delà**, sont permis, même nécessaires ou tolérés, car ils peuvent mener directement ou indirectement (à condition qu'on la quitte), à l'homogène, à la famille et au nationalisme (unité de langue, de race et de religion). Dans le roman historique, la ville occupée, **Là**, et le manoir dégradé, **Ici**, sont tous les deux permis et nécessaires mais ils mènent directement à l'hétérogène, à la famille mixte, à la collaboration et au cosmopolitisme. Dans les deux cas, ce sont les **Là,** l'Ici ou, en d'autres termes, le maintenant, la nécessité et la possibilité de la survie, la continuité et la prospérité du peuple canadien-français qui sont en jeu.

Le roman historique, d'une part, attribue un espace mixte /ouvert / ou / non fermé/ au sujet, alors que le roman de la terre, de l'autre, délimite un espace stable, invariable /fermé/ ou /non ouvert/ au sein duquel chaque individu peut réaliser ses aspirations à condition qu'elles visent un but national de la survie collective. Ces deux genres cependant jouent et rejouent la lutte constante entre le nationalisme et le cosmopolitisme, entre ceux qui croient que leur identité peut se maintenir par une politique de la fermeture et ceux qui pensent qu'elle peut mieux se garantir par une ouverture vers le monde. Néanmoins, les deux genres sont de nature profondément « dystopique », dans la mesure où chacun d'eux construit des univers d'identité, les propose aux lecteurs qui sont déjà ailleurs, et qui vivent dans des conditions sociohistoriques bien différentes, à savoir dans un monde qui a changé de fond en comble et qui ne saurait coller étroitement au passé. Bien que ces deux romans traitent de l'impensable traumatisme du passage violent et sanglant d'un ordre symbolique à un autre (de la monarchie absolue à la monarchie constitutionnelle), ils le font en proposant un retour nostalgique et atténué au passé qui disparaît et qui n'est plus. En bref, au lieu de représenter leurs sociétés contemporaines, ces deux genres tentent de résoudre, au niveau de l'imaginaire, ce que les conditions sociohistoriques actuelles rendent impossibles[19]. Par une ironie du sort, car pour beaucoup des sujets de cette nation qui

19 D'ailleurs, ces deux genres qui ont perduré jusqu'aux années 1950 proposent, comme la plupart des romans pendant les cent premières années de la production littéraire au Québec, des solutions identitaires qui jouent le nationalisme catholique de l'unité de la langue, la race et la religion, prônées par le clergé et la bourgeoisie. Comme le démontre Pierre Hébert dans trois ouvrages récents: *Censure et littérature au Québec: le livre crucifié (1625-1919)*, Montréal: Fides, 1997; *Censure et littérature au Québec: des vieux couvents au plaisir de vivre (1920-1959)*, Montréal: Fides, 2004; *Dictionnaire de la censure au Québec: littérature et Cinéma*, Montréal: Fides, 2006, les auteurs qui exercent tous d'autres métiers dans le civil, autocensurent automatiquement leurs œuvres qui ne font que reproduire le discours théologique hiérarchisé acceptable ou « dicible » de sorte que la classe dominante n'éprouve aucun besoin d'exercer les sanctions de l'Index. Par exemple, le roman d'Albert Laberge, *La Scouine*, Montréal: L'Actuelle, 1972 [1918], le premier roman

est en pleine mutation durant la deuxième moitié du dix-neuvième siècle, le manoir n'est plus, la terre paternelle non plus. Ceux-ci ayant déjà immigré vers les villes du Canada et des USA avec leur industrialisation massive sont pris dans les rets socio-économique de l'histoire mondiale qui a déjà complètement restructuré leurs vies de citadins. Au seuil de la modernité et de l'irruption de l'histoire qui articule une temporalité tridimensionnelle et un espace ouvert, les nouveaux citoyens québécois qui se meuvent dans l'aire d'une démocratie constitutionnelle du sujet désirant, ne pourront ni ne voudront trouver refuge dans l'espace clos homogène, structuré et à temporalité bidimensionnelle de la ferme, de la terre paternelle. Ni ne voudraient-ils se laisser saisir par le rêve impossible d'un univers seigneurial révolu et éclaté qui tenterait vainement de maintenir un espace ouvert mais hiérarchique qui assigne à chacun sa place fixe dans l'ordre du symbolique qui l'opprime.

En fin de compte, dans ces deux séries de romans, la modalité du **devoir** ou de l'**obéissance collective** régularise les modalités de la compétence du savoir, du pouvoir et du vouloir et gère le faire (la performance) du sujet passif dans un espace clos qui se manifeste avant tout comme un (*Je veux pour nous*) et non comme le sujet actuel désirant de la ville, espace ouvert, (*Je veux pour moi*) dont les modalités du devoir, du savoir et du pouvoir sont régularisées par le **vouloir** ou le **désir** individuels[20].

Toutefois, le roman historique et le roman de la terre articulent une même structure temporelle, bidimensionnelle et passéiste de la répétition et

réaliste au Québec a dû être publié à compte d'auteur. Tiré à 50 exemplaires il a circulé clandestinement pour éviter la foudre de la censure car il déconstruit le roman de la terre en décrivant les monde des paysans en termes négatifs où les personnages obéissant aux instincts de domination les plus bas, quasi bestiaux, mentent, volent et forniquent tout en démontrant qu'il n'existe dans cet univers aucune valeur transcendantale efficace. Voir Paul Perron, « Au No(n) du Père: La Scouine d'Albert Laberge », dans Cécile Wojciechowska et Réjean Robidoux (dir.), *Solitude rompue*, Ottawa: Les Presses de l'Université d'Ottawa, 1986, pp. 301-14.

20 Voir Paul Perron, *op. cit.* 2006, pp. 35-188.

de la reproduction, à l'exclusion des corps étrangers – structure qui se retrouve dans l'itération des même formes temporelles d'un présent considéré comme un passé et un futur comme un présent reconduit. Alors ce rythme du même au même – le futur ne fait que reproduire le présent sous forme du passé – se définit radicalement contre le temps tridimensionnel de l'histoire qui constitue le passé sous mode de n'être plus, le présent comme présence à et le future, un à-venir ou un pas encore! Ces deux séries de romans jouent et rejouent comme l'écrit Mircea Eliade[21] le temps mythique de l'éternel retour qui produit et reproduit la « mêmeté ». Et ces structures répétitives se retrouvent dans la thématique ainsi que dans la structure temporelle et spatiale homogène et fermée du récit identitaire qui s'opposeront au temps historique du changement dans l'espace de la ville ouvert au monde et à l'hétérogène, articulant la transformation et la différence.

La deuxième guerre mondiale, ainsi que l'œuvre romanesque de Gabrielle Roy[22] sonnent le glas du récit mythique du retour aux origines et jouent l'arrivée incontournable de l'histoire qui pénètre le sujet et l'espace de la ville, en gommant et en reléguant celui-ci aux oubliettes de la continuité du pastoral et de l'originaire comme fondation identitaire du sujet aux prises avec un espace en constante métamorphose et des forces qui lui échappent. Le mondial envahit le national et le local, perturbant radicalement le sujet centré en introduisant une dimension qui n'est plus celle de l'antagonisme entre conquérant et conquis, mais de la guerre planétaire ou encore de la pénétration d'enjeux globaux de l'actuel dans la définition même de l'espace et du sujet québécois. Le sujet romanesque littéralement et figurativement décentré se trouve dorénavant perdu dans l'espace urbain, errant privé de véritable direc-

21 Mircea Eliade, *Le mythe de l'éternel retour*, Paris: Gallimard, 1965.

22 Gabrielle Roy, *op. cit.*, 1977 [1945].

tion et de sens est réduit à trouver finalement une solution en se reproduisant et en instituant une descendance et une famille urbaine disloquée, tronquée, amputée du père. Celui-ci part en guerre dans des terres lointaines pour des raisons qui lui restent incompréhensibles – mais qui existent par nécessité économique – alors que femmes et enfants demeurent sur place attendant le retour éventuel et hypothétique du père disparu qui affrontera des dangers réels dans des terres et pays étrangers[23].

Le noyau central dans l'imaginaire québécois représenté dans le roman et l'historiographie depuis leurs débuts, de la famille homogène soudée dans et par le système symbolique stable qui la fonde et la confirme du père au travail, de la femme reproductrice au foyer et des enfants occupant la place que la religion leur assigne et prenant parole uniquement lorsqu'on le leur permet se trouve ébranlé, éclaté, en pleine décomposition. Le sujet ne retrouve aucune voix pour remplacer celles de la religion et du politique et, en plein désarroi, n'arrive pas à constituer des valeurs qui lui donnerait sens. Il déambule, erre, et veut dans l'espace urbain mais ne saurait donner un but, une orientation, à son désir. Le mondial, mais surtout l'occidental, envahissent la conscience du sujet québécois par l'entremise de la guerre, désoriente, déracine et fractionne le sujet autrefois centré en introduisant une composante hétérogène et étrangère dans sa quête identitaire. Pris dans les labyrinthes et les pièges de l'histoire, le sujet romanesque est incapable de se constituer en tant que tel.

À la fin des années 1950, juste avant la Révolution Tranquille au Québec, paraît un roman identitaire très atypique, *Agaguk*[24], situé chez les Inuits, écrit par le premier auteur québécois à vivre de sa plume, Yves Thériault. Un

23 Voir Paul Perron « History and the Urban Novel: *Bonheur d'occasion* », dans Paul Perron, *Narratology and Text*, Toronto: University of Toronto Press, 2003, pp. 208-229.

24 Yves Thériault, *Agaguk*, Montréal: Les Éditions de l'actuelle, 1971 [1958].

jeune Inuit incapable de cohabiter sous la loi de la tribu dont le père est chef, quitte le groupe, s'établit dans le Grand Nord avec sa jeune femme Iriook et fonde une famille loin des contraintes du social[25]. Le récit figurativise et thématise la séparation volontaire de deux individus du groupe et la formation d'un couple dont les interactions subjectives évoluent progressivement dans le sens d'une réciprocité complète. Les instincts de domination et de violence de l'homme se trouvent systématiquement éradiqués grâce aux instincts de la femme, de sa douceur et de sa compréhension. Il s'agit du premier roman érotique publié au Québec dans lequel la sexualité est considérée comme l'expression corporelle des qualités innées de la femme, essentielles pour l'évolution et la libération de l'homme. La formation et la consolidation du couple et, ensuite, de la famille ne peut se produire qu'avec la disparition du nom du père qui tente d'insérer le fils dans l'ordre du symbolique. À la fin, on assiste à l'émergence d'une nouvelle famille nucléaire qui rompt avec toute tradition. Confronté par une série d'épreuves le couple passe du plan hiérarchique et matériel de la survie du groupe à celui d'un ordre moral de la réciprocité dans les relations intersubjectives. En somme, le couple – par une sorte de maïeutique socratique qu'effectue la femme qui accouche la conscience morale de l'homme – évolue de sujets instinctifs, sensuels et inégaux pour devenir des sujets égaux, moraux et amoureux. Ce roman qui souligne la révolution dans les relations intersubjectives du couple, loin du groupe, correspond à la véritable construction d'une nouvelle identité qui n'est possible

25 Quant à l'intrigue principale, le père d'Agaguk, le chef Ramook qui a tué un policier, Henderson, faisant une enquête dans son village, dénonce à la Police Montée son fils ayant auparavant tué un trafiquant illégale Blanc, ironiquement nommé Brown, qui lui avait volé ses peaux. Toutefois, le fils, qui nie l'avoir fait, découvre le subterfuge et le mensonge du père qui, interrogé par les policiers, confesse à la longue son assassinat de Henderson. Accusé de meurtre, on l'amène en avion pour le traduire en justice dans une ville du sud mais au cours du vol le père saute de l'avion et se suicide. Dans ce récit, aussi, pour qu'Agaguk réalise pleinement sa nouvelle identité d'homme et de père de famille il faut tuer son propre père qui incarne les systèmes symboliques primitifs, ancestraux qui l'oppriment et l'empêchent d'évoluer.

que dans un espace original, imaginaire, inexploré et inoccupé. En établissant ce nouvel espace de l'épanouissement du sujet Thériault propose une critique radicale du groupe/tribu/nation; de ses structures politiques, morales, éthiques et religieuses qui conditionnent chaque sujet et constituent un schéma interactionnel nécessaire pour sa cohésion et sa survie. Néanmoins, il faut que les valeurs collectives nécessaires pour assurer la cohésion du groupe/nation et qui motivent le sujet collectif soient surpassées, niées, et même éradiquées pour qu'émerge une nouvelle identité morale et sexuelle, indépendant de la politique corporelle traditionnelle[26].

Cependant, bien qu'il existe une disjonction entre le grand récit de l'histoire qui donne sens au sujet collectif de la nation, le sujet du roman qui déambule sans visée, se trouve victime de forces incontrôlables que l'idéologie et la raison d'autrefois ne permettent pas de restituer par l'entremise d'une trame logique et cohérente héritée du passé[27]. L'historique construit en posant une finalité téléologique sinon théosophique, alors que le romanesque déconstruit en narrant le désarroi du sujet, face à un univers et un espace arabesque, fractionné, multiculturel et labyrinthique, par un discours heurté, fragmenté, répétitif, illogique, convoluté qui parle l'errance dans un monde dédaléen, sans bornes et sans finalité, s'opposant au monde et à l'espace quadrillé et circonscrit du passé[28]. Ainsi, le Québec vivra au sein de sa production littéraire

---

26 Voir Paul Perron, « Théorie actantielle et processus idéologique: *Agaguk* d'Yves Thériault », *Voix et images*, vol. 4, no. 2, Montréal: 1978, pp. 272-299, et aussi du même auteur *Semiotics and the Modern Quebec Novel*: Agaguk *by Yves Thériault*, Toronto: University of Toronto Press, 1996.

27 Comme le souligne Maurice Arguin, *Le roman québécois de 1944 à 1965*, Montréal: L'Hexagone, 1989, l'identité est bien la question fondamentale qui définit le nouveau héros québécois dans la plupart des romans écrits durant cette période. Pour lui, la mort du Canadien-français est une condition nécessaire pour la naissance du Québécois, un sujet, voire un individu qui tente de s'approprier de nouveau son univers par l'entremise de la révolution, l'amour, et l'écriture, p. 256.

28 À titre d'exemple, Gérard Bessette, *L'incubation*, Montréal: Librairie Déom, 1965, où les héros sont perdus dans les brumes et les labyrinthes de la drogue et de l'alcool et tournent sans cesse en rond dans l'espace délirant d'une petite ville universitaire à l'extérieur du Québec. Voir Paul Perron, « Les avatars de l'écriture chez Gérard Bessette » *Recher-*

de l'époque sa période « nouveau roman » durant les années de la Révolution Tranquille quand aucune idéologie ne pourrait remplacer une des unités – la religion et la politique qui la sous-tend – qui constituait un des trois piliers identitaires du sujet d'antan[29].

Toutefois, il serait légitime de s'interroger sur les particularités sociopolitiques du vécu quotidien du sujet québécois au cours de la Révolution Tranquille à partir des années soixante. Le multiculturel et le bilinguisme devenant une politique nationale pancanadienne après l'élection du québécois Pierre Elliott Trudeau comme Premier Ministre du Canada (1968-79, 1980-84), les deux dernières pierres de voûte – unité de race et de langue – de l'identité québécoise se trouveront assiégées. Se sentant menacée dans le tréfonds de leur être, une majorité des citoyens francophones ont contré l'assaut d'assimilation préconisée dans le *Rapport de Durham* plus d'un siècle auparavant – qui a été reprise et relancée sous différentes formes par la politique multiculturelle nationale de Trudeau – en créant un parti politique indépendantiste en 1968, ayant comme chef René Lévesque, mais devenu plus tard le Bloc Québécois. Ainsi, le Québec a mis en place une politique francophone avec la déclaration du français comme la langue officielle de la province et en inaugurant une politique d'immigration unilingue. Ont été tenus deux référendums d'indépendance; le premier en 1980 sous René Lévesque et l'autre sous Jacques Parizeau en 1995, qui ont failli mener à la dislocation et la dissolution de la fédération canadienne de 1867[30].

---

ches et Travaux, vol. 20, Grenoble: Université de Grenoble, 1981, pp. 31-51.

29 Libéré de la modalité du devoir religieux le sujet désirant peut donner libre cours à son vouloir qui le fonde comme sujet individuel (*Je veux pour moi*).

30 Les questions d'identité, de la formation du groupe et le statut du sujet restent actuelles, mais se jouent et se rejouent différemment dans la littérature et le social émergeants. Le premier referendum sur l'indépendance du Québec a reçu 40% des voix pour, alors que le deuxième plus de 49%. Il semble toutefois que ce mouvement imaginaire de l'ouverture et de la fermeture vers l'extérieur, à l'hétérogène, à la différence, à la formation du sujet, le groupe, la nation constaté dans notre corpus littéraire a été et continue à être articulé de façon radicale surtout dans l'arène pub-

Comme le démontre Sherry Simon et Pierre l'Hérault dans un collectif d'une grande finesse et d'une portée théorique indéniables[31], durant les années 1980 un roman nouveau s'est manifesté qui contestait et déconstruisait la dominance du symbolique ou du patriarcat qui assignait la place et définissait le rôle du sujet dans le système qui l'opprimait. Dans sa conclusion Sherry Simon remarque que la critique ainsi que la littérature québécoise avait durant cette période déjà fait « [...] du Québec un espace pluriel, traversé par des lignes de tension diverses[32] [...] » car le pays s'est beaucoup penché sur les figures problématiques de l'identitaire. Elle note aussi que l'ethnicité qui informait les citoyens dans le passé laissait place à une réflexion théorique sur les espaces hétérogènes qui tenait compte des transformations radicales sociales provoquées par l'industrialisation et par la globalisation. On notera ici que la littérature d'avant-garde est sensibilisée et sensibilise son lectorat, en temps réel, aux transmutations radicales qui traversent et transforment le social de l'époque.

Néanmoins, il incombe de constater ici que la toute puissante institution littéraire masculine qui légitimait les productions culturelles a été mise et remise en question à partir des années 1980, notamment par la voix féminine qui refusait le rôle maternel qu'on lui assignait et tentait de se fonder dans

lique. M. Parizeau a fait endosser la défaite du referendum de 1995 au vote ethnique (allophones et anglophones) qui a fait basculer les aspirations du peuple québécois, « pure laine », à savoir les francophones de descendance française établis au Québec avant la conquête de 1763 (unité de langue, race et religion). Cependant, M. Bernard Landry, Premier ministre du Parti québécois indépendantiste (2001-2003) dans un discours prononcé en février 2001 a proposé un plan pour l'indépendance du Québec, et affirmant que la province était la quinzième puissance économique mondiale, que des états bien moins riches exercent un contrôle souverain sur leurs intérêts et que le Québec devrait avoir le droit de représenter ses propres intérêts sur la scène internationale. D'ailleurs, il a insisté sur le fait que pour lui le nationalisme québécois n'était pas fondé sur l'ethnicité: « Que nous soyons nés à Santiago au Chili ou à Saint-François-Xavier-les-Hauteurs, nous sommes tous québécois –il ne faut pas l'oublier », Toronto: *Toronto Star*, 5 février 2001, A, p.7. Cependant, cette vision d'un Québec indépendant n'est pas partagée par une majorité des habitants de la province, et certainement pas par celle du reste du Canada.

31 Sherry Simon et al. *Fictions de l'identitaire au Québec*, Montréal, XYZ, 1991.

32 Sherry Simon et al. *op. cit.*, p. 47.

une parole authentique, individuelle. Parole qui se cherchait dans des récits souvent contestataires mettant en scène de nouvelles stratégies textuelles qui démembraient le grand récit patriarcal de l'histoire par l'entremise d'une écriture hachurée, elliptique, fractionnée, qui joue dans sa facture même, le sujet perdu dans les dédales du langage essayant désespérément de retrouver le moment originaire de la subjectivité et de suivre le fil d'Ariane qui lui permettrait de remonter le labyrinthe des systèmes symboliques qui tentent de l'enfermer et le contraindre dans un mutisme minoritaire[33]. Nous pensons ici, entre autres, aux écrits de Loucky Bersianik[34] et de France Théoret[35] qui déconstruisent les structures des récits traditionnels phallocratiques et phallologoriques. Somme toute, la phalange dominatrice patriarcale se trouve rompue par la publication d'autres textes de groupes autrefois défavorisés et même muselés par l'Académie bienpensante souvent homophobe; notamment Michel Tremblay[36] et Normand Chaurette[37] qui mettent en scène des sujets stigmatisés et marginalisés. À titre d'exemple, nous citerons ici un dernier groupe d'immigrants francophones d'origine antillaise et haïtienne, représenté par un auteur comme Dany Lafférière qui dans son premier roman provocateur[38] donne la voix à de nouveaux sujets récents immigrés qui ont en commun avec la majorité francophone surtout la langue mais, aussi, s'immiscent dans la culture multiculturelle québécoise ambiante.

---

33 Voir Lara Popic, « Les voix silencieuses dans *Nous parlerons comme on écrit de France Théoret* », *Études francophones. Dossier thématique Québec*, vol. 25, no 1 et 2, Louisiane: Université de Louisiane, 2010, pp. 108-124. Dans ce travail elle analyse finement la spécificité de l'inscription de la voix féminine chez France Théoret qui déconstruit par l'entremise d'une série de tropes et de stratégies textuelles la voix prédominante phallocratique et phallologique qui enferme le sujet énonçant féminin dans les systèmes symboliques contre lesquels elle s'érige et se révolte.

34 Louky Bersianik, *Le pique-nique sur l'Acropole*, Montréal: l'Hexagone, 1979.

35 France Théoret, *op. cit.*, 1982.

36 Michel Tremblay, *Les belles sœurs*, Montréal: Holt Rhinehart et Winston, 1968.

37 Normand Chaurette, *Le pont du Gard vu de nuit*, Montréal: Leméac, 1990.

38 Dany Lafférière, *Comment faire l'amour avec un nègre sans se fatiguer*, Montréal, VLB, 1985.

À vrai dire, au niveau sociopolitique un autre phénomène traverse le vécu québécois de nos jours. En 2008, le gouvernement conservateur fédéral minoritaire au pouvoir de Steven Harper, le Premier ministre actuel du Canada, a reconnu que le Québec était une nation au sein d'un pays fédéré, au grand dam des indépendantistes québécois, reprenant l'idéologie du mythe des deux nations fondatrice, à savoir française et anglaise, tout en gommant la première nation autochtone du pays; ce qui a été également admis par le chef de l'opposition libérale Michael Ignatieff ainsi que par le parti socialiste sous Jack Layton. Aujourd'hui, au Canada comme au Québec, il n'est plus question d'une politique officielle d'assimilation des francophones préconisée par le *Rapport de Durham*. D'ailleurs, le chef du parti Libéral[39] au pouvoir au Québec, Jean Charest, réélu trois fois comme Premier ministre de la province (2003-12) ayant remporté son dernier mandat en 2008, suite à des inquiétudes exprimées par des habitants de la province, en grande partie d'origine *pure laine*, (lire Français immigrés au Québec avant la Conquête de 1763) a créé une commission pour déterminer pourquoi de nos jours, devant l'immigration des dernières décennies, les Québécois de souche se trouvaient divisés devant l'accommodement de certaines cultures minoritaires. Dans leur rapport[40], Gérard Bouchard et Charles Taylor constatent que comme dans la plupart des nations il existe une discrimination contre les immigrés souvent liée à des perceptions non confirmées par l'analyse des faits socioculturels, économiques et religieux[41]. Ceci, malgré le fait qu'il existe des facteurs positifs

39 Parti politique du centre, nationaliste, anti-souverainiste ou anti-indépendantiste et fédéraliste pour lequel le Québec doit rester au sein de la confédération canadienne de 1867.

40 Gérard Bouchard et Charles Taylor, *Fonder l'avenir. Le temps de la conciliation. Rapport intégral*, Québec, 2008a.

41 Un motif traverse le rapport Gérard Bouchard et Charles Taylor, *op. cit.*, 2008a sur la quête identitaire des sujets québécois à l'heure actuelle fondée sur une inquiétude de la population francophone depuis toujours, à savoir sa condition majoritaire dans la nation québécoise au sein d'une collectivité minoritaire en Amérique, Gérard Bouchard et Charles Taylor, *ibid.*, p. 37, 201, 208; la condition minoritaire du Québec au sein d'un large et puissant environnement anglophone qui parle la langue de la globalisation, *ibid.*, p. 119; la politique multiculturelle qui corre-

dans cette nouvelle société émergeante, notamment que les jeunes générations manifestent une grande ouverture d'esprit à l'égard des relations interculturelles et que la construction d'une identité commune est déjà engagée, fondée sur l'usage du français, le partage des valeurs communes et de la mémoire du passé, les initiatives intercommunautaires, la participation civique, la création artistique et littéraire et l'appropriation des symboles collectifs[42]. À vrai dire, le rapport propose un nombre de recommandations prioritaires pour l'intégration de tous les habitants du pays. Cette société dans laquelle une politique de l'interculturel et de l'accommodement est en train de remplacer l'ancienne politique du multiculturel sériel de la tolérance, à la fois donnera lieu à, et sera façonnée par d'autres voix, d'autres quêtes identitaires d'autres formes littéraires par des sujets voulant et tentant de forger une nation fondée sur la non-discrimination, l'harmonisation, la compréhension mutuelle et l'intégration[43].

En fin de compte, dans ce travail nous avons tenté de mettre au jour les croisements et entrecroisements des grands axes du discours historiographique et romanesque qui les marquent, depuis leur parution tout en admettant que ces deux discours correspondent à des quêtes identitaires qui, comme le suggère Paul Ricœur[44], mettent en intrigue sous forme d'actions temporalisées

spond à la fin du Canada comme pays binational – l'idéologie des deux peuples, français-anglais fondateurs, à l'exclusion des nations autochtones, d'ailleurs – qui affaiblit la nation québécoise réduite au groupe ethnoculturel canadien-français, des motifs qui ont poussé tous les gouvernements du Québec depuis 1981 à rejeter le multiculturalisme, *ibid.*, p. 122; la culture québécoise que vivent toujours pleinement les Québécois d'origine canadienne-française, membres d'une petite nation minoritaire en Amérique, culture qui porte la mémoire vive des humiliations, subies et vaincues, des luttes pour la survie, des combats qu'ils ont dû mener seuls, sans jamais trouver des appuis extérieurs, d'où le sentiment toujours actuel d'avoir été abandonnés par la France, *ibid.*, p. 242, etc.

42 *Ibid.*, p. 94.

43 Ici, le sujet individuel affirme son Je, en reconnaissant le droit de tout autre sujet individuel de s'affirmer, en d'autres termes, son désir ou son vouloir s'arrête là où celui de son voisin commence et réciproquement c'est dans la reconnaissance de la différence dans l'harmonisation que chacun négocie, affirme et impose des limites à ses droits.

44 Paul Ricœur, *Temps et récit I*, Paris: Le Seuil, 1982.

des sujets qui agissent, pensent et sentent. Ce qui les différencie ce n'est pas nécessairement la mise en intrigue des actions des sujets, car ils se servent des mêmes ressources narratologiques, mais surtout leur finalité et leur acquisition de la compétence qui permet leur performance praxique, cognitive et pathémique. Or, c'est bel et bien l'institution d'une modalité du vouloir ou du désire individuel qui remplacera celle du devoir quand le sujet veut parce qu'il doit afin d'assurer la survie du groupe. La seule différence entre les deux, en termes kantiens, c'est que la finalité du récit historique est de dire « vrai », alors que celle du récit fictif est « une finalité sans fin ». Si comme le note Ricœur[45], on écrit l'histoire pour dire la vérité aux morts ne pourrait-on pas dire que l'on écrit de la littérature pour dire la vérité aux vivants? Mais le discours historique qui tente d'éclairer le passé pour le présent, tout comme le discours littéraire conventionnel n'est-il pas rétrospectif alors que le discours de l'avant garde littéraire depuis les années 1945 au Québec est prospectif et vise à éclairer le présent actuel pour un à-venir. Cependant, les deux discours mettent en jeu une mouvance du sujet, surtout depuis la Deuxième Guerre Mondiale et la Révolution Tranquille, vers un dépassement des anciennes idéologies du nationalisme, du multiculturalisme de la différence par l'entremise de l'interculturel de l'accommodement et de la reconnaissance des droits de la personne qui choisit de s'établir au Québec. Certes, dans une logique de l'immigration pour faire face aux populations vieillissantes afin d'assurer un niveau de vie élevé en palliant la baisse de la natalité de la population établie[46], il est impératif dans une démocratie occidentale non

---

45 Paul Ricœur, *La mémoire, l'histoire, l'oubli*, Paris: Le Seuil, 2000.

46 Alors que le taux de natalité au Québec en 1900 était de 39.5 enfants par 1,000 personnes; il est tombé de 25,6 enfants par 1,000 en 1940, de 15.0 enfants par 1,000 en 1980; 9.8 enfants par 1,000 en 2000 et depuis cette date est remonté à 11,3 enfants par 1,000 en 2,008, *Institut de la statistique, Québec*, 2010 (www.stat.gouv.qc.ca/donstat/societe/demographique/naisn_deces/n...) Or, il saute aux yeux que même avec un effort concerté d'immigration de pays francophones depuis des décennies, le taux de naissances actuel au Québec reste toujours faible, à savoir 29% par

seulement d'accommoder les nouveaux arrivés mais également de mettre en place des structures d'intégration qui permettent à tout citoyen de participer sans entraves à la construction d'une société égalitaire. Comme Bouchard et Taylor le soulignent dans la conclusion de leur *Rapport abrégé* [47], il s'agit d'un projet et d'un choix de la société québécoise actuelle qui n'est pas gagné d'avance car elle se trouve à un tournant aujourd'hui où une partie très importante se jouera pour elle « [...] au cours des cinq ou des dix prochaines années. L'issue de cette partie dépend des citoyens eux-mêmes et pourrait s'avérer déterminante pour l'avenir de notre société [48]. »

Les deux rapports de Bouchard et de Taylor, tout comme la littérature et l'histoire n'ont pas dit le dernier mot sur l'identitaire québécois car la vieille garde des indépendantistes traditionalistes qui, à la Parizeau, reviennent à une idéologique nationaliste de l'exclusion fondée sur des origines et des croyances partagées, sont contestés par ceux qui définissent le sujet québécois en fonction de droits fondamentaux humains indépendamment de ses origines et de ses croyances. Ces deux attitudes et/ou idéologies divergentes qui se trouvent aux antipodes du spectre politique sur l'identité du sujet informent les débats québécois depuis la fin du XVIIIe siècle, bien avant qu'elles soient imaginées et instituées dans le discours littéraire ou historiographique. Pour moi, la question fondamentale qui se pose pour les Québécois – mais pas nécessairement pour le reste des Canadiens – est la suivante: « À l'époque de la globalisation quand il est impératif d'accommoder une immigration nécessaire pour

---

1,000 personnes de ce qu'il était en 1900, ce qui, avec la population vieillissante qui augmente et part à la retraite, augure mal pour l'avenir économique du pays grâce au pourcentage décroissant de personnes actives en exercice d'un métier pour assumer les charges sociales des retraités. Voir aussi, le journal national anglais du Canada *The Globe & Mail*, Toronto, 11 mars 2010, A, p.1 sur le besoin du Québec d'attirer des immigrants et de résoudre la question de la diversité.

47 Gérard Bouchard et Charles Taylor, *Fonder l'avenir. Le temps de la conciliation. Rapport abrégé*, Québec, 2008b

48 Gérard Bouchard et Charles Taylor, *op. cit.*, p. 99.

la survie du groupe comment les sujets peuvent-ils maintenir et consolider leur identité dans une région nettement déterminée où la grande majorité partagent, une histoire, une culture, une langue, des institutions et des valeurs qui les distinguent des autres habitants du Canada? » Débat avant tout québécois où le balancier de la pendule oscille, tels les battements du cœur humain, depuis la Conquête de 1763 entre une fermeture et une ouverture à l'autre. De nos jours, même au sein du Parti Québécois séparatiste minoritaire du Parlement provincial[49] (PQ) les opinions sont partagées. Lucien Bouchard, ancien Premier ministre de la province, considéré comme un personnage « mythique » dans la lutte pour l'indépendance, a déclaré en février 2010 que ce n'était qu'un rêve qui ne se réalisera pas avant très longtemps et qu'il valait mieux se concentrer sur d'autres problèmes plus importants. Il a également annoncé que certaines personnalités du PQ étaient trop radicales en ce qui concerne l'accommodement des minorités et que bien qu'il y ait une majorité culturelle francophone au Québec il existait quand même d'autres personnes, notamment les 10 ou 11% de la population ayant des religions différentes qu'il fallait accommoder. En outre, a-t-il déclaré, qu'il ne voulait pas que le gouvernement légifère contre le port de la burqua et du voile, ce qui a déclenché une vive polémique dans les journaux du pays[50]. Le mouvement indépendantiste au Québec serait-il lettre morte comme au dire de Lucien Bouchard? Certes non! Gilles Duceppe, chef du Bloc québécois qui représente les séparatistes au parlement fédéral, accompagné d'une délégation souverainiste,

49 Il existe trois niveaux de gouvernement avec des responsabilités qui se veulent distincts et qui sont sources de débats au Canada. D'une part, le gouvernement fédéral avec des représentants élus au Parlement à travers tout le Canada qui sont censés représenter les intérêts pancanadiens; les Parlements provinciaux avec des représentants habitant et élus dans chaque province qui sont censés représenter les intérêts des citoyens des 10 régions géographiques du pays; et des représentants élus au niveau municipal de chaque ville qui doivent représenter les intérêts locaux.

50 Voir par exemple, *The Globe and Mail*: 17 fév. 2010, A, p. 9; 18 février, A, p. 6; 19 février, A, p. 23. Pour ce qui est de la réaction au Québec et au Canada sur le port de la burqua et du voile qui a divisé la province et le pays, voir le *Globe and Mail*, 20 mars, 2010 A, p. 4; 27 mars, A, p. 10; 30 mars, A, p. 15 et 5 avril A, p. 11.

a fait à la fin de l'année 2010 une tournée en Europe (France, Espagne et Écosse) dans le but à la fois de trouver des alliés qui pourraient un jour contribuer à la reconnaissance internationale d'un Québec indépendant et de poser déjà les conditions pour un troisième vote sur la souveraineté. Il a répété les mêmes propos dernièrement à Washington de travailler avec le PQ pour préparer un éventuel projet indépendantiste certain que son parti gagnerait une majorité des sièges au Québec aux prochaines élections fédérales, comme le PQ gagnerait au niveau provincial, vu l'impopularité du gouvernement Libéral Charest actuellement au pouvoir[51]. Malgré la décision de la Cour Suprême du Canada en 1998 que le Canada devrait négocier l'indépendance du Québec si une majorité certaine des Québécois répondait favorablement à une question univoque sur la session, M. Duceppe a déclaré qu'une majorité de 50%-plus-un suffirait. Le Canada et le Québec n'ont pas fini de débattre cette question et, tout compte fait, peut-être cette interminable tension entre les deux juridictions est ce qui définit et ce qui définira pendant longtemps le pays?

51 Voir *The Globe and Mail*, Toronto, 11 novembre, 2010, A, p. 7

Bibliographie

Arguin, Maurice, *Le roman québécois de 1944 à 1965*, Montréal: L'Hexagone, 1989.

Barthes, Roland, « L'effet de réel », *Communications* 11, Paris: Le Seuil, 1968, pp. 84-89.

Bersianik, Louky, *Le pique-nique sur l'Acropole*, Montréal: l'Hexagone, 1979.

Bessette, Gérard, *L'incubation*, Montréal: Librairie Déom, 1965.

Bouchard Gerard et Charles Taylor, *Fonder l'avenir. Le temps de la conciliation. Rapport intégral*, Québec, 2008a.

——, *Fonder l'avenir. Le temps de la conciliation. Rapport abrégé*, Québec: 2008b.

Chaurette, Normand, *Le pont du Gard vu de nuit*, Montréal: Leméac, 1990.

Destrempes, Hélène, « Mise en discours et médiatisation des figures de Jacques Cartier et de Samuel Champlain au Canada français dans la seconde moitié du XXe siècle », dans Marie-Christine Pioffet, (dir.) *Nouvelle-France: fictions et rêves compensateurs. Tangence*, Sainte-Foy: Les Presses de l'Université du Québec, vol. 90, été 2009, pp. 89-106.

Dumont, François, Jean Hamelin, Jean-Paul Montminy et J. Hamel (dir.), *Idéologies au Canada français Québec, Les Presses de l'Université Laval, 1971.*

Duquette, Jean-Pierre, *Marie-Didace*, dans Maurice Lemire (dir.), *Dictionnaire des œuvres littéraires du Québec*, Montréal: Fides, 1982, p. 611.

Eliade, Mircea, *Le mythe de l'éternel retour*, Paris: Gallimard, 1945.

Ferland, Remi, « Rêver la Nouvelle-France au XIXe siècle », dans Marie-Christine Pioffet, *Nouvelle-France: fictions et rêves compensateurs. Tangence*, vol. 90, été 2009, pp. 71-82.

Garneau, François-Xavier, *Histoire du Canada*, Paris: Librairie Félix Alcane, 1913 [1845-1852].

Gaspé, fils, Philippe Aubert de, *Le chercheur de trésors: ou l'influence d'un livre*, Québec: Édition Réédition, 1968 [1837].

Gaspé, Philippe Aubert de, *Les anciens canadiens*, Montréal: Fides, 1970 [1863].

Globe and Mail, Toronto, Ontario, Canada.

Hamel, Marcel-Pierre, *Le rapport de Durham* (trad. Officiel), Montréal: Éditions du Québec, 1948 [1839].

Hébert, Pierre, *Censure et littérature au Québec: le livre crucifié (1625-1919)*, Montréal: Fides, 1997.

——, *Censure et littérature au Québec: des vieux couvents au plaisir de vivre (1920-1959)*, Montréal: Fides, 2004.

——, *Dictionnaire de la censure au Québec: littérature et Cinéma*, Montréal: Fides, 2006.

Laberge, Albert, *La Scouine*, Montréal: L'Actuelle, 1972 [1918].

Lacombe, Patrice, *La terre paternelle*, (intro.) par André Vannasse, Hurtubise HMH, 1972 [1846].

Lafférière, Dany, *Comment faire l'amour avec un nègre sans se fatiguer*, Montréal, VLB, 1985.

Lemlin, Roger, *Au pied de la pente douce*, Montréal: Éditions de l'Arbre, 1944.

Melançon, Joseph, Clément Moisan et Fernand Roy, *Les discours d'une didactique. La formation littéraire dans l'enseignement classique au Québec*, Québec: CRELIQ, 1988.

Paré, François, « Identité et filiation dans *La terre paternelle* de Patrice Lacombe », dans Cécile Cloutier-Wojciechowska et Réjean Robidoux (dir.), *Solitude rompue*, Ottawa: Les Presses de l'Université d'Ottawa, 1985, pp. 294-300.

Perron, Paul, *Quête identitaire et subjectivité dans la prose québécoise du XIXe siècle*, Jhong-Li, Taiwan, 2006.

——, « Au No (n) du Père: *La Scouine* d'Albert Laberge », dans Cécile Wojciechowska et Réjean Robidoux (dir.), *Solitude rompue*, Ottawa: Les Presses de l'Université d'Ottawa, 1986, pp. 301-314.

——, « Théorie actantielle et processus idéologique: *Agaguk* d'Yves Thériault », *Voix et images*, vol. 4, no. 2, Montréal, 1978, pp. 272-299.

——, « Les avatars de l'écriture chez Gérard Bessette », *Recherches et Travaux*, 20, Grenoble: Université de Grenoble, 1981, pp. 31-51.

——, *Semiotics and the Modern Quebec Novel*: Agaguk *by Yves Thériault*, Toronto: University of Toronto Press, 1996.

Pioffet, Marie-Christine (dir)., *Nouvelle-France: fictions et rêves compensateurs, Tangence*, Sainte-Foy: Les Presses de l'Université du Québec, vol. 90, été 2009.

Popic, Lara, « Les voix silencieuses dans *Nous parlerons comme on écrit* de France Théoret », *Études francophones. Dossier thématique Québec*, vol. 25, no. 1 et 2, Louisiane: Université de Louisiane, 2010, pp. 108-124.

Ricœur, Paul, *Temps et récit* I, Paris: Le Seuil, 1982.

Robidoux, Réjean et Renaud, André, *Le roman canadien-français du vingtième siècle*, Ottawa: Éditions de l'Université d'Ottawa, 1966.

Roy, Gabrielle, *Bonheur d'occasion*, Montréal-Paris: Stanké, 1977 [1945].

Simon, Sherry, et al., *Fictions de l'identitaire au Québec*, Montréal, XYZ, 1991.

Théoret, France, *Nous parlerons comme on écrit*, Montréal: Les Herbes Rouges, 1982.

Thériault, Yves, *Agaguk*, Montréal: Les Éditions de l'actuelle, 1971 [1958].

Tremblay, Michel, *Les belles sœurs*, Montréal: Holt Rhinehart et Winston, 1968.

Victor Segalen et la pensée chinoise

Yih-Ching HSIN *

Résumé

La plupart des critiques qui ont étudié Segalen considèrent que la Chine n'est, pour Segalen, qu'un prétexte à exprimer sa propre pensée ou ses propres sentiments, que la Chine lui donne simplement un « décor ».

Cependant, il nous semble que même si Segalen s'est servi de « formes » chinoises, s'il a parfois « truqué » la Chine pour s'exprimer lui-même, il a trouvé en Chine – et seulement en Chine – quelque chose de particulier qui le révélait à lui-même et lui révélait en même temps une part de la Chine réelle. La Chine n'a donc pas été, pour lui, un simple répertoire de formes, un « cadre », mais une réalité particulière, qu'il a étudiée pendant presque toute sa vie, et qui l'aidait à se poser des questions importantes sur lui-même.

Nous ne voulons pas étudier l'influence de la Chine sur Segalen. Cette influence est évidente, mais elle est très vague et, parce qu'elle est vague, il est impossible de la montrer. Les rencontres sont beaucoup plus claires. On peut y voir les points où la pensée et la sensibilité du poète rencontrent la pensée et la sensibilité chinoises.

Mots clés: exotisme, système chinois, Empereur, taoïsme

* Lecteur à l'Université Nationale Centrale

Introduction

I. L' « exotisme » chinois

C'est à partir de 1909 que Segalen conçoit des oeuvres au contact de la Chine. La Chine, écrit-il à H. Manceron, est un pays où « les sens » ne sont pas heureux[1]. Il y a, dans *René Leys,* une scène assez comique qui se passe dans une maison de prostitution de Pékin. Les filles ont des noms comme « patience expérimentée », « Pureté indiscutable », etc. Toutes ces filles sont pleines de décence et de réserve. Voici le commentaire final du Narrateur:

> « ...Il n'est rien arrivé du tout. J'aime mieux ne pas me faire attendre, et me l'avouer sans plus; l'Hôtel peu meublé, dont chacune de ces dames occupe une chambre, rendrait des points à toute Ecole de chasteté obligatoire et laïque, – Oui, ...ma qualité d'Européen a dû faire rougir de honte ces pudeurs jaunes! »[2].

Quand le Chinois est un « lettré », c'est un pantin, comme ce « petit homme sans âge, aux jambes courtes, et la figure pleine de politesse penchée vers la terre »[3].

Quand les Chinois sont des gens du peuple, ce sont des « parasites », de la « vermine »[4]. Ce mépris absolu de Segalen pour l'homme chinois a une grande importance au point de vue de notre sujet. Le Chinois n'est donc pas,

1 *Essai sur l'Exotisme*, p. 62.

2 *René Leys*, l'Imaginaire, Gallimard, p. 76.

3 *René Leys*, l'Imaginaire, Gallimard, p. 19.

4 « La capitale du plus grand Empire sous le ciel...habitée... et enfin débordée... par ses parasites, les sujets chinois » (*R. Leys*, p. 14).

à ses yeux, un modèle de vie heureuse. L'intérêt de Segalen, en Chine, ne se porte pas du tout sur l'élément humain, mais seulement sur le système symbolique de la société chinoise, sa langue, son écriture, sa littérature, sa philosophie, son art (architecture, peinture, statuaire). Son attention est donc attirée exclusivement par ce qu'il y a de plus complexe, de plus « abstrait » et de plus mystérieux dans cette société, parce que c'est ce qu'elle a produit de plus archaïque. Il est étrange, peut-être, que Segalen n'admire pas l'homme chinois d'avoir créé son système de société, son écriture, etc...

Mais cette création est si ancienne qu'on peut avoir l'impression que les Chinois l'ont trouvée toute faite et y ont été soumis comme à une loi de la nature. Nous voulons seulement insister sur l'idée suivante. En Chine, Segalen était privé d'un certain bonheur. Mais en face d'un monde qui ne lui donnait pas de satisfaction sensuelle, il était obligé de le comprendre, de se mettre en contact avec un système absolument étranger, vraiment « exotique » au sens où il comprenait ce mot. En Chine, Segalen était placé devant le « Mystérieux », quelque chose qu'il ne pouvait pas assimiler complètement, donc quelque chose qui lui posait des questions et le forçait à chercher à se définir lui-même.

Le système de la société chinoise joue un rôle si important dans l'oeuvre de Segalen, qu'il nous paraît nécessaire d'en donner une idée très générale.

II. Le Système chinois

Dans cet exposé, nous suivons le long article de C. Grégory intitulé *Chine: l'Homme et l'Univers*[5], que nous résumerons le plus possible.

Les Chinois, qui ne sont pas très religieux, ont toujours considéré

5 *Encyclopaedia Universalis*, vol. 4, p. 264 et suiv.

l'univers comme un immense organisme, dont ils n'ont jamias cherché à comprendre l'origine et les causes. Le point de vue chinois n'est ni théologique, ni scientifique. Le Chinois se sent participer à l'existence d'un monde essentiellement passager. Les choses sont en état de continuelles transformations, elles n'existent pas en elles-mêmes, elles n'existent que par rapport à d'autres choses dont elles font partie. Par exemple, la lumière existe par rapport à l'ombre, le féminin par rapport au masculin, la vie par rapport à la mort. Chaque chose, si minime soit-elle, fait partie d'un ensemble et, entre tout ce qui existe, il y a une relation, une harmonie qu'on ne peut détruire sous peine de catastrophe. Dans la triade « le ciel, la terre et l'homme », la description des innombrables relations constitue toute la philosophie chinoise. Ces relations sont décrites, avec une très grande cohérence, dans le *Livre des Mutations*, d'où sont sortis le confucianisme et le taoïsme. Comme dit C. Grégory,

> « rien ne pourrait échapper à l'ordonnancement: le ciel, la terre, les hommes et l'empereur, les orients et les saisons, la naissance et la mort; tout est justifiable de cette physiologie cosmique marquetée... d'innombrables flèches... L'échange est permanent entre le ciel et la terre... Point de frontières à cet univers, à cet organisme où l'homme est régi, à l'intérieur de son corps, par le même ordonnancement, li (理) qui convient à l'extérieur; dans lequel, littéralement, il trempe et qu'il subit ».

Segalen, dans ses oeuvres chinoises, fait souvent allusion au système symbolique esquissé ici, qui fonctionnait pleinement en Chine à l'époque où il y vivait, malgré la décadence de l'Empire.

1. La ville chinoise

La disposiition de la ville chinoise, surtout de la capitale de l'Empire, est conçue selon la forme et l'orientation les plus efficaces, de façon à attirer les influences bienfaisantes du ciel et de la terre.

Le site est choisi selon les lois de la géomancie. La forme de la ville est carrée, parce que la terre est carrée.

Le ciel et la terre sont symbolisés par certains temples, comme le temple du ciel à Pékin, dont la base est carrée (la terre) et le sommet rond (le ciel). La cité impériale reproduit la ville: elle est elle-même carrée. L'axe sud-nord passe exactement au centre du palais, et les divers bâtiments, dans la ville et dans la cité impériale, sont orientés de manière symbolique. A l'est, se trouve tout ce qui représente l'harmonie. Aujourd'hui encore, dans la Cité interdite de Pékin, on voit, à l'Est, le Palais de la quiétude et de la longévité (Ningshougong), le Palais des sons agréables (Changyinge), etc... L'Ouest, par où vient le danger, est le lieu des défenseurs militaires. Le Palais de la bravoure militaire (Wuyingdian) se voit toujours à l'ouest dans la Cité interdite. L'Empereur siège au centre, tourné vers le Sud.

2. L'Empereur

L'Empereur a fasciné Segalen. Dans la triade « le ciel, la terre et l'homme », figurée dans l'écriture par trois traits horizontaux 三, l'homme étant placé au milieu du ciel et la terre, l'Empereur est la personne qui les relie l; ainsi le caractère 王 (Wang) signifie roi, empereur. Le mot Wang figure donc clairement ce qu'est l'empereur de Chine; un personnage liturgique dont la fonciton est d'assurer le bon fonctionnement du monde tout entier[6].

6 Voir Marcel Granet, *La Pensée chinoise*, Albin Michel, 1980, p. 264 et L. Wieger, *Caractères chinois*, Taichung 1972, n° 83 c.

L'Empereur, intermédiaire unique entre le ciel, la terre et les hommes, mythe qui, depuis des millénaires, est la source de la réalité politique, économique et morale de l'Empire; car la vie quotidienne de centaines de millions d'hommes, le régime des pluies, le succès des récoltes, les catastrophes dues à l'incendie ou aux inondations sont en rapport direct avec la conduite, la Vertu de l'Empereur lui-même. L'Empereur est aussi un personnage solitaire dans la Cité interdite. Il en sort peu, et dans des circonstances précises, comme la prière rituelle au Temple du Ciel. Quand il parle de lui, il se désigne comme « gua jen », le veuf, l'homme seul, comme on le voit dans les livres de Mencius.

3. La « religion » chinoise

Le taoïsme a passionné Segalen. Nous essayerons de donner ici une idée générale de ce que Segalen a pu connaître et utiliser du taoïsme, en mettant l'accent sur des points particuliers:

a) Le taoïsme, doctrine de salut personnel

Le taoïsme apportait une religion qui, dit Henri Maspero, donnait satisfaction aux gens qui « cherchaient à obtenir des dieux, par un contact personnel, une aide efficace, pour s'assurer une certaine félicité spirituelle, en cette vie d'abord, et après la mort ensuite »[7].

Les taoïstes, par toutes sortes de procédés, essayèrent d'obtenir l'immortalité du corps, et surtout des extases mystiques, dont il y a de nombreux exemples dans les écrits de Tchouang-tseu. Nous n'en citerons qu'un très beau passage:

« Unifiez votre attention. N'écoutez pas par l'oreille, mais écoutez par le

7 Henri Maspero, *Le Taoïsme et les religions chinoises*, N.R.F., 1981, p. 34.

coeur; n'écoutez pas par le coeur, mais écoutez par le Soufle. L'oreille s'en tient à entendre, le coeur s'en tient à s'appliquer aux choses; c'est le Souffle qui, lorsqu'il est vide, saisit la réalité. L'union avec le tao (la voie) ne s'obtient que par le vide; ce vide, c'est le jeûne du Coeur »[8].

L'extase conduit à l'état« où il n'y a ni présent ni passé, où il n'y a ni vie ni mort »[9].

b) Le taoïsme, doctrine de « l'agir » parfait

Une des idées centrales du taoïsme, selon Marcel Granet, « est celle d'un Continu cosmique dont l'existence permet les actions d'esprit à esprit »[10], en dehors de tout contact matériel. Par exemple, la chasse ou la pêche, pour être bonnes, ne dépendent pas des instruments employés; si mauvais soient-ils, le chasseur ou le pêcheur atteignent directement leur proie, s'ils ont de l'Efficacité (te):

> « Le Continu cosmique est un milieu convenable à la propagation d'une puissance personnelle de réalisation, car il est lui-même le principe efficient de toute Réalisation »[11].

c) Le taoïsme, doctrine de l'unité des contraires

Les maîtres taoïstes essayent de montrer la relativité de toutes les valeurs. Il n'y a ni noble ni vulgaire, ni juste ni injuste, ni grand ni petit, un poil vaut une montagne, un mort-né n'est pas jeune, un centenaire n'est pas vieux, le ciel, la terre et n'importe quel être sont du même âge. Et Marcet Granet conclut:

8 Tchouang-tseu, section 4.

9 Tchouang-tseu, section 6.

10 Marcel Granet, *La religion des Chinois*, Payot, 1980, p. 126.

11 Marcel Granet, *La religion des Chinois*, Payot, 1980, p. 126.

« tous les contraires peuvent être ramenés à l'unité ».

Et il résume très bien le sens du célèbre apologue du rêve de Tchouang-tseu:

> « Il ne faut pas tenir à la vie: Qu'est-ce que la vie? Se distingue-t-elle de la mort ou d'un rêve? J'ai, dans mon sommeil, rêvé que j'étais un papillon; quand je me suis réveillé, j'étais Tchouang-tseu. Qui suis-je? Tchouang-tseu qui rêve avoir été un papillon? Un papillon qui s'imagine être Tchouang-tseu? »[12].

Sur le plan de la pensée, le taoïsme a été la plus grande découverte de Segalen en Chine. Il y a trouvé une doctrine du salut personnel, qui l'intéressait par sa mystique, une théorie des complémentaires, et une vue fantasmagorique du monde dont, comme nous le verrons, toute son oeuvre est imprégnée.

René Leys

Par rapport à d'autres oeuvres de Segalen, *René Leys* est moins touffue, moins dense. D'ailleurs, Segalen avait, en l'écrivant, le désir d'être lu par le grand public. Le livre, publié en 1921 seulement, est le développement d'une sorte de journal tenu par Segalen à partir de 1910, et intitulé *Annales secrètes d'après MR (Maurice Roy).*

Le roman prend la forme d'un journal tenu par l'auteur qui raconte les relations d'amitié véritable entre lui et René Leys (Maurice Roy), et les révélations extraordinaires de celui-ci au sujet de la Cité Interdite, où il

12 Marcel Granet, *La religion des Chinois*, Payot, 1980, p. 127.

prétend s'être introduit dans des circonstances dignes d'un roman policier.

Il est impossible de comprendre le sens du roman sans faire un bref résumé de son contenu.

Le Narrateur, c'est-à-dire Segalen, vit à Pékin depuis peu de temps dans sa grande maison à la chinoise, non loin de la Cité Interdite. Celle-ci exerce sur lui une extraordinaire séduction, il ne songe qu'à pénétrer au coeur de Pékin, « ce chef-d'oeuvre de réalisation mystérieuse », c'est-à-dire dans le Palais Impérial. Ce désir n'est pas seulement curiosité de romancier qui veut écrire une oeuvre sur l'Empereur Kouang-Siu, mort il y a peu de temps, c'est une obsession personnelle, un rêve de poète. Pour réaliser ce désir, il veut prendre des leçons de chinois. René Leys (Maurice Roy en réalité) devient professeur de chinois de l'auteur. Tout le roman repose sur la personnalité et les propos de René Leys.

Celui-ci est présenté comme un jeune Belge d'environ dix-sept ans, peu cultivé, mais extraordinairement doué pour la langue chinoise, qu'il parle et écrit avec la facilité d'un Chinois. Très maître de lui, mais sujet à des évanouissements, à des troubles nerveux, il est doué pour jouer toutes sortes de rôles, et doué aussi pour deviner les sentiments et les désirs les plus intimes des autres, et spécialement de l'auteur. Celui-ci éprouve de l'amitié pour René Leys, et comme le père du jeune homme va quitter Pékin pour un temps assez long, il le loge dans sa grande maison, pour lui éviter la solitude.

Sensible à l'obsession de Segalen de connaître le Dedans, René Leys va petit à petit entrer dans cette obsession et la « réaliser » d'une certaine façon. Avec un naturel parfait, il confie à Segalen qu'il a été l'ami de l'Empereur Kouang-Siu, son « seul ami », sur la vie duquel il donne les détails les plus précis. Il est aussi, dit-il, l'ami du Régent, il vient d'être nommé chef de la police secrète du Palais, et il est même devenu l'amant de l'Impératrice. L'auteur apprendra plus tard qu'il a d'elle un enfant.

Tous ces propos sont tenus si naturellement par René Leys, et les détails donnés sont si précis, que Segalen y croit d'abord sincèrement, collabore par la pensée aux aventures du jeune homme et le pousse inconsciemment à ces aventures extraordinaires, qui lui donnent l'impression de connaître de mieux en mieux « le Dedans ». Nous pourrions dire que René Leys sert de medium à Segalen. Cependant, celui-ci doute de plus en plus de la réalité de ces aventures et tâche de prendre son ami en flagrant délit de mensonge. Mais les preuves en faveur de la vérité se mêlent si bien aux preuves de mensonge que Segalen ne peut jamais y voir clair. La nuit où l'Empire disparaît sous les coups de la Révolution, René leys, dans la maison de Segalen, attend, dit-il , l'Impératrice et son enfant pour les sauver. Mais l'Impératrice ne vient pas. René Leys rentre chez lui où, quelques jours après, Segalen le découvre empoisonné.

Segalen s'accuse de cette mort, car c'est lui qui a suggéré ces aventures:

> « Je m'accuse de cette question répétée: – Dites-moi, Leys: une Mandchoue peut-elle être aimée d'un Européen... et ... – Et quinze jours après, il était aimé d'une Mandchoue... »Je m'accuse de lui avoir tenu, voici quatre jours exactement, le propos trop suggestif: « Pensez donc au poison... ». Il a répondu; « Merci de m'y avoir fait penser... », m'a pris au mot et ne s'est pas démenti. Il ne s'est jamais démenti... J'aurais été cent fois déçu s'il avait renié ses actes, même inventés; ... il est resté fidèle à ses paroles et peut-être fidèle à mes suggestions »[13].

Tout le roman, nous l'avons dit, repose sur le comportement et les propos de René Leys, qui est le personnage vraiment émouvant de l'oeuvre.

---

13 *René Leys*, Gallimard, 1986, p. 237, 238.

Mais le personnage principal est le Narrateur, Monsieur Sie (nom chinois de Segalen). Sans les suggestions de celui-ci, le pauvre Leys n'aurait pas imaginé ces aventures et ne se serait pas sacrifié aux illusions de son ami. C'est l'obsession de Segalen qui est cause de tout, et cette obsession nous paraît d'autant plus forte qu'elle réussit à faire inventer à l'ami des aventures extraordinaires.

L'intérêt du livre est donc dans l'obsession de Segalen, qui constitue la matière essentielle du roman.

Cette obsession touche directement à notre sujet. Nous allons essayer de décrire l'objet, le contenu de cette obsession, tâcher de comprendre « la vérité » de la Chine vue par le poète et comment cette Chine « vraie » lui révèle en même temps ce qu'il est lui-même.

L'objet le plus général de l'obsession est la Ville, Pékin, dans sa figure géométrique, abstraite, contemplée sur une carte, par exemple, « figure inoubliable »[14], dit le poète, « un Carré posé sur un Rectangle ».

La ville chinoise, « lieu des mercantis », communique avec la ville tartare, au nord, habitée par Segalen. Enfermée dans la Ville Tartare, il y a la Ville Impériale, carrée, et, à l'intérieur du carré, le Palais, habité par un seul habitant masculin, l'Empereur. C'est le Palais et son habitant qui constituent le centre de l'obsession du poète:

> « Je l'encercle, dit-il, je le domine... je le comprends »[15].

Un seul « esprit » anime la Ville Impériale, le Palais et la ville chinoise et cet « esprit » fascine Segalen. Pékin, dit-il, est « un chef-d'oeuvre de réalisation

14 *René Leys*, Gallimard, 1986, p. 106.

15 *René Leys*, Gallimard, p. 107.

mystérieuse »[16]. Pourquoi « mystérieuse »? Parce que Pékin n'a pas été bâti pour des hommes, la ville obéit à des lois non humaines de forme, d'orientation, etc..., et, surtout, elle n'existe que pour contenir le Palais et, finalement, l'Empereur.

Segalen, monté sur la « tour de la cloche », s'imagine être le premier Empereur Ming, qui créa la ville:

> « D'un coup d'oeil de Fondateur, je tracerai dans la campagne environnante l'immense quadrilatère, la ville extérieure, ... la conception monumentaire totale... »[17]

C'est la forme de la ville qui fascine Segalen, son vide (le fait qu'elle existe indépendamment de ses habitants).

Un objet plus profond de l'obsession de Segalen est le Palais. Et le Palais aussi est vide, c'est-à-dire que l'Emereur n'est plus là, puisque Kouang-Siu est mort depuis peu.

Ce vide du Palais, lié à l'absence de Empereur, est ressenti profondément par Segalen. Cette absence donne sa véritable signification à l'obsession du poète. Celui-ci, au cours de tout le roman, a l'impression de ne pas pouvoir mener à bien, malgré ses efforts, son essai de connaissance de la Chine.

> « Mon grand regret, dit-il à René Leys, reste d'être arrivé trop tard en Chine. Je coudoie tous les jours des gens qui, le temps d'une audience, sont entrés là et ont pu l'apercevoir »[18]

---

16 *René Leys*, Gallimard, p. 13.

17 *René Leys*, Gallimard, p. 67.

18 *René Leys*, p. 34.

Segalen aura d'ailleurs une audience, il fera partie de la délégation étrangère reçue par le Régent, mais, après l'audience, il ne pourra retrouver sur la carte le chemin qu'il a parcouru. La seule bonne manière d'essayer de connaître le Dedans est le rêve, par exemple les tours à cheval de l'enceinte de la Cité Interdite[19], les aventures racontées par René Leys, les réflexions de Segalen sur la situation symbolique de sa maison, orientée elle-même comme le Palais, etc...

Nous arrivons ici à un point important pour nous, qui doit nous permettre de montrer une rencontre entre la manière dont Segalen comprend la Chine et la conception taoïste de la réalité.

Segalen ne peut s'intéresser à la Chine réelle, celle d'après la mort de Kouang-Siu, parce qu'il sait que l'Empire va finir et que, pour lui, la Chine impériale est la seule vraie Chine. Dans *René Leys*, nous voyons l'effort de Segalen pour reconstituer la Chine, le Dedans. Il le fait par deux moyens: la recherche, l'enquête auprès des Chinois qui ont pu en savoir quelque chose, et le rêve créé par René Leys. Par ces moyens il arrive à s'approcher de la Chine qu'il veut connaître, à s'identifier à l'Empereur. Mais cette identification ne suffit pas, parce que lorsque l'on s'identifie, on ressent fortement en soi-même la chose à laquelle on s'identifie, mais on ne la voit pas, parce qu'on en est trop près. Segalen, dans l'*Essai sur l'Exotisme*[20] explique clairement ceci, en parlant de Maurice de Guérin:

> « Maurice de Guérin est un bel exemple, pour l'Exotisme de la Nature, de ce que j'ai dessein de faire pour l'Exotisme des Races et des Moeurs: m'en imbiber d'abord, puis m'en extraire, afin de les laisser dans toute leur saveur

19 Paul Claudel, dans une lettre à Madame Segalen (7 janvier 1922), écrit à propos de *René Leys*: « On y est tout le temps à cheval autour d'un mystère central impénétrable ». Cité par V. Bol, p. 71, 72.

20 p. 49.

objective ».

Ainsi, après s'être identifié au Dedans, Segalen s'en « extrait » et nous en donne non une impression vague, « exotique » au sens ordinaire, mais la « saveur objective ». Le Dedans devient alors une sorte d'objet, autour duquel il peut tourner, sur lequel il peut réfléchir, mais qu'il ne peut jamais connaître tout à fait.

Segalen représente donc la Chine vraie (qui n'est pas un « cadre » ou un « prétexte ») et se représente, en même temps, lui-même par rapport à la Chine. Lui-même, comme il le dit, s'est « extrait » de la Chine, il la voit comme un objet qu'il ne peut jamais connaître tout à fait. D'ailleurs, l'Empereur n'est pas dans le Palais. Cette absence contient le sens allégorique de *René Leys*: le Dedans (la Chine) est un vide, une absence; il est inconnaissable. Et le Dedans, comme dit justement H. Bouillier, est l'image de la « réalité suprême », qui est « la tentation perpétuelle de Segalen »[21].

Segalen trouvait dans le taoïsme la pensée qui correspondait exactement à sa situation par rapport au Dedans inconnaissable. Lao-tseu dit: « You wu hsiang sheng », qu'on peut traduire par « Ce qui est et ce qui n'est pas s'engendrent »[22]. Il dit aussi:

> « Toutes choses sous le ciel naissent de ce qui est, ce qui est de ce qui n'est pas »[23].

Lao-tseu veut dire que l'univers est en perpétuel changement, que la vie naît de la mort, la mort de la vie. Mais il existe une sorte de loi du monde,

21 H. Bouillier, *Thèse*, p. 329.

22 Tao-te-King, ch. II.

23 Tao-te-King, trad. F. Houang et Pierre Leyris, ch. 40.

une « réalité suprême » (le tao, la voie), qui ne change pas, mais qu'on ne peut jamais connaître:

> « Le regardant (le tao), on ne le voit pas, on le nomme l'invisible , L'écoutant, on ne l'entend pas, on le nomme l'inaudible »[24]

Segalen trouvait dans Lao-tseu une révélation de sa propre pensée: le Dedans de *René Leys* est l'image de « la réalité suprême » qui est derrière ce qu'on peut voir, qu'on désire connaître, mais qui est inconnaissable.

Dans *René Leys* , Segalen se représentait lui-même tournant autour du Dedans, de la Chine essentielle, dont il faisait le symbole de « l'être » inconnaissable.

C'est en Chine, et seulement en Chine, où « les sens ne sont pas heureux », comme Segalen disait lui-même, qu'il s'est posé les grandes questions qui sont le fond de toute son oeuvre.

Le système chinois, la ville abstraite, la Cité Interdite, son vide, etc... proposaient des énigmes à son esprit. La pensée taoïste éveillait en lui l'idée du continuel changement et le sentiment d'une « réalité suprême », invisible et impossible à connaître. Tout ce que la Chine lui montrait était une sorte d'aliment pour « le mystique orgueilleux » qui, disait-il , « sommeillait en lui »[25].

Cette révélation de ce qu'il était vraiment lui a été donné par le contact de la Chine.

---

24 Tao-te-King, ch. 14, trad. de Liu Kia-Hway, Gallimard.

25 Lettre à YvonneSegalen, 13 juin 1909, citée par H. Bouiller, *Thèse*, p. 141. Cette lettre date du début de son séjour en Chine.

Conclusion

Après ce bref examen d'une oeuvre de Segalen au point de vue de notre sujet, il nous semble intéressant de nous demander pourquoi les critiques, à la suite de H. Bouiller, ont soutenu que la Chine n'avait été, pour Segalen, qu'un simple moyen d'exprimer sa propre pensée et que la Chine n'était rien de plus pour lui qu'un « prétexte » pour s'exprimer.

H. Bouiller dit que Segalen s'est exprimé « par le détour de la Chine ». Nous avons montré aux pages 99, 100 que Segalen, en suivant l'exemple de Maurice de Guérin, s'approche de la source chinoise, puis s'en retire pour la voir plus objectivementet pour s'exprimer d'une manière indirecte en prenant le masque de l'Empereur, de l'Annaliste, etc.

L'Empereur de Chine, intermédiaire entre le Ciel et la Terre, lui permet de prendre sa place puisque, comme poète, il est aussi une sorte d'intermédiaire. La philosophie taoïste lui permet d'exprimer ses sentiments personnels.

Le « détour de la Chine » est réel. C'est en effet un procédé employé par Segalen pour donner de l'objectivité à ses pensées et à ses sentiments en s'identifiant à des personnages ou à des pensées anciennes.

Mais l'emploi de ce procédé ne veut pas dire que Segalen s'est servi de la Chine comme d'un simple moyen d'expression. Car, au-delà du procédé, le poète a un contact profond avec la Chine ancienne. Et cette Chine, avec laquelle il est en contact, le révèle à lui-même. Contrairement à ce que pensent les critiques, Segalen a trouvé en Chine, et en Chine seulement « les dimensions de son vrai moi ». Le but de notre travail a été de le montrer.

Segalen portait certainement en lui-même les grandes questions qui ont servi de thèmes à son oeuvre. C'est en Chine, comme nous l'avons vu, qu'elles se sont manifestées à lui. Pourquoi? Parce que, dans la Chine ancienne, la seule qui intéressait Segalen, l'homme, l'individu, est beaucoup moins important que la signification du monde. Le poète, en Chine, se trouvait directement en face d'un système complet, fondé sur des croyances raisonnées, sur des mythes, qui pouvait nourrir les divers aspects de sa pensée et de sa sensibilité. La Chine était comme un miroir où, en restant tout à fait Européen, il pouvait se reconnaître.

En étudiant et en utilisant le monde symbolique chinois, Segalen s'est trouvé lui-même. La figure symbolique la plus impressionnante, pour le poète, a été celle de l'Empereur, parce qu'il était l'intermédiaire entre le Ciel et la Terre. Segalen a trouvé dans la figure de l'Empereur une image de ce qu'il voulait être. Pour Segalen, l'homme vrai est entre le Ciel et la Terre.

Bibliographie

Segalen,Victor, *René Leys*, Gallimard, 1986.

Segalen,Victor, *Essai sur l'Exotisme*, Fata Morgana, 1986.

Bol,Victor, *Etude littéraire des Stèles de V. Segalen*, Université de Louvain, Doctorat en Philologie romlane, 1959.

Bouillier, Henri, *Victor Segalen, thèse pour le Doctorat ès Lettres*, Université de Paris, Mercure de France, 1960.

Encyclopaedia Universalis, Paris, 1974, vol. 4.

Granet, Marcel, *La pensée chinoise*, Albin Michjel, 1980.

Granet, Marcel, *La Religion des Chinois*, Payot, 1980.

Lao-tseu, Tao-te-king, trad. *Houang et Pierre Leyris*, Edit. du Seuil, 1979.

Maspero, Henri, *Le taoïsme et les religions chinoises*, N.R.F., 1981.

Tchouang-tseu, *Oeuvre complète*, trad. Par Liou Kia-Hway, Connaissance de l'Orient, Gallimard, 1985.

L'image – en tant que message au centre de nombreux proverbes français et chinois

Elodie H.-Y. HSU *

Résumé

Les proverbes mettent en relief, en très peu de mots, un point particulier de l'expérience humaine et expriment des sentiments universels, ou bien ils énoncent un conseil pratique, conforme à la sagesse populaire. On trouve, entre certains proverbes français et chinois, des similitudes et des correspondances quant aux rapports entre le sens du message et les images utilisées. Ainsi, il est particulièrement intéressant d'analyser ce que ces proverbes ont, humainement, en commun, au-delà des profondes différences culturelles. Nous entendons aussi étudier les proverbes comme révélateurs des spécificités des cultures française et chinoise.

Mots clés: image, métaphore, proverbe, culture, sens

* Professeur assistant à l'Institut Universitaire des langues étrangères de Wenzao

Introduction

Les proverbes qu'on utilise dans le discours sont considérés comme une manière d'expression, et sont des formules différentes du langage courant, qui se caractérisent par leur concision, leur structure souvent symétrique, propre à faciliter leur mémorisation. En français, il y a plusieurs termes qu'on a parfois tendance à confondre, comme par exemple: proverbe, dicton, locution, citation, maxime, adage, sentence, etc. Ces types d'expression concise se réfèrent souvent à l'idée d'un usage social et traditionnel, populaire dans la langue vernaculaire, ou sont empruntés au droit coutumier, à une constatation empirique, tout en exprimant un message de bon sens, des conseils de sagesse populaire. La langue chinoise représente également une richesse en « Cheng Yu »[1], expressions rythmées, généralement à quatre caractères monosyllabiques, qui ont souvent une origine historique et font allusion à la sagesse des gens anciens, à certains extraits du discours philosophique ou à la vérité historique, et parfois aux mœurs et à la coutume. De l'époque ancienne jusqu'à nos jours, on emploie le proverbe et on doit constater que ce genre d'expression reflète une réalité complexe. Dans le cas du chinois, la forme de Cheng Yu en quatre mots qui résument en quelque sorte une explication de fait de plusieurs phrases, est tout à fait particulière. Les proverbes, quels qu'ils soient, contiennent leurs connotations spécifiques, aussi bien dans la langue française que chinoise.

Ce travail a un double objectif: d'une part l'examen des similitudes qui peuvent exister, sur le plan humain, entre les images évoquées dans les proverbes des deux pays, et, d'autre part, les aspects de ces formules qui reflètent les spécificités de chacune des deux cultures différentes. Nous avons

1 成語。

utilisé, comme références, des ouvrages unilingues consacrés, en chinois, à la catégorie des « Cheng Yu », ou bien des recueils de « *Proverbes Français* », ou encore le « *Dictionnaire Chinois-Français des Locutions et Proverbes* ». En ce qui concerne la traduction, la recherche d'équivalences s'est révélée complexe, posant un véritable défi du point de vue sémantique, ouvrant un espace de recherche à la question de l'image.

Sur le plan linguistique, en comparant le proverbe français au proverbe chinois correspondant, le classement s'articule en trois parties: tout d'abord, les mots utilisés et leur sens sont semblables dans les deux cas; ensuite, les mots utilisés sont semblables mais leur signification est différente; puis, en dernier lieu, les mots utilisés sont différents, leur signification est cependant similaire. Comme nous l'avons précisé ci-dessus, ce travail n'aspire pas, pour des raisons de volume, à l'établissement d'un catalogue complet de tous les proverbes, sachant qu'ils représentent une somme assez importante, conduit d'ailleurs à voir non seulement la particularité de chaque langue, mais aussi sa spécificité culturelle.

I. Comparaison proverbiale entre mots et sens semblables

Examinons, à la lumière des exemples ci-dessous, pour l'agencement des proverbes et la manière dont est présentée l'image qu'ils suggèrent:

1. A la duperie, répond la fourberie. « 爾虞我詐 »[2]

Les deux substantifs – *duperie et fourberie* – ont une signification abstraite. En chinois, l'idée est analogue, mais elle est exprimée de façon

2 L'origine du proverbe chinois provient de《左傳・宣公十五年》：「宋及楚平，華元為質，盟曰：『我無爾詐，爾無我虞。』」

concrète, par des images « 爾虞我詐：*Toi, dupe; moi, fourbe* »[3]. L'image porte une signification de rivalité entre deux adversaires. On a ainsi le même type de symétrie entre ces deux caractères « 虞 » et « 詐 » qui anime l'ambiance concurrente. Il existe encore « 鉤心鬥角 »[4] dans le proverbe chinois, avec une signification comparable; cependant les mots employés ici sont « 心 - cœur » et « 角 - coin ou borne ». L'image suggérée s'appuie surtout sur les deux autres mots « 鉤 - piquer » et « 鬥 - battre », qui sont des verbes apportant une connotation dynamique.

2. A gros poisson, longue ligne. « 放長線 釣大魚 »

La tournure de cet exemple rapelle les formules équivalentes en chinois: « gros poisson - 大魚 », « longue ligne - 長線 », et, on emploie les verbes pour animer l'image: « *Lancer la longue ligne, pêcher le gros poisson* ». La signification redit ce qui est dévoilé par le sens du mot. La manière française éprouve une relativité entre les deux objets ciblés; tandis que l'expression chinoise, paraît montrer une causalité: on lance la longue ligne, c'est pour pêcher le gros poisson. La symétrie des éléments envers une telle causalité semble exiger un acte préalable, évoque aussi d'autres proverbes, aphorismes, tels que:

Agir selon les circonstances. « 見機行事：*Voir la circonstance à exécuter.* »[5] Aide-toi, le ciel t'aidera. « 天助自助(者)：*Ciel aide qui s'aide.* »

Ce dernier est très populaire dans le parler usuel. Il n'est pas issu de l'histoire; en français, cet adage est mis en action par la Fontaine dans la fable

3 Pour la compréhension et saisir la forme en chinois, je fais la traduction mot à mot. *Idem.* dans les cas suivants dans ce texte, et elles sont exposées entre guillemets.

4 杜牧，〈阿房宮賦〉：「各抱地勢，鉤心鬥角。」A l'origine, il s'agit d'une référence à la complexité des structures de la cour du Roi, tandis que la signification actuelle de cette formule apparaît dans l'expression comme « 爾虞我詐 ».

5 《精忠岳傳》，第五十六回：「曹甯出營：須要見機行事，勸你父親，早早歸宋，決有恩封。」《紅樓夢》，第三十二回：「因而悄悄走來，見機行事，以察二人之意。」

du « *Charretier embourbé* ». Il est possible que ce soit la traduction des fables de la Fontaine qui rende très-populaire cet adage, si bien qu'il porte une signification universelle.

3. Ventre affamé prend tout à gré. « 飢不擇食 »[6]

L'expression française, dans cet exemple, est très similaire au chinois. Citons une autre formule française ayant la même connotation: « *A la faim, tout est pain* ». Un peu de délicatesse se joue entre l'action de « prendre » et la substance « pain » dans ces deux tournures. Ce proverbe en chinois exprime ainsi: A la faim, prend tout à gré « 飢不擇食：*A la faim, on ne choisit pas de nourriture* ». La manière de décrire montre une petite différence, nous pouvons pourtant percevoir leur signification similaire. Il me semble que le côté physique et l'objet concret sont plus accentués dans le cas français, tandis que l'exemple chinois met davantage l'accent sur le fait même de faim.

4. C'est avec le temps qu'on connaît le cœur d'un homme. « 日久見人心 »[7]

Nous avons là une observation qui relève de la sagesse populaire, exprimée en termes très proches dans les deux langues. En chinois, il est dit que l'on « voit » le coeur d'un homme. Nous pouvons songer à d'autres exemples où les structures de deux proverbes ou locutions équivalentes se rejoignent, avec une image apparentée comme par exemple: *C'est fait en un*

6 《水滸傳》，第三回：「自古有幾般：『飢不擇食，寒不擇衣，慌不擇路，貧不擇妻。』」Dans le proverbe chinois, la même forme linguistique s'applique et s'étend aux domaines de « s'habiller », de « s'orienter » et de « se marier ».

7 〔元〕無名氏，〈爭報恩〉第一折：「願得姐姐長命富貴，若有些兒好歹，我少不得報答姐姐之恩。可不道『路遙知馬力，日久見人心』。」
《封神演義》，第二十回：「臣暗使心腹，探聽真實，方知昌是忠耿之人。正是所謂『路遙知馬力，日久見人心』。」Dans l'expression chinoise, on juxtapose une autre expresssion pour en accentuer la signification: « c'est grâce à la route longue qu'on découvre l'énergie d'un cheval ».

tour de main - « 易如反掌 »[8].

5. C'est demander la peau à un tigre. « 與虎謀皮 »[9]

La signification de cet exemple n'est pas sensible immédiatement. La métaphore concernée n'est pas évidente, s'agissant de l'emploi d'un terme concret dans un contexte abstrait. Au premier abord, on peut penser qu'il s'agit simplement de désigner une action qui est difficile. Mais, en effet, « demander la peau à un tigre » insinue que si ce qu'on demande est contraire à l'intérêt d'autrui, la requête n'aboutit pas.

6. Goutte à goutte, l'eau creuse la pierre. « 水滴石穿 »[10] ou « 滴水穿石 »[11]

Cette expression imagée évoque une action efficace au prix d'un effort inlassable. En chinois, ces deux manières de dire: l'une active, l'autre passive, dans un ordre différent des mots affichent la même signification. L'image nous fait percevoir un état « statique » dans « 水滴石穿：*L'eau goutte, la pierre se perce* », comme à l'origine celui-ci est accompagné par trois descriptions en avant: « *un jour un sou, mille jours mille sous, avec la corde se coupe le bois* », qui semblent rendre raisonable la conséquence. En mettant en avant, symétriquement, des verbes, la deuxième formulation est plus

8 《北史・卷三十八・裴佗傳》：「以國家威德，將士驍雄，汎蒙汜而揚旌，越崑崙而躍馬，易如反掌，何往不至。」
《三國演義》，第二十二回：「以明公之神武，撫河朔之強盛，興兵討曹賊，易如反掌，何必遷延日月。」

9 《太平御覽・卷二〇八・職官部司徒》：「周人有愛裘而好珍羞。欲為千金之裘，而與狐謀其皮。」
〔清〕魏源，〈上江蘇巡撫陸公論海漕書〉：「如此時即奏籌散遣漕船水手之議，是為千金之裘而與狐謀皮，不惟無益而反有礙也。」Dans le proverbe chinois, on remplace le tigre par le renard, dont l'usage n'affecte pas la signification dans les deux langues. Dans la langue parlée , la référence au tigre est plus courante.

10 〔宋〕羅大經，《鶴林玉露・卷十》：「一日一錢，千日一千，繩鋸木斷，水滴石穿。」

11 〔唐〕周曇，〈吳隱之詩〉：「徒言滴水能穿石，其奈堅貞匪石心。」

dynamique: « 滴水穿石：Tombe la goutte d'eau, perce la pierre ».

7. L'eau courante ne se corrompt jamais ou ne peut croupir. « 流水不腐 »[12]

Par analogie, le fait de pratiquer régulièremement un exercice physique garantit une bonne santé. De même, l'activité soutenue permet d'affermir la volonté. L'image du proverbe fait appel au mouvement de l'eau pour en venir à une description claire. Dans le même ordre d'idée, nous avons: « *Eau qui court ne porte point d'ordure* ». Mais le même type de structure, en français, à propos d'une activité humaine soutenue, peut avoir une signification inverse, comme la formule bien connue, employée à propos des gens qui sont plutôt dispersés et brouillons: « *Pierre qui roule n'amasse pas mousse* ». La signification cette fois illustre, du moins en français, qu'une vie aventureuse ne permet pas d'amasser des biens ou des richesses; ou bien, à force de s'agiter dans tous les sens, on ne réalise rien de constructif. Selon leur sens du mot, la traduction correspond au chinois: « 滾石不生苔 ». Dans le cas du chinois, c'est l'image positive de l'eau vive, ne pouvant jamais croupir, qui prédomine. On a aussi, dans la même langue, la référence à la fermeture en bois de la porte qui ne risque pas d'être vermoulue si nous ouvrons souvent celle-ci: « 戶樞不螻 ». Le cas du « 滾石不生苔 » démontre la différence langue-culture. Bien que les mots employés soient similaires, leurs sens sous-entendus génèrent cependant des significations différentes. Les mêmes constatations se produiront dans la partie suivante.

12 《呂氏春秋》・季春紀・盡數：「流水不腐，戶樞不螻。」
〔宋〕張君房，《雲笈七籤・卷五十七・導引論》：「夫肢體關節，本資於動用；經脈榮衛，實理於宣通。今既閑居，乃無運役事，須導引以致和暢，戶樞不蠹，其義信然。」

II. Comparaison proverbiale entre mots semblables, leur signification différente

En Français comme en chinois, il existe, entre certains proverbes, des thèmes apparemment semblables, leurs significations n'étant cependant pas tout à fait identiques. En voici un exemple:

Dans le monde entier, les corneilles sont noires. « 天下的烏鴉一般黑 »

La corneille, oiseau noir proche du corbeau, fait partie de la fatrasie médiévale et figure dans plus d'un proverbe populaire comme celui-ci: « *Nul lait noir, nul blanc corbeau* »[13]. Voici ce qui nous fait penser à une autre expression: « *On ne voit cygne noir, ni nulle neige noire* »[14]. Ces trois formules désignent, à première vue, un constat tout à fait banal, une réalité immuable. En chinois, on entend aussi: « 天下的烏鴉一般黑：*Partout dans le monde les corbeaux sont noirs* », encore que la connotation est plutôt négative, affirmant ainsi que, partout et de tous les temps, les exploiteurs sont cruels. En français, il s'agit d'un motif familier des anciennes fatrasies, qui suscite néanmoins une vision prudente et conservatrice du monde et de l'homme. Par conséquent, la signification n'est pas parallèle à la sémantique du mot. L'idée sous-jacente est liée à la culture sociale de l'époque, si bien que la connotation ne repose pas sur le sens superficiel du langage, mais s'étend bien au-delà de la composition linguistique.

13 Charles de Bovelles, Proverbes et Dits sentencieux, Paris, 1557.

14 G. Meurier, Recueil de Sentences notables et Dictons communs, Anvers, 1568; réédition en 1617 « Trésor des sentences ».

Ⅲ. Comparaison proverbiale entre mots différents, leur signification similaire

Les proverbes cités sous cette rubrique sont porteurs d'un message similaire, malgré l'expression différente en français et en chinois. L'image du proverbe fait tout simplement appel à notre imagination afin de bien percevoir la signification communicative des deux langues. Examinons quelques exemples:

1. A beau jeu beau retour. « 針鋒相對 »[15]

En français, ce proverbe signifie: « *Chacun trouve occasion de se venger à son tour* »[16]. Dans le même esprit, on trouve aussi: « *Riposter du tac au tac* » ou « *Rendre coup pour coup* ». En chinois, on prend l'image de l'aiguille et celle du couteau pour décrire le potentiel d'agression que contient la parole, ou l'acuité d'une rivalité, les deux adversaires étant de force égale. L'ensemble fait sous-entendre que quand l'occasion se produit, l'adversaire exerce sa vengeance. Le français utilise l'image du jeu, mais crée en même temps une sorte de doute énigmatique.

2. A se cogner la tête contre les murs, il ne vient que des bosses. « 以卵擊石 自取滅亡 »[17]

Le chinois se sert du mot « œuf » contre celui de « pierre » en ajoutant que le résultat est de se détruire soi-même. Cet ajout n'est pas indispensable.

15 《兒女英雄傳》，第九回：「這十三妹，本是個玲瓏剔透的人，他那聰明，正合張金鳳針鋒相對。」

16 P. J. Le Roux, *Dictionnaire comique*, 1718; rééditions 1752, 1786, 2 vol.

17 《三國演義》，第四十三回：「劉豫州不識天時，強欲與爭，正如以卵擊石，安得不敗乎？」
《封神演義》，第五十三回：「今將軍將不過十員，兵不足二十萬，真如群羊鬥虎，以卵擊石，未有不敗者也。」

La signification ne serait de toute façon pas affectée, si l'on éliminait la précision explicite. Le français permet également de dire: « *C'est le pot de terre contre le pot de fer* ». Les deux versions à la forme comparative, bien que les thèmes soient différents, débouchent sur des métaphores similaires. L'image est exposée ainsi d'une manière antithétique.

3. C'est un coup d'épée dans l'eau. « 徒勞無功 »[18]

L'image est bien forte et à la fois ironique en français. Elle suggère l'idée de « se dépenser en pure perte ». Par contre, le chinois souligne que le résultat de l'action est nul: le traitement médical n'apportera point la guérison. Bien que l'image ne fasse pas penser au même effort dans les deux cas, les métaphores s'alignent indiscutablement.

4. Chantez à l'âne, il vous fera des pets. « 對牛彈琴 »[19]

L'image est amusante, tant en français qu'en chinois. En chinois, on décrit simplement le fait de jouer du luth devant un buffle. Incapable d'apprécier la musique, le buffle continue à brouter. Le français ne montre pas uniquement l'action, mais ajoute en plus la réaction de l'animal comme résultat final, ayant à la fois une connotation caricaturale: « *il vous fera des pets* ». Cette forme rappelle le deuxième exemple de ce même classement: « *il ne vient que des bosses* ».

18 《通俗常言疏證‧人事‧徒勞無功引病玉緣劇》：「只怕藥物不靈，徒勞無功呵。」

19 典出〔漢〕牟融，《理惑論》。相傳古人公明儀曾為牛彈琴，但牛依然低頭而食，聽而不聞，因為人類的音樂，對牛而言並不適合。On disait qu'autrefois le personnage Kanmingyi jouait du luth pour les buffles qui broutaient l'herbe sans se rendre compte de la présence de la musique. Cette remarque pour signifier que la mélodie humaine ne convient pas du tout au bœuf.

5. Faire d'une mouche un éléphant. « 言過其實 »[20] ou « 小題大做 »[21]

L'image comparative accentue la différence de taille entre la mouche et l'éléphant. Le contraste impressionnant est tout à fait éloquent. La métaphore proverbiale en chinois correspond, soit au sens de parler avec exagération, soit au sens de faire d'un petit sujet un grand discours. On a tendance à songer à des expressions analogues comme « *faire beaucoup de bruit pour rien* » ou « *faire bien du tapage pour peu de chose* » sans vouloir faire l'impasse sur « *C'est une tempête dans un verre d'eau* ». L'image illustre clairement une signification réciproquement similaire.

6. Ce qui est dit (fait) est dit (fait). « 木已成舟 »[22]

La formule équivalente en chinois est très concrète et imagée: Le bois a déjà été utilisé pour la construction d'un bateau, de sorte qu'il est désormais inutile de discuter de ce bois. Voilà une réalité qui ne changera plus tout comme en français d'ailleurs. Dans le même sens, l'image rappelle une autre expression: « *À chose faite pas de remède.* - 覆水難收[23] » Cela démontre bien que les mêmes réalités peuvent être décrites dans des cultures différentes, mais

---

20 語本《管子・心術上》：「物固有形，形固有名。此言不得過實，實不得延名。」指言辭虛妄誇大，與事實不相符。

21 科舉時代的習慣用語。凡是考試題目從四書中出來的，稱為「小題」；從五經出來的，稱為「大題」。用五經文的文章章法來做四書命題的題目，就稱為「小題大做」。C'était un proverbe courant en usage lors de l'examen ancien Ke-Qu. Les questions issues du livre « Si-Shu » exprimaient de petites questions, par contre celles du « Wu-Qing » concernaient de grandes questions. Ce proverbe conduisait à représenter le sens que l'on employait avec les tournures de « Wu-Qing » pour répondre aux questions imposées de « Si-Shu ».

22 《鏡花緣》，第三十五回：「到了明日，木已成舟，眾百姓也不能求我釋放，我也有詞可託了。」

23 典源一說為姜太公妻馬氏因不堪貧而求去，直到姜太公富貴又來求合，太公取水潑地，叫她取回。事見王楙，《野客叢書・卷二十八・心堅穿石覆水難收》；一說為漢朱買臣未當官時，家貧賣柴度日，其妻求去，後得官，卻求復婚，朱潑一盆水，如他收得回來，才允婚。L'expression originale doit se comprendre dans le contexte d'une liaison conjugale: c'est l'histoire d'une femme qui ne peut supporter la pauvreté de la vie et quitte son mari. Quand un jour, le mari fait fortune, son épouse demande à le rejoindre. En réponse, il verse un sceau d'eau sur le sol, en expliquant à son épouse que, si elle est capable de ramasser toute cette eau, la réunion sera à nouveau conclue.

chaque culture conserve sa manière particulière et propre pour décrire un fait irréversible. Rien ne s'oppose à la compréhension identique de l'image, même si celle-ci était évoquée par des mots différents.

7. Qui ne risque rien n'a rien[24]. « 不入虎穴 焉得虎子 »

L'équivalent chinois se réfère, comme image, à la tanière du tigre afin de créer une métaphore similaire au français: « *N'entre pas dans la tanière du tigre, comment peut-on attraper le bébé-tigre* ». L'idée du risque est illustrée par l'image du tigre. La finalité de la tentative prend la double forme négative en français, alors qu'en chinois on utilise plutôt la forme de l'interrogation – 「焉得」 pour accentuer le sens. Cependant, la forme n'a aucun impact sur la compréhension directe des deux métaphores.

Conclusion

Les proverbes accompagnent souvent le discours direct. Ils donnent une valeur ajoutée à l'argumentation exposée, un peu dans le sens de « comme on dit ». Le proverbe est considéré comme une entité à part entière, autonome dans son contenu; et avec le contexte historique et social qui l'entourent, il se distingue de l'adage, de la maxime et de la sentence. À travers cette étude, nous avons tenté d'observer la dynamique des images et de découvrir ce qui génère une signification communicative entre les deux langues et cultures différentes. L'analyse de nos exemples nous permet de conclure que les métaphores sont souvent reliées intimement, même si les thèmes utilisés étaient différents en français et en chinois.

Au cœur de nombreux proverbes, nous avons, en français comme en

24 Jean de La Véprie, *Proverbes communs*, 1495.

chinois, l'emploi de la métaphore qui permet un transfert, moyennant un recours à des éléments concrets dans l'expression de notions abstraites. La signification du proverbe implique une vérité genérale, une constatation de portée universelle. Aussi bien en français qu'en chinois, nous apercevons dans le proverbe la présence des valeurs humaines communes, dont la forme reste propre à chaque langue sans pour autant affecter la signification. L'image du message transmise est ainsi reconnaissable et reconnue dans les deux cultures.

Le « Cheng Yu » est une forme proverbiale spécifique au chinois. Il se distingue du français par sa structure en quatre mots, c'est-à-dire en quatre caractères monosyllabiques. L'image se prolonge parfois dans une nouvelle séquence de proverbes toujours en quatre mots. Cela fait partie de la spécificité de la langue chinoise.

Au-delà des similitudes et des différences observées entre les deux langues et cultures, s'agissant en particulier des proverbes, cette étude nous incite à examiner de façon plus approfondie les sources des proverbes. Cela ouvrira sans aucun doute les portes d'un vaste champ riche en comparaisons socio-culturelles et d'une étude sémantique.

Bibliographie

Doan, Patrick et Weng Zhongfu, *Dictionnaire de Chengyu*《漢法成語詞典》, Paris: Librairie You-Feng, 1999.

Montreynaud, Florence, et Pierron Agnès, Suzzoni François (choisis et présentés par), *Dictionnaire des proverbes et dictons*, Paris: Le Robert, coll. « Les usuels », 1993.

Bovelles, Charles de, *Proverbes et Dits sentencieux*, Paris, 1557.

Meurier, G., *Recueil de Sentences notables et Dictons communs*, Anvers, 1568; réédition en 1617 « *Trésor des sentences* ».

Le Roux, P. J., *Dictionnaire comique*, 1718; rééditions 1752, 1786, 2 vol.

La Véprie, Jean de, *Proverbes communs*, 1495.

Quitard, Pierre-Marie, *Études Historiques Littéraires Et Morales*, Paris: Techener Librairie, 1860. (Reprints from the collection of the University of Michigan Library)

丘楊烈、肖章主編，*Dictionnaire Français-Chinois des Locutions et Proverbes*《法漢成語詞典》，上海譯文出版社，1999。

北京大學西語系法語詞典組編，*Dictionnaire Chinois-Français des Locutions et Proverbes*《漢法成語詞典》，北京出版社，1981。

文慧靜、明焰編譯，*Proverbes Français*《法國諺語》，上海：東華大學出版社，2004。

顏崑陽主編，陳新雄、黃慶萱、曾昭旭、張夢機審訂，《實用成語辭典》，台北：故鄉出版社，1981。

洪秀蕊編著，《成語典》，台北：三豐出版社，2002。

教育部成語典http://dict.idioms.moe.edu.tw/chengyu/sort_pho.htm

http://dict.idioms.moe.edu.tw/cgi-bin/cydic/gsweb.cgi (depuis 2011.3.)

La problématique de l'altérité dans *Le Combat pour le sol* de Victor Segalen

Jun-Pei LIAO *

Résumé

Segalen, qui a imaginé et a étudié avec espoir la grandeur de la civilisation chinoise avant de se rendre sur place ne peut pas éviter une légère déception lorsqu'il la confronte avec la réalité. Et pourtant, ses écrits montrent sa richesse intellectuelle et sa compréhension du monde chinois. Dans son élan d'aller vers ce grand et vrai Autre, la Chine, on peut sentir l'intimité de Segalen avec ce pays. Sa critique, son jugement et son esprit d'observation restent parfaitement lucide sous le signe d'une esthétique de la diversité. Aucun écrivain de la génération de Claudel n'a vécu aussi longtemps que Claudel en Chine, mais ce que Claudel vit avec le temps, Segalen le compense par l'étude de la langue, moyen solide et concret pour connaître la culture. Aucun de ses contemporains n'a eu une vision de cet univers aussi précise que Segalen. Dans l'intention de répondre à une pièce d'influence chinoise de Claudel, Segalen a écrit une autre pièce qui sera intitulée *Le Combat pour le sol* dans laquelle il met l'accent sur le conflit dans la rencontre des deux mondes. Dans cette communication, nous travaillerons sur la problématique de l'altérité selon Segalen à travers cette pièce.

Mots clés: Segalen, *le Combat pour Le sol*, altérité, différence, diversité culturelle

* Professeur assistant, chargé de cours à l'Université Tamkang et l'Université Chengchi

Pourquoi Segalen? Pourquoi aussi cette pièce théâtrale? Il me semble important de mentionner ce poète dans ce colloque sur le dialogue franco-chinois, car il est le premier écrivain à introduire et à interpréter d'une manière originale la typographie chinoise dans la poésie française. *Le Combat pour le sol* en apparence moins connu que son recueil *Stèles* résume et réunit en réalité toutes les thématiques de sa recherche personnelle et littéraire. Cette pièce marque la clôture du cycle chinois de Segalen. La première version est écrite peu de temps après la lecture du *Repos du septième jour* de Claudel en 1913. Grâce à son tempérament différent, il finit par créer une pièce totalement autre. La seconde version définitive est écrite en un mois, de fin juillet à fin août 1918, un an avant sa mort. La pièce est ainsi une synthèse dans laquelle se trouvent les thèmes qu'il a traités durant sa carrière littéraire. Comme la plupart de textes de Segalen, la pièce est posthume et reste inédite jusqu'au 1974. Avant de vivre dans la culture chinoise, Segalen comme jeune médecin de la marine se réjouit déjà de connaître la Tahiti de Gauguin et tire de ce séjour plusieurs livres: *Gaugin dans son dernier décor*, *Les Immémoriaux*. Dès le début de sa carrière, la rencontre avec le monde d'un Autre ou la reconnaissance de l'Autre dans sa différence est au centre de sa création. L'altérité pour Segalen est déjà une des réflexions principales et fondamentales de son Exotisme. Après l'expérience chinoise, il songe au Tibet, pays de la hauteur jamais atteinte et royaume de l'imaginaire absolu, car il n'a jamais pu s'y rendre. La Chine devient le terrain entre le réel et de l'imaginaire, le lieu et la formule par excellence. C'est le pays où est née sa vocation de poète. Aimer un pays c'est comme aimer une amante, une compagne à multiples caractères, même si elle reste toujours mystérieuse, et c'est l'histoire de Segalen avec la Chine. Trois séjours en Chine, presque cinq ans au total, mais quelle abondance de créativité sur sa vision chinoise! Une volonté ardente d'aller vers cet Autre l'habite pour se rapprocher et s'approprier cette culture si différente du monde européen.

Le Combat pour le sol de Segalen est au début un contre-projet du *Repos du septième jour* de Claudel, c'est aussi un débat mené sur la religion, et sa confrontation avec le monde chinois, domaine de la plus grande divergence d'opinion entre les deux poètes. Dans la pièce de Claudel, l'Empreur chinois descend aux enfers et ne ramène qu'une remède contre la Mal qui est la religion chrétienne. Segalen dans sa lettre à Ythurbide, datée du 1er avril 1913, parle du *Repos du septième jour*, la pièce de Claudel située en Chine et le domaine de connaissance qu'il a étudié davantage que Claudel: « J'ouvre *Le Repos du septième jour* – Et malheureusement, tristement, je n'admire plus [...] Il (Claudel) tenait entre ses deux grands poings un conflit, l'un des plus grands conflits qu'on puisse imaginer sous le Ciel puisque le Ciel de Chine rencontrait le Ciel latin. Le résultat: deux fort longs sermons ennuyeux [...][1] ». La crise personnelle de Claudel à l'époque du drame est très bien perçue par Segalen. C'est cette insatisfaction qui lui donne l'idée de créer un drame pour exprimer son point de vue original du conflit culturel. Il le fait aussi pour établir de nouveau une communication et pour répondre à la vision de Claudel.

Selon Henry Bouillier, la pièce profondément religieuse de Claudel est presque devenue entre les mains de Segalen un pamphlet antireligieux, parce que dans *Le Combat pour le sol* la rivalité entre le Ciel catholique et le Ciel chinois est évidente, et aucun des deux ne triomphe sur l'autre. Quant à Eugène Roberto, il propose une lecture de l'Exotisme à travers les personnages significatifs. Si l'on retourne à la source d'inspiration de Segalen, on s'aperçoit que l'intention de l'auteur du *Combat pour le sol* est en premier lieu de mettre en évidence le conflit des deux cultures, chrétienne et chinoise.

1 Victor Segalen, *Œuvres complètes*, tome II, Robert Laffont, 1995, p. 709.

Comme la plupart des oeuvres de Segalen, il s'interrgoe une fois encore la place et l'influence de l'Autre dans la rencontre culturelle.

Avant de dévoiler l'expérience conflictuelle de Segalen dans cette pièce, résumons-la clairement. Dans l'appartement des concubines impériales se trouve une étrangère à peau blanche qui semble avoir les faveurs de l'Empereur depuis son arrivée au palais et on croit qu'elle est l'objet d'une attention particulière. Arrive alors l'Impératrice qui annonce qu'un « influx » inexplicable endommage le pays. L'Empereur, avant de passer trois jours et trois nuits de jeûne total pour conjurer les misères, dit adieu à ses concubines et salue l'Étrangère « Élue du Ciel ». A ce moment-là, on amène un prisonnier barbare qui est arrivé avec l'Étrangère. Couvert de crachats, il porte sur la tête une couronne d'épines, il semble qu'il est chrétien de la secte nestorienne, inconnue de l'Empire. Accusé d'être responsable de troubles par le Censeur, l'Étranger est condamné à mort et exécuté. La scène suivante se passe dans une caverne rouge où l'Empereur jeûne depuis deux jours. Fatigué, affaibli, il a des hallucinations et voit arriver le fantôme de l'Étranger qui, dans un chinois impeccable, presse l'Empereur de se convertir pour sauver son âme et sauver l'Empire. Ce religieux mort manifeste sa puissance en convoquant l'apparition de l'Étrangère dont l'Empereur est amoureux. En faisant quelques signes de croix, il rend l'Étrangère capable de parler le chinois qu'elle ne connaissait pas avant. Elle veut aussi apprendre à l'Empereur l'existence d'un Dieu unique. L'Empereur ne comprend rien. C'est alors qu'on annonce que le jeûne est terminé.

Au début de l'Acte II, le tribunal des rites et d'astrologie constate le désordre au ciel et sur la terre en présence de l'Empereur. Un eunuque vient et parle à l'Astrologue de la maladie de l'Étrangère restée en effet dans le coma pendant la période de jeûne. Dans la scène suivante, l'Étrangère reprend conscience et annonce qu'elle a été choisie et envoyée en Chine afin de sauver l'Empereur et de lui enseigner la Vérité. A ce moment, on lui demande de rejoindre l'Empereur, et elle se rend dans les appartements impériaux. Sous un signe de croix de l'Empereur, elle reçoit, comme son double dans la caverne, le don de la langue chinoise. Suit alors un dialogue d'amour. Mais l'amour dont elle parle est surnaturel et religieux, l'Empereur accepte le refus de l'Étrangère et renonce à tout espoir de la toucher, car elle n'est plus de ce monde. Elle se retire ensuite et meurt, tandis qu'un « influx » menaçant s'approche de la capitale. L'Acte III est composé d'une seule scène dans laquelle l'Empereur décide de se sacrifier pour l'Empire. Seul, sur l'esplanade, devant un four flamboyant, il revoit les fantômes des deux étrangers martyrs. S'adressant à ce couple transfiguré en saints chrétiens, il réitère son intention de préserver la tradition ancestrale. Le couple disparaît. l'Empereur pense qu'ils sont montés au ciel malgré son interdiction. Des rébellions de paysans éclatent partout, mais brusquement la pluie tombe et « l'influx » cesse, tout rentre dans l'ordre. Mais dans le cœur de l'Empereur seul restera quelque chose d'inassouvi. Marqué par cette rencontre et son conflit, il ne sait plus lequel des deux ciels l'a emporté et qui remercier pour le Bien qui s'ensuit...

En 1918, Segalen connaît la littérature et la civilisation chinoises depuis dix ans. Il a donc dix ans de pratique de la pensée du détour completant sa formation occidentale. Segalen abord une fois encore la problématique de l'Autre dans *Le Combat pour le sol* sous le signe de conflit à travers trois personnages-clés pour interpréter l'altérité mais aussi de son Exotisme: l'Empereur, l'Étrangère et l'Étranger. La rencontre entre le Réel et l'Imaginaire est représentée dans la pièce par la complexité entre ces trois personnages. La rencontre de l'Occident et de l'Orient est aussi au centre de l'action.

I. L'Empereur face au conflit

« L'influx » dans la pièce peut être interprété de trois manières, comme une influence étrangère qui bouleverse le pouvoir impérial chinois, fait historique lorsqu'il rédige la pièce, comme le manque à son devoir d'Empereur de protéger sa lignée, ou comme des troubles révolutionnaires. Mais « l'influx » est surtout la confrontation incessante des deux cultures comme deux amants qui s'aiment et n'arrivent pas à se mettre en parfait accord. Ayant reçu une formation classique, occidentale et jésuite, enrichie plus tard par celle de la pensée orientale, à qui Segalen doit-il son inspiration poétique? Tout comme l'Empereur dans la pièce examine une culture qui lui est chère mais toujours distante.

L'Empereur, acteur primordial de l'Histoire chinoise, symbolise ici l'Orient. C'est à travers ce personnage qui ordonne tout, qui occupe la place la plus haute de la hiérarchie sociale en Chine que Segalen voit la Chine et le peuple chinois. Le poète essaye de comprendre en fonction de ce personnage principal, de penser son intermédiaire, de constater à travers lui. L'Empereur fondateur de Claudel sera sous la plume de Segalen un phénix immortel du mythe légendaire et impérial. Dans la lettre du 2 août 1909 à sa femme il décrit son personnage primordial: « l'immense et unique personnage de tout mon premier livre sur la Chine: l'Empereur. Tout sera pensé par lui, pour lui, à travers lui. Exotisme impérial, hautain, aristocratique, légendaire, ancestral et raffiné. Car tout, en Chine, redevient sa chose. Il est partout, il sait tout et peut tout. Sa capitale? Jardin pour ses yeux. Sa province? Petit parc. Les pays éloignés? Vassaux lointains; et les peuples d'Occident? Ses tributaires respectueux[2] ». On a l'impression que le personnage impérial aux yeux de

2 Victor Segalen, *Lettres de Chine*, Plon, coll. 10-18, 1993, p. 122.

Segalen n'est pas moins pitoyable qu'un héros enfermé dans un palais comme un névrosé dans la chambre close. Segalen a déjà esquissé les premiers traits de son personnage principal au moment d'entreprendre son roman fiction *Fils du Ciel*. Dans *Le Combat pour le sol*, il remonte aux sources antiques, chinoise et occidentale, en cherchant des figures de la différence, comme Chen-nong-ti (神農帝), les deux rois bibliques ou encore Orphée légendaire pour créer le rôle de l'Empereur. Ce sont aussi des figures d'initiation.

Segalen mentionne dans sa lettre et dans le manuscrit de la pièce d'un empereur mythique chinois, Chen-nong, le Laboureur divin et initiateur de la médecine chinoise. En 1913, Segalen écrit à G.D. de Manfreid qu'il en profite pour remettre ses relations à plus tard, pour écrire paisiblement à Tien-tsin un drame chinois, à publier bientôt en même temps que *Siddhartha* et *Orphée*, qui s'appelle *Chen-nong-ti*, et dont le déroulement aurait été jugulé par un voyage en France placé avant son point final. Segalen s'inspire des *Mémoires historiques*《史記》de Sseu-ma-Tsien (司馬遷 Sima Qian), écrit sous les Han et traduit en français en cinq volumes par Édouard Chavannes de 1895 à 1905. Toutefois, dans ce drame de confrontation culturelle, les sources bibliques ne sont pas absentes puisqu'il a choisi David et Salomon comme rois légendaires. David, musicien et poète, a une passion pour Bethsabée et fait tuer son mari, et c'est alors que commencent les malheurs de David. Le couple étranger dans la pièce de Segalen est peut-être inspiré de l'Histoire de David. Quant à Salomon, il s'est marié avec une étrangère, la fille du pharaon. Le règne de Salomon est l'apogée de la puissance d'Israël. On insiste souvent sur sa sagesse légendaire qui aurait attiré une autre étrangère, la reine de Saba. Il nous faut aussi tenir compte de l'importance du personnage d'Orphée, poète et musicien aussi chez Segalen.

Puisant les forces de son amour pour guider vers la hauteur son amant incompris, Orphée, l'Eurydice de Segalen a un autre sens original. Morte en entendant le chant magique et la sonorité de la lyre à douze cordes d'Orphée, Eurydice est en même temps un obstacle et un moyen de perfectionnement dans *Orphée-Roi*. Segalen a écrit ce livret pour Debussy[3] qui trouve intéressant l'interprétation du mythe dans la nouvelle de Segalen *Dans un monde sonore*. Ce projet n'a jamais pu être réalisé jusqu'à la mort de Debussy. L'auteur de *Orphée-Roi* ne cache pas son regret, car le mythe d'Orphée est la métaphore de sa carrière littéraire, il marque aussi le commencement de son amitié avec le grand musicien. Dans la scène finale du *Combat pour le sol*, l'intention de mettre en musique le conflit est évident. Le combat sera accompagné par les instruments de musique occidentaux et orientaux, entre les sons des lyres et des harpes et celui des trompettes et des tambours de la dernière veille.

D'après l'indication scénique des neuf tableaux, le drame devrait commencer par un prologue dans lequel Segalen écrit le dialogue des chœurs en intervalles de tierce. Il note aussi en marge: « L'Influx: c'est de lui, sortant de la terre que tout le Drame va s'exhaler. – C'est lui qui conclura le Drame ». Ainsi, la musique et le chant devraient être les éléments importants au lever du rideau et à la fin du drame. Le désir de mettre en harmonie la poésie et la musique est toujours vif chez Segalen, on a l'impression que le prologue est un morceau du livret. La scène de l'Acte III où a lieu la prière au ciel sur l'esplanade nue peut être comparée au poème du même titre dans *Odes*, écrit en 1913, à la même époque que la première version de la pièce, mais aussi au livret d'*Orphée-Roi*. Par ailleurs, l'Empereur de Segalen nous fait penser au héros d'Huysmans à l'exemple Des Esseintes dans *A rebours*, personnage dans la rêverie.

En 1899, Segalen se trouve contraint de faire une rupture religieuse.

3 Segalen propose à Debussy en 1907 un drame bouddhique *Siddharta*. Debussy le qualifie de « merveilleux rêve » ; mais poète et musicien n'arrivent pas à se mettre d'accord sur la forme à donner au drame. Finalement, Segalen propose à Debussy une œuvre inspirée de la mythologie grecque, de la légende d'Orphée.

Pour lui en expliquer la nécessité, le père Thomasson l'envoie auprès de J.-K. Huysmans, récemment converti. La rencontre est décisive, non pas sur le plan religieux, mais sur le plan littéraire. Le jeune étudiant retrouve le plaisir de l'écriture après son entretien avec un écrivain renommé. Quand il reprend la lecture de Huysmans, ce qui l'intéressera le plus ce n'est pas l'émotion divine de *La Cathédrale*, mais l'imagination extraordinaire de Des Esseintes dans *A Rebours*, type de roman dont le héros est « en situation » plus qu'en action. A la suite d'une crise de dépression nerveuse en 1900, Segalen, après sa guérison, s'intéresse de plus en plus à la psychologie et la pathologie dans lesquelles il retrouve certains états de son propre cas. Plus tard, il choisira de traiter les névroses dans la littérature contemporaine pour sa thèse de doctorat intitulée *Les Cliniciens ès lettres*. Rémy de Gourmont, intéressé par cette thèse, lui demandera d'en développer une partie pour la revue du *Mercure de France*. Cet article intitulé *Les Synesthésies et l'École symboliste* permettra au jeune Segalen de frapper à la porte du monde littéraire avant de commencer à pratiquer son métier de médecin de la marine.

Avec René Leys dans *René Leys*, et Kouang-Siu (光緒) dans *Le Fils du ciel*, Segalen crée des personnages de type hystérique. Chez Kouang-Siu, c'est le refoulement qui crée le monde illusoire du dernier empereur en pouvoir. Comme beaucoup de cas psychanalytiques qui cessent leur cure, Segalen tue son jeune héros René Leys à la fin du roman; alors que le modèle réel du héros, Maurice Roy, un jeune Français vivant à Pékin est devenu gras et fade quand l'écrivain le revoit en 1917. La névrose fait vivre le fantasme quand sa réalité à lui ne peut jamais être réalisée. Le transfert de l'identité entre le narrateur et le héros-fiction est très intéressant dans ce roman; le narrateur et le héros sont chacun la double image de l'autre, car le narrateur vit le fantasme à travers le mensonge du héros, alors que le héros invente son aventure en suivant la réflexion et l'interrogation curieuse du narrateur intéressé par son histoire dans la cité interdite. L'importance du double et le thème de l'Autre chez Segalen sont liés à l'influence de Maupassant et au monde illusoire.

Dans *Essai sur l'Exotisme*, Segalen précise sa façon de comprendre l'Autre en prenant le contre-pied de Loti, de Claudel et de Saint-Pol Roux, c'est-à-dire de se mettre du côté de l'objet, du pays visité, et non pas du côté du sujet, du voyageur traditionnel; car « il y a peut-être, du voyageur au spectacle, un autre choc en retour dont vibre ce qu'il voit. Par son intervention, parfois si malencontreuse, si aventurière (surtout aux vénérables lieux silencieux et clos), est-ce qu'il ne va pas perturber le champ d'équilibre établi depuis des siècles? Est-ce qu'il ne se manifeste pas autour de lui, en raison de son attitude, soit hostile, soit recueillie, des défiances ou des attirances?[4] ». A travers le regard de l'Empereur, un « Exote »[5] amoureux, il examine l'amour, pour un amant ou pour un pays, dans l'Exotisme. Segalen désigne l'Empereur comme le sujet et l'objet de l'Exotisme, parce qu'il reçoit les premiers étrangers qui viennent de loin et qui souhaitent le voir, et aussi parce qu'il devient de ce fait le donneur et le récepteur de l'Exotisme. Mais pour la première fois il change de regard, car il est aussi l'étranger pour la femme étrangère. Ces regards du lointain des yeux, les autres ou nulle ne l'a jamais regardé ainsi [6].

Il s'agit là d'une situation de « champ contre champ » où le sujet est pris par un nouvel effet, exotisme à rebours, qui propose une objectivité au personnage. L'Empereur est un Exote immobile, alors que l'Étrangère est voyageuse, Exotisme en mouvement. Le pouvoir de l'Exotisme, une

4 Victor Segalen, *Essai sur l'Exotisme – une esthétique du divers*, Fata morgana, 1978, p. 18.

5 Celui qui sait pratiquer l'exotisme, c'est-à-dire jouir de la différence entre lui-même et l'objet de sa perception, est nommé l'*exote*: c'est celui qui sent toute la saveur du divers, c'est le voyageur insatiable.

6 Victor Segalen, *Œuvres complètes*, tome II, Robert Laffont, 1995, p. 692

esthétique du Divers selon Segalen, c'est la capacité de concevoir l'Autre, en se considérant autre. Après avoir essayé de deviner la pensée de l'Autre, il ne sera plus pareil. Le changement du rôle l'introduira à une nostalgie éternelle qui est le désir de la connaissance de l'Autre. L'Empereur comme un voyageur frôlé le merveille aura désormais en permanence le sentiment d'un désir inassouvi, car il sait qu'on peut aussi aimer autrement et il sait qu'un autre ciel existe. Il a gagné son Combat, mais livré désormais son cœur assoifé dans l'insaisissable et l'inconnu. Il se sent vide et ne mangera jamais plus à sa faim[7].

Dans son roman-fiction *René Leys*, Segalen a déjà posé une question curieuse sur l'Exotisme: « Est-ce possible qu'un Européen peut aimer une Chinoise? » Formulons différemment cette interrogation qui occupe toute la vie de l'auteur du *Combat pour le sol*: Est-il possible pour un Européen de comprendre parfaitement cet univers chinois qu'il aime tant et à aimer jusqu'à laisser le sien? En effet, la femme représente souvent l'image créatrice d'une civilisation, et chez Segalen, une civilisation agonisante. Michel Butor l'a très bien montré dans *La Modification* par deux femmes et leur identité significative, une Française qui signifie la vie quotidienne du personnage, et une Italienne qui représente la civilisation romaine, passion du personnage. Les lacunes de notre connaissance sont immenses, mais quand il s'agit de la pensée philosophique d'une autre culture notre lacune est encore plus évidente. C'est avec le personnage de l'Étrangère qu'il essaye de faire voir les démarches de l'Exotisme, la rencontre inouïe des deux cultures et sa confrontation première.

7 *Ibid.*, p. 707.

II. L' Étrangère, l'imaginaire de l'exotisme culturel

Depuis l'ouverture des douanes sous les derniers empereurs des Ts'ing, la présence des étrangers et des missionnaires en Chine devient de plus en plus nombreuse. Durant la révolte des Boxers, les Européens avaient détruit les remparts de la vieille ville, et obtenu de nouvelles concessions. C'est une époque en Chine où la présence des étrangers devient dangereuse pour le pouvoir impérial et on accusait alors « les croyances étrangères lançant leurs coulée d'idées en fusion: Manès et Nestorius, et les princesses d'autres races, égarées en ambassade » écrit Segalen. Il a en effet inventé une femme étrangère pour son drame à partir de l'actualité du pays et aussi ses lectures. Segalen trouve des exemples dans la présence étrangère, byzantine antique ou moderne en Chine mais aussi dans la culture occidentale comme la reine de Saba, Salammbô de Flaubert, Salomé et son martyr pour interprète le personnage de l'Étrangère.

Dans la lettre du 26 mars 1913 à sa femme, il a mentionné la présence d'une étrangère, une « curieuse concubine à peau blanche et à l'idée catholique» dans l'entourage de Yuan che-kai, premier président chinois dont le fils est l'un des patients de Segalen. Outre cette coïncidence, Segalen a puisé ses ressources dans un épisode de la Bible. En marge du manuscrit, Segalen a noté ceci: « 8 août 18 – Nuit Reine de Saba ». La reine de Saba de Yemen attribue à Salomon *le Cantique des cantiques, l'Ecclésiaste, les Proverbes, la Sagesse* ainsi que des *Psaumes* et des *Odes* apocryphes. Dans *Le Combat pour le sol*, l'Étrangère veut aussi transmettre à l'Empereur la foi du monde occidental.

Par une indication scénique en neuf tableaux, Segalen nous signifie qu'il s'agit d'une étrangère byzantine. Henry Bouillier voit la représentation des nestoriens[8] dans la présence des deux personnages étrangers. Le nestorianisme fut introduit en effet en Chine en 635 de notre ère, alors que le Bouddhisme, arrivé par la route de soie aux environs de 400 de notre ère, prendra son expansion sous les Tang. La venue d'étrangers à la cour impériale était fréquente, et les conquêtes et les traités ont entraîné de nombreux mariages princiers. Il est important de noter que le confucianisme, le Taoïsme sont présents depuis le cinquième siècle avant notre ère, et les croyances populaires des pratiquants existaient en Chine synchroniquement [9].

Dans l'art figuratif, le choix des thèmes iconographiques est significatif: les artistes préfèrent les sujets qui expriment la présence et la réalité des vérités surnaturelles, comme la Transfiguration, l'Ascension, etc., tout une évolution esthétique annonce la victoire de l'art byzantin. A partir du Xe siècle, on décore les édifices religieux avec le Christ comme souverain tout puissant. Le Christ d'inspiration byzantine apparaît d'un réalisme minutieux dans les détails du vêtement et par le goût marqué pour les matières précieuses comme l'or, l'argent, les cristaux, le marbres, les porphyres, la nacre. Et l'on retrouve le reflet de l'art byzantin dans le décor de l'appartement de l'Étrangère et de ses vêtements dans l'Acte second, Scène 2 et la scène suivante. Segalen a pris soin dans la description de présenter le portrait du Christ dans l'appartement de l'Étrangère et son manteau orné de petites croix.

Segalen lui-même est surpris par la différence entre le Dieu de l'Ancien Testament et celui du Nouveau testament. D'ailleurs, il admire le Christ comme personne héroïque, mais refuse de le voir en tant que divinité, comme le fait la religion. En mettant en scène une Byzantine très croyante, Segalen traduit la conception syncrétiste chinoise de l'Empereur, gardien de l'Empire

---

8 Disciples de Nestorius, hérésiarque qui affirmait que les deux natures du Christ, divine et humaine, possédaient leur individualité propre. Ils ont été en Chine à l'époque des Tang.

9 Le premier envoyé du Pape arrive en 1245 en Chine, et l'arrivée des missionnaires protestants date de 1807.

ancestral, qui refuse un Dieu unique pour son Ciel. Il est intéressant de noter que la création de cette étrangère et son manteau a pour germe un souvenir de lecture de sa jeunesse. Il s'agit de la lecture de *Salammbô*.

Grâce au travail historique de Michelet, au triomphe du roman de Flaubert, à l'influence de Chateaubriand, et surtout au changement politique au fils du temps, le XIXe siècle s'est passionné pour la reconstitution historique. Ce goût de l'histoire-fiction se retrouve aussi souvent chez les romanciers, beaucoup d'entre eux retournent vers le passé pour trouver la matière de leur création jusqu'à faire vivre une civilisation disparue, et établir d'une certaine manière une archéologie réaliste. La génération de Segalen est marquée par cette vague. Il est certain que les missions archéologiques d'Ernest Renan et plus tard d'Édouard Chavannes font beaucoup rêver Segalen. A l'époque de sa thèse de médecine, il avait eu l'idée de parler de la médecine dans l'ancienne Égypte, mais finalement il a abandonné en raison de l'insuffisance de documents. Toutefois, il analyse le personnage de Salammbô de Flaubert comme un cas d'hystérie, d'extase et d'hallucination de la faim, dans la scène du Défilé de la Hache, qui reflète légèrement la scène du jeûne de l'Empereur dans *Le Combat pour le sol*. Est-ce un hasard si Segalen, initié par le sinologue et archéologue Édouard Chavannes, fera plus tard des expéditions archéologiques en Chine? Pour lui, l'Histoire est aussi un Exotisme dans le temps, un voyage de la vision en arrière.

Le *Salammbô* de Flaubert se situe pendant les guerres puniques à Carthage. La fille d'Hamilcar, vierge mythique de Carthage, est hypnotisée par sa passion pour le culte de Tanit, déesse de la Lune, de l'Amour et en même temps la protectrice de la ville. Parmi les Mercenaires, ennemis de Carthage, Mâtho et Narr'Havas tous les deux sont amoureux de Salammbô. Mâtho a volé le voile dans le temple de Tanit et pénétré jusqu'à la chambre de Salammbô. Narr'Havas trahit les Mercenaires pour Salammbô qui meurt en voyant le supplice et la mort de Mâtho qu'elle aime secrètement. « Ainsi mourut la fille d'Hamilcar pour avoir touché au manteau de Tanit », écrit Flaubert.

Dans la tradition celtique, le manteau possède un pouvoir magique; sur les dessins des mégalithes, les seigneurs portent souvent un manteau. Au moment de se retirer du monde, le geste de se couvrir d'un manteau pour les religieux symbolise le retrait en soi-même et en Dieu. Dans la pièce de Segalen, le geste de l'Étrangère qui porte le manteau avant de rejoindre l'Empereur est significatif, car l'Étrangère refusera un contact charnel avec l'Empereur. A la manière de Salammbô, elle mourrait en voyant l'exécution de celui qu'elle aime, apôtre qui est l'image de sa religion, et en touchant le manteau. Le martyre religieux dans la pièce se réfère à une époque où la Chine a connu la révolte des Boxers soutenue par le pouvoir impérial qui veut chasser l'influence étrangère. Mais l'image de Salomé et de Jean-Baptiste nous semble aussi présente sous la plume de Segalen.

Princesse juive, Salomé est la fille d'Hérodiade et d'Hérode Philippe; elle aurait dansé devant Hérode Antipas, son oncle, et aurait demandé en récompense, sur le conseil de sa mère, la tête de Jean-Baptiste sur un plat d'argent. A sa candeur inquiétante d'adolescente se mêle une pureté féroce; c'est aussi la séductrice dans le conte *Hérodias* de Flaubert, la monstrueuse « déesse de l'immortelle Hystérie » pour Des Esseintes dans *A Rebours* d'Huysmans. Elle est sanglante dans la peinture romantique de Gustave Moreau. Oscar Wilde lui aussi a imaginé une Salomé amoureuse de Jean-Baptiste. Dans *Le Rouge et Le Noir* de Stendhal, Mathilde reflète aussi cette image de Salomé amoureuse. Dans *Le Combat pour le sol* de Segalen, c'est par jalousie que l'Empereur donne l'ordre d'exécuter l'Étranger, car il lui semble que l'Étrangère est sensible et attentive à la parole de l'Etranger, ce dernier étant en fait un apôtre selon l'Étrangère. Il sait parler chinois, alors qu'il existe entre l'Empereur et l'Étrangère un obstacle de compréhension difficile à franchir. Plus tard, dans le jeûne, l'Empereur solitaire voit apparaître le fantôme de l'Étranger. Non seulement sa méditation ne l'a pas purifié, mais il sait aussi qu'il a condamné l'Étranger par jalousie et non pas par justice. A la fin de la pièce, il va faire exécuter l'Astrologue qui l'avait poussé à exécuter l'Étranger.

Au tournant du siècle, l'image de Salomé comme celle de Salammbô suscite de nombreuses créations artistiques. En, particulier, Debussy qui conseille à Segalen de découvrir l'univers mythique et symbolique de Gustave Moreau, son peintre préféré. Dans l'apparition des étrangers à la scène finale, on croit voir le tableau de Moreau intitulé *Les Anges de Sodome*. L'Orphée de Gustave Moreau impressionne beaucoup Segalen et il consacrera un article intitulé *Gustave Moreau, maître imagier de l'orphisme* en 1908. Orphée, métaphore de l'illumination, est placé par Segalen sur le même rang que ses héros inspirés et l'héroïne aux côtés d'Orphée n'est pas moins présente dans *Le Combat pour le sol* comme nous l'avons déjà constaté dans le chapitre précédent. Le personnage de l'Etrangère comporte un autre aspect dans le drame: l'Élue du Ciel, vierge venant de l'Occident pour l'Empereur.

Dans la création de la fin du XIXe siècle, l'image de la vierge a aussi un rôle important. Le triomphe des personnages comme Salammbô et Salomé en est un exemple. Pour Nerval, la figure féminine est parfois mêlée aux déesses comme Isis ou Cybèle avec la Vierge Marie (comme c'est important cette dernière chez Claudel!). Jeune et innocente, l'Eurydice de Segalen représente l'Exotisme de Sexe et le mystère de l'Amour suprême. Avant le jeûne de l'Empereur, l'Étrangère est appelée par lui « Élue du Ciel ». « Mais de quel ciel? », demande à la fin l'Empereur. En tant que vierge venant de l'Occident dans *Le Combat pour le sol*, elle représente le ciel chrétien dans la confrontation culturelle. Elle aussi, il semble qu'elle a aussi son conflit, tiraillée entre son amour impur et oriental pour l'Empereur et son amour pour Dieu[10]. C'est une chrétienne qui veut faire comprendre à l'Empereur sa religion. L'Étrangère semble n'avoir pas peur, loin de son pays parmi les concubines chinoises, mais elle a peur de ne pas être comprise. L'Étrangère ne craint pas la mort, mais elle craint une existence sans amour. Grâce au Fantôme de l'Étranger, l'Étrangère arrive pour la première fois à s'exprimer devant son amant impérial sur ces deux mondes qui s'ignorent et se défendent[11].

Avant la mort de l'Étrangère, les deux amants se rencontrent dans l'appartement impérial. L'Empereur imite le geste de l'Étranger en faisant un signe de croix sans en savoir le sens véritable et tout à coup l'Étrangère se met à parler. Elle croit aimer l'Empereur comme Dieu peut aimer sa créature et elle espère que l'Empereur comprendra son amour pour la religion. Pourtant, ce que l'Empereur lui reproche c'est le fait qu'elle prétend l'aimer mais qu'elle veut sans cesse le convertir à un autre amour et au christianisme[12]. Quant à lui, l'Empereur croit qu'il a déjà fait des efforts pour comprendre le Dieu de l'Étrangère, mais il ne peut pas aller plus loin au point d'abandonner son ciel ancestral. Chaque fois que l'Empereur ne comprend pas le sens du dialogue, par ignorance ou par refus, suit alors un moment incommunicable, et l'Étrangère perd la capacité de s'exprimer. Le moment de communication est relatif, un autre monde s'ouvre à condition que la volonté persiste. Voici un point très fort de Segalen – Que faire quand l'amour humain est en contradiction avec sa vision sur la religion? N'est-ce pas là le plus grand obstacle qui puisse exister dans l'Exotisme et la conception de la diversité, une barrière qui renferme notre possibilité de Connaissance? Mais la vierge de

10 *Ibid.*, pp. 682-683.

11 *Ibid.*, p. 671.

12 *Ibid.*, p. 692.

l'Occident dans la pièce de Segalen refusera de mettre au monde un fils qui deviendra un moyen de pouvoir pour l'Impératrice, et la trinité manquée est évoquée par l'Empereur à la fin de la pièce. Ce fils du ciel chinois refuse jusqu'au bout d'être converti comme l'auteur face à la puissance du catholicisme claudélien. Pour Segalen, toute religion qui prétend être la Vérité absolue la trahit.

A coté du couple d'Exotes, L'Eunuque et les Concubines manifestent la dégradation de l'exotisme par l'ignorance. L'Astrologue et l'Impératrice se servent de l'exotisme pour leur intérêt et leur pouvoir. L'Astrologue s'appuie sur l'incompréhension générale pour interpréter l'influx, pour condamner les étrangers, c'est un personnage qui fait voir l'intolérance de l'Autre. Quant à l'Impératrice, Segalen est fidèle dans un certain sens à l'Histoire, car la femme de Chen-nong-ti, le Laboureur divin et roi légendaire, élève des vers à soie comme le disent les concubines dans la pièce. Chen-nong-ti et sa femme représentent en effet le premier couple initiateur de l'agriculture dans la civilisation chinoise. Segalen choisit les personnages significatifs pour chaque catégorie importante du mythe impérial, son inspiration, dans lequel existent des impératrices autoritaires, ou des concubines qui sont la cause de la chute des dynasties. L'Impératrice est un personnage ambitieux et ambigu dans la pièce, Segalen nous fait sentir en filigrane un léger soupçon: on ne sait pas si elle a empoisonné l'Étrangère. Cette « Mère de l'Empire » a pourtant l'image d'une marâtre. Elle surveille l'Étrangère pour l'introduire dans les coutumes du pays, mais elle veut être aussi complice. Stérile, elle veut s'appuyer sur la favorite qui pourra donner un fils à l'Empire et renforcera son pouvoir d'Impératrice. C'est ce qui arrive lors du dernier règne de la dynastie Ts'ing, mais c'est la favorite qui éliminera l'Impératrice et deviendra l'Impératrice-mère Tseu-Hi (慈禧). Mère fatale de l'Empire, tout est étranglé entre ses mains, y compris la réforme politique de Kouang-Siu, le dernier Empereur au pouvoir n'étant qu'un pantin dans les mains de l'Impératrice régente. Et cet épisode, Segalen l'a déjà bien développé dans son roman *Fils du ciel*. En outre, la situation de Kouang-Siu ressemble aussi à celle de l'Empereur dans la pièce, son impératrice est choisie en effet par Tseu-Hi, et sa favorite sera poussée dans un puits au moment du siège de Pékin. Il n'a pas laissé de Prince hériter.

Mais le personnage intermédiaire par excellence est sans aucun doute l'Étranger dans le drame. Entre l'Empereur et l'Étranger, il y a un lien aussi complexe, ils sont à la fois complice et rival comme l'Impératrice avec l'Étrangère. En outre, l'Impératrice et l'Astrologue qui contrôlent la situation au centre du pouvoir forment un autre groupe. L'Étrangère et l'Étranger qui occupent une place importante dans l'influx font aussi un autre groupe. Sans aucun doute, la rencontre de l'Occident avec l'Orient est au centre de l'action.

Ⅲ. Étranger, le Moment du mystère entre deux mondes

Dans l'œuvre de Segalen, depuis sa nouvelle *Dans un monde sonore* en passant par le livret d'*Orphée-Roi* jusqu'à la pièce *Le Combat pour le sol*, la présence d'un couple est souvent confrontée à une incompréhension mutuelle. Mari et femme, amant et amante, comme s'ils étaient faits l'un pour l'autre, ils ont parfois besoin de la présence de l'autre, intermédiaire qui joue néanmoins le rôle de rival et d'interprète. Si les civilisations sont associées et parfois mariées pour certains, il n'en est pas moins vrai qu'elles rencontrent dans leur développement un passage d'incompréhension. Comment comprendre l'Autre? Segalen décide de se concevoir autre pour commencer, car *Je*, à la manière de Rimbaud, est aussi un autre.

Dans *Essai sur soi-même*, Segalen se souvient d'une phrase de ses parents qui a planté chez lui le premier germe de la conception de l'Autre, dès l'enfance: « [...] j'appris donc, dès le sevrage, de mes parents, que « je n'étais pas comme les autres ». J'en fus convaincu, depuis lors. Ce fut le premier et étrange service que me rendit ma Mère: « tu n'es pas comme les autres », « tu ne sera pas comme les autres » fut le mot magique qui défendait, interdisait, promettait aussi des merveilles...[13] ». Si « je ne suis pas comme les autres », qu'est-ce que cela veut dire « les autres »? Le jeune et sensible Victor aurait posé cette question très tôt. Pour comprendre l'Autre, il faut se voir autre. L'attitude de Segalen est claire, si l'on se voit toujours comme on est, c'est mettre la barrière entre la rencontre et la diversité, et on finit par ne rien apprendre. Pour concevoir l'Autre, il faut d'abord se débarrasser de sa propre identité. Ce geste d'aller vers l'Autre n'est pas pour nier son être, car après avoir conçu l'Autre, on constate mieux sa différence. Sans cette démarche, la différence fondamentale ne peut jamais être perçue concrètement et on ne peut pas en prendre conscience. Surtout dans la rencontre culturelle, il est certain qu'il y a aussi des expériences collectives qui jouent sur la mentalité, et sur le plan métaphysique et philosophique, et qu'un étranger ne peut pas acquérir cette connaissance facilement. Ainsi, il existe toujours quelque part dans l'exotisme une incompréhension éternelle. Cette conclusion de Segalen n'est pas complètement pessimiste, car c'est cette incompréhension même qui devient clé de l'exotisme et qui nous conduit sans cesse à un enrichissement de la connaissance et du dialogue interculturel.

La rencontre de l'Empereur avec l'Étranger met en scène en vérité la rencontre de deux fils du Ciel, car c'est sous l'image de Christ que l'on voit la première apparition de l'Etranger-apôtre. Et le dialogue entre l'Empereur et le fantôme de l'Étranger met en évidence cette confrontation. L'Étranger revient pour lui rendre grâce avant trois jours d'entre les morts. L'Empereur

13 Victor Segalen, *Œuvres complètes*, tome I, Robert Laffont, 1995, p. 87.

entend mais ne comprend pas, même si l'Étranger parle un chinois correct et élégant. La notion du Divers lui échappe aussi, car il ne connaît pas le concept chrétien. Il est difficile de dialoguer quand on n'a aucune idée du paradis éternel et perdu (ainsi on n'a jamais besoin de le retrouver)[14]. En le faisant exécuter, l'Empereur a rendu service à l'Étranger, car l'apôtre peut enfin revivre le sacrifice du Christ. Le Fantôme lui parle du mariage sacramentel entre l'homme et Dieu, mais l'Empereur entend par là le lien entre l'Étranger et l'Étrangère. Il ne cache pas son doute et pense qu'ils s'aiment, mais on sait que ce sont plutôt des frères et sœurs chrétiens [15].

L'Étranger peut aussi être le double de l'Empereur, il comprend sa langue, son désir pour la présence de l'Autre, et il rend possible le dialogue des deux amants par son souffle et son signe de croix. Et en même temps, il est le défenseur de l'union. Il sera toujours présent comme fantôme dans la démarche amoureuse de l'Empereur, puisque c'est par l'Étranger que l'Étrangère possède soudainement le pouvoir de s'exprimer. Peut-être, que Segalen veut suggérer là qu'il ne suffit pas de maîtriser une langue pour concevoir une civilisation; il faut aussi concevoir le système conceptuel qui est en réalité l'organisation d'une société. L'influence du *Horla* de Maupassant a sa place dans le thème du double sur Segalen, en tant que médecin il s'intéresse beaucoup à la psychanalyse et au monde illusoire.

A la fin du XIXe siècle, l'étude de l'univers souterrain de la conscience prend son essor. Dans le service du professeur Pitres, Segalen a découvert avec enthousiasme cette branche toute récente de la médecine. Albert Pitres, professeur de clinique médicale, est disciple de Charcot. Les travaux de ce dernier avaient permis pour la première fois d'étudier l'hystérie,

14 Victor Segalen, *Œuvres complètes*, tome II, Robert Laffont, 1995, pp. 662-663.

15 *Ibid.*, pp. 663-664.

l'hypnotisme, les hallucinations, les névroses et les troubles du langage. Son succès a eu un grand retentissement dans le milieu littéraire. Dans ses conférences, il y a parmi les auditeurs en 1885-1886 un certain jeune homme viennois, Sigmund Freud, âgé tout juste de 30 ans, ainsi que Maupassant, qui a lu attentivement *Leçons sur les maladies du système nerveux* de Charcot. Mais Segalen semble déçu par l'approche positiviste de Pitres et adhère aux conceptions des partisans de la psychiatrie dynamique. Il met son attention sur le travail de Pierre Janet, premier à employer le terme de « subconscient ». En 1901, il suit ses cours et prépare sa thèse à Bordeaux. A la même époque, Freud publie un ouvrage *Le Rêve et son interprétation*. Mais il nous semble que l'influence de Maupassant est plus directe chez Segalen. Il reprend le thème du double, le personnage du sosie, un certain fantôme, déjà présents dans les écrits de Maupassant avant sa mort en 1893. Huysmans, qui fait également partie des soirées de Médan avec Maupassant, aurait déjà parlé à son jeune interlocuteur de cet autre disciple de Zola. L'étudiant en médecine a déjà tiré une leçon de *La Lettre d'un fou* de Maupassant – récit d'un fou qui s'adresse directement à un docteur sur son état d'esprit dérangé: l'apparence perçue par l'organisme du corps est trompeuse et toute réalité est illusoire. L'influence de Schopenhauer est claire, la philosophie de cet allemand inspiré par le bouddhisme domine l'esprit des écrivains de la fin du XIXe siècle. Cette leçon est très précieuse, si l'on sait que Segalen étudie les synesthésies chez les écrivains symbolistes et consacrera plus tard une nouvelle intitulée *Dans un monde sonore* concernant la sensibilité de l'ouïe et de la vue.

Avec le médecin de *Rêves* de Maupassant, il apprend aussi que « pour rêver éveillé, il faut une grande puissance et un grand travail de volonté ». Maupassant, dans le conte *Suicides*, décrit que la lecture d'une lettre de jeunesse permet au personnage du conte de comprendre la source de sa vie et la terrible influence de sa mère sur son existence. A travers « l'Autre » de

Maupassant, Segalen cherche une nouvelle manière de voir, de juger les choses et la vie. Le problème de l'identification chez Segalen est aussi très important. Dans *Moi et moi, l'ami de soir* rassemblé dans le recueil *Les Imaginaires*, dans *Moi-même et l'Autre* et dans le recueil *Équipée*, Segalen aborde à plusieurs reprises ce thème. Il est certain que le souvenir de l'enfance chez Segalen a aussi pour reflet l'expérience d'un autre enfant révolté et prodigue qui est Rimbaud.

Ajoutons encore l'importance de la préface *Le Roman*, écrit par Maupassant lui-même pour son roman *Pierre et Jean*, et que Segalen retient comme son esthétique de l'Exotisme: l'artiste est celui qui voit le monde et dit sa vision du monde. Mais c'est surtout *Le Horla* que Segalen mentionne à plusieurs reprises dans son œuvre. Fou ou voyant, Segalen a compris que le Horla n'est pas forcément hors de là mais en deçà. Il suffit d'enfermer un individu dans un lieu isolé pour qu'il évoque l'au-delà ou même projette sa propre image. Segalen lui-même a eu une expérience similaire dans un coin isolé de la Chine. Profitant du décor chinois, il va jusqu'à créer dans *Le Fils du ciel* un Kouang-Siu assombri, un empereur hystérique dans une grande chambre close qui est la Cité interdite. Dans *Le Combat pour le sol*, l'Empereur perplexe veut régner à l'intérieur tout comme il veut apaiser le désordre extérieur. La cave souterraine dans le palais est aussi une chambre close pour l'imaginaire. L'apparition d'un fantôme atteint l'Empereur qui médite seul. Ces endroits sont ainsi liés au « moment mystérieux », un champ magnétique du poète visionnaire, un conflit entre deux mondes – réel et imaginaire – qu'il essaye de concevoir sans cesse.

Le Mystérieux se manifeste à deux reprises dans la pièce: au moment de l'abstention à l'Acte premier et dans le grand sacrifice de l'Empereur à l'Acte III où apparaissent le fantôme et le double de l'Étrangère. Durant le grand Jeûne, l'Empereur voit le double de l'Étrangère alors que celle-ci, malade et immobile, est dans le palais. Et une flamme dans *Flamme amante* des *Peintures* nous indique que c'est par la contemplation du feu et l'imagination visionnaire que le poète arrive à entrer dans le moment mystérieux de la transformation. Par l'exercice de la vision, une flamme rouge se transforme en image de l'amour ardent pour l'Amant souverain[16]; l'Empereur dans *Le Combat pour le sol* parvient ainsi à voir le moment mystérieux[17].

Certes, un éclairage sous la forme de la lampe à l'huile, éclairage le plus utilisé en Chine à l'époque, est signifiant pour Segalen. Il est intéressant de savoir qu'au moment de la composition de la première version en 1913, il a rencontré en France l'éditeur Crès. Ce dernier le charge de fonder une « collection coréenne » sur le modèle des livres chinois. De ce projet naîtront la deuxième édition de *Stèles, Connaissance de l'Est* de Claudel, et *Histoire d'Aladdin* dont l'apparition du génie de la lampe l'aurait inspiré, et le conte des *Mille et Une nuit* dans la traduction de Mardrus, un sujet aussi concernant l'Orient et le harem qui peuvent l'intéresser. Dans son *Essai sur le Mystérieux*, texte repris dans le recueil *Imaginaires*, il dévoile son idée du mystère d'entre deux mondes:

> « Ces deux mondes, – le banal et l'étonnant, le clair et l'obscur, le connu et l'inconnaissable, ne sont que l'avers et le revers frappés en même temps aux deux faces de l'existence, et qui, partout unis sur le pourtour de la médaille, enchaînés par la circonférence indéfinie qui les unit et les limite, entrent incessamment en conflit. – Et ce conflit fait tout l'objet de cette étude: on le nommera: le Moment Mystérieux... Le définir serait illusoire: ceux qui le savent le ressentent dès qu'on l'évoque; les autres ne l'apprendront jamais... Le

16 Victor Segalen, *Œuvres complètes*, tome II, Robert Laffont, 1995, p. 167.

17 *Ibid.*, p. 661.

Moment Mystérieux existe, non seulement entre monde imaginaire et monde réel, mais partout où il y a conflit de deux mondes séparés.[18] »

Imposer un système quel qu'il soit à une civilisation, c'est éliminer sa couleur propre. La perte de l'identité ethnique pour Segalen est beaucoup plus grave que l'ignorance de la foi étrangère. Segalen lui-même est marqué, comme beaucoup de Bretons, d'abord par la culture celtique plus archaïque que celle du christianisme. S'il existe un combat pour le poète, c'est le combat du Divers dont il faut se préoccuper:

> « Le Divers décroît. Là est le grand danger terrestre. C'est donc contre cette déchéance qu'il faut lutter, se battre, – mourir peut-être avec beauté.
> Les poètes, les visionnaires mènent toujours ce combat, soit au plus profond d'eux-mêmes, soit – et je le propose – contre les murs de la Connaissance: Espace et Temps, Loi et Causalité. Contre les limites de la Connaissance.[19] »

Le combat n'est pas au ciel, mais sur le terrain. La sauvegarde de l'identité propre à chaque civilisation est beaucoup plus importante, car la perte de l'héritage culturel et ancestral signifie la destruction d'un peuple. Dès le début de sa carrière, à la rencontre de la civilisation des Maoris à Tahiti, Segalen est conscient de l'urgence d'un travail ethnologique, et le danger ignoré par un peuple inconscient qui efface sa propre identité devant une autre culture. Les missions archéologiques affirment son intention humanitaire. Jusqu'à sa mort, il n'a cessé de penser à son projet de consacrer un musée archéologique à Pékin sur l'art chinois, sur la confrontation et la rencontre

---

18 Victor Segalen, *Œuvres complètes*, tome I, Robert Laffont, 1995, p. 784.

19 *Ibid.*, p. 775.

culturelle entre l'Occident et l'Orient, travail dont il fut témoin. Le combat entre deux cieux est inutile, il existe une puissance supérieure qui est totalement étrangère à l'espèce humaine. L'influx a cessé, le combat pour le sol semble terminé, mais le combat de soi-même reste toujours à recommencer. Segalen admire la beauté du monde et entend préserver la singularité du Divers. C'est par ces trois personnages de l'Exotisme qu'il tente de démontrer en profondeur une esthétique du Divers et c'est cela son vrai combat.

IV. Une esthétique du Divers: la conception du monde

Dans *Le Siège de l'âme*, écrit en 1910-1911, Segalen explique son idée de la spiritualité: le chemin de l'âme n'est pas unique[20]. Dans un fragment écrit en 1911, *Le Germe*, il réfléchit sur l'acte de foi qui peut être parfois l'obstacle dans l'étude de la diversité: tout acte de foi pur, probe, et violent, crée son propre univers[21]. C'est ainsi que tout au long de sa vie, Segalen défend l'idée de la diversité contre n'importe quelle vérité qui prétend être absolue. C'est souvent du point de vue de l'illumination et de l'esthétique que Segalen voit l'importance des religions. Dans *Essai sur l'Exotisme: une esthétique du divers*, Segalen explique qu'il met les pratiques de l'exotisme comme l'esthétique du divers à la même hauteur que le catholicisme de Claudel:

> « Je ne voudrais pas qu'elle (l'esthétique du divers) fût inférieure en Catholicisme à la conception géante de Claudel; à sa participation à la Mer; à l'Eau; à l'Esprit. Et je m'aperçois maintenant, dans cette Solitude, qu'elle est vaste plus que je ne le croyais d'abord; et qu'elle englobe, – qu'ils le veuillent,

20 Victor Segalen, *Les Imaginaires*, trois nouvelles suivies de fragments inédits, Rougerie, 1981, p. 61.

21 *Ibid.*, p. 94.

ou non, – LES HOMMES, MES FRÈRES, – QUE JE LE VEUILLE OU NON.

Car, cherchant d'instinct l'Exotisme, j'avais donc cherché l'Intensité, donc la Puissance, donc la Vie. – Seigneur innommable du monde, donne-moi l'Autre!

Le div... non, le Divers. Car le Divin n'est qu'un jeu d'homme.[22] »

La discussion entre Claudel et Segalen reprend non seulement la querelle entre les Anciens et les Modernes, mais aussi celle entre les partisans de l'Église et les défenseurs de l'Individu. Segalen ne renie jamais son baptême, mais il se révolte sans cesse contre l'éducation religieuse imposée. Le scepticisme celtique de Segalen rejoint l'idée de Renan qui vénère la personne du Christ mais ne croit pas à sa nature divine. Le poète cherche à établir le dialogue du Moi avec l'Inconnu, le Divers, par une exigence de l'Absolu esthétique et un besoin de la dualité. Le Moi est aussi un Autre. Chez Segalen, il y a une partie du Moi qui cherche à être comprise et à communiquer, il y en a une autre qui se réserve, et défend son être essentiel qui ne doit pas être livré complètement. Dualité ou contradiction? Peut-être s'agit-il tout simplement de l'âme de l'artiste qui, perpétuellement engagé dans le conflit de la métamorphose, a besoin de dévoiler et de désavouer.

Segalen réserve et défend la beauté de la différence et la diversité du monde chinois face à la culture occidentale. Il souhaite que la lignée culturelle et ancestrale chinoise soit maintenue et refuse le principe chrétien, c'est une idée déja développée dès son premier livre *Les Immémoriaux*. Mais ici, le Fils du ciel chinois règne dans l'immobilisme et le syncrétisme de l'Orient face à une influence étrangère et manifeste le courage d'un surhomme dans son

22 Victor Segalen, *Œuvres complètes*, Robert Laffont, 1995, Tome I, p. 774.

contact avec les deux mondes. L'Empereur de Segalen est introverti dans son défi intérieur. Segalen choisit l'unité chinoise comme fil conducteur pour concevoir l'esthétique de la diversité, éternellement changeante et insaisissable. La Chine primitive, terrain de l'exil absolu de l'écrivain, représente pour Segalen la nouveauté de la forme littéraire: du symbolisme originel, de la rhétorique prudente de l'Ode chinoise, des ressources nouvelles d'un texte bref, des annales; elle est pour lui celle qui montre la différence et celle qui maintient l'équilibre du monde face à l'Occident conquérant. Dans la contemplation du monde, Segalen prête attention à la différence de l'Exotisme pour enrichir une vie dynamique guidée par son esthétique de la Diversité, perpétuellement à la recherche de l'Absolu et de la Beauté du monde dans son aventure.

Entre le Ciel et la terre, il y a l'homme qui interroge et s'interroge; entre le Réel et l'Imaginaire, existe le moment mystérieux et inexplicable. Du point de vue de l'exotisme culturel et de l'altérité, Segalen retrouve non seulement les références de ses études durant son séjour en Chine, mais il se réjouit aussi du dépaysement pour pouvoir profiter d'un changement culturel radical jusqu'à concevoir, agir et vivre d'une autre manière. La Chine, Amante et Démon, qu'on peut aimer et critiquer, critiquer parce que trop aimée, comme on peut aussi avoir peur de la trop désirer. Elle est pour Segalen un lieu de rencontre et de réflexion. Auteur des *Stèles* maîtrise son écriture dans la densité rigoureuse; l'intensité et la brièveté sont des marques de son style cristallisé comme une stèle qui tente de résister au temps. La vie de Segalen est trop courte pour qu'on l'entende de son vivant. Le poète, qui aime sa terre natale, n'éprouve souvent que le triste souvenir de l'incompréhension rencontrée dans son pays. Vivre à l'étranger est un choix, un exil volontaire. Or, ce sentiment de solitude et d'incompréhension de ses contemporains fait naître chez lui le désir de communiquer et d'enseigner l'existence merveilleuse qu'on peut rencontrer à la conquête du monde, et plus particulièrement dans la reconquête de soi.

Voyager, quelle que soit la distance, c'est au fond pour se retrouver soi-même. Devant les tombeaux de Ming, sous les stèles chinoises, Segalen ne se rappelle-t-il pas inconsciemment les pierres sacrées de sa Bretagne? En se lançant vers l'Inconnu, le poète est parti avec la volonté d'être fidèle à la beauté du monde. Il faut partir à la recherche de l'Autre, du repos ou du combat, qu'importe, pourvu qu'on retrouve du Nouveau. On ne pourra jamais désormais être indifférent, on devient malgré tout un entre-les-deux dans le dialogue interculturel. La fascination profonde du poète face au monde chinois lui permet de créer un terrain de laboratoire pour la poésie française du XXe siècle. Dans la liberté de l'esprit, on n'a pas besoin de renoncer pour autant à l'un ou à l'autre; « L'Autre est en moi, parce que je suis moi », dit aussi Edouard Glissant. Cette altérité, Segalen la détourne toute sa vie triomphalement en sa faveur dans la création littéraire.

Bibliographie

Segalen, Victor, *Œuvres complètes*, tomes I et II, présentées par Henry Bouillier, Robert Laffont, coll. Bouquin, 1995.

Le Combat pour le sol, éd. de L'Université d'Ottawa, Ottawa, coll. Cahier d'inédits n° 5, 1974.

Études Sur Segalen

Regards, espaces, signes, Asiathèque, 1979.

Victor Segalen, voyageur et visionnaire, sous la direction de Mauricette Berne, éd. de la Bibliothèque nationale de France, 1999.

Victor Segalen, Cahier de l'Herne dirigé par Marie Dollé et Christian Doumet, éd. de L'Herne, n° 71, 1998.

Victor Segalen, acte de colloque de Brest, Centre recherche breton et celtique, 1994.

Victor Segalen, tome I et II, université de Pau, Centre de recherches sur la poésie contemporaine, colloque international sous la direction de Yves-Alain Fauvre, 1985.

Victor Segalen vu d'Amérique, Cahier Victor Segalen, n° 3, Association Victor Segalen, 1997.

Equipée, Stèles, dirigé par Paule Plouvier, capes-agrégation de lettres, ellipses, 1999.

Bédouin, Jean-Louis, *Victor Segalen*, Seghers, coll. Poètes d'aujourd'hui n° 102, Paris, 1963.

Bol, V.P., *Lecture de Stèles*, lettres modernes, Minard, 1972.

Bouillier, Henry, *Victor Segalen*, thèse pour le Doctorat ès lettres à la faculté des Lettres et Sciences humaines de l'université de Paris, Mercure de France, 1961.

Brunel, Alexandre, *Ecriture poétique du moi dans Stèles et Equipée de Victor Segalen*, Klinckieck, 2000.

Cordonier, Noël, étude de *Stèles* et d'*Equipée*, coll. unichamp, champion, 1999.

Detrie, Muriel, *Etude de Peintures de Victor Segalen*, Atelier National de Reproduction des Thèses, Lille, 1987 (thèse soutenue sous la direction de Pierre Brunel en 1986 à Paris IV).

Doumet, Christian, *Victor Segalen – l'origine et la distance*, Champs vallon, 1993.

——, *Le Rituel du livre* – sur *Stèles* de Victor Segalen, Hachette, coll. Supérieur-recherches littéraires, Paris, 1992.

Gontard, Marc, *La Chine de Victor Segalen*, PUF, 2000.

——, *Victor Segalen, Une esthétique de la différence*, Paris: L'Harmattan, 1990.

Gournay, Dominique, *Victor Segalen ou les voies plurielles*, Seli Arslan, 1999.

Grand, Anne-Marie, *Victor Segalen – Le Moi et l'expérience du Vide*, Méridiens Klincksieck, 1990.

Hsieh, Yvonne. Y., *Victor Segalen's Literary Encounter with China – Chineses Mould's Mesterne Thoughts*, university of Toronto Press, coll. University of Toronto Romance Series 58, Canada, 1988.

Lin, Esther H.-E., *Orientation esthétique chez Victor Segalen: le cas du Fils du Ciel*, 1997 (microforme, thèse soutenue en 1996 à Paris IV).

Manceron, Gilles, *Victor Segalen*, J.-C. Lattès, 1991.

Micheau, Mallelaine, *Genèses de René Leys*, thèse soutenue sous la direction de Henri Bouillier à Paris IV, 1997.

Qin, Haiyin, *Empire de Chine, empire de signe: Œuvres poétiques de Victor Segalen*, ANRT, Lille, 1988 (thèse soutenue en 1987).

Articles

Cordonier, Noël, Ethique et esthétique: La question de l'altérité dans l'oeuvre de Victor Segalen, *Langue, littérature et altérite*, Lausanne: Université de Lausanne, 1992. (Cahiers de l'Institut de Linguistique et des Sciences du Langage; 2), pp. 57-72.

Hsieh, Yvonne Ying, Le Problème de l'altérité dans "Les Immémoriaux" de Victor Segalen, *Etudes Francophones* (Lafayette, USA; ISSN 1093-9334), 1998 (Printemps), 13(1), pp. 43-54.

Archéologie d'une image: Les quatre cents coups dans 你那邊幾點 Conditions de possibilités du dialogue culturel euro-français/sino-taiwanais

Jean-Yves Heurtebise *

Résumé

A quelles conditions un dialogue culturel entre civilisations distinctes est-il possible? Comment, plus précisément, penser le rapport entre la Chine et l'Europe? Pour répondre à ces questions, une histoire croisée des relations culturelles entre la Chine et l'Europe de la Renaissance jusqu'à nos jours sera proposée. Il s'agira d'abord d'expliquer les raisons d'un tournant dans nos représentations: le passage de la sinophilie de l'époque des Lumières à la sinophobie du dix-neuvième siècle. Une des raisons de ce tournant est la construction du concept de culture à travers la notion de *Volkgeist*. L'hypothèse de travail de cet article est que la déconstruction de la Culture comme *Volkgeist* est la condition de possibilité de l'établissement d'un dialogue culturel fécond et créateur. Penser le rapport culturel de la Chine à l'Europe demande de déconstruire les préjugés légués par l'eurocentrisme et repris jusqu'à aujourd'hui, non seulement en Europe mais en Chine même. Cela demande de savoir accepter la Différence, l'Hétérogénéité et la Mixité comme valeurs et non comme dangers.

* Docteur en philosophie. Il a été chercheur invité à la National Taiwan University (2009-2011).

Mots clés: Philosophie Comparée, Méthodologie, Histoire culturelle, Eurocentrisme, Sinocentrisme, Tsai Ming-liang, Gilles Deleuze

« On est [...] aussi différent de soi-même que des autres »

La Rochefoucauld, *Maximes*, § 135

Introduction

L'image de Jean-Pierre Léaud buvant goulument à la dérobée une bouteille de lait dans le film *Les quatre cents coups* de Truffaut apparaissant sur l'écran de télévision du héros joué par 李康生 dans le film《你那邊幾點》de 蔡明亮 est un témoignage exemplaire d'un dialogue culturel créateur.

A quelles conditions un vrai dialogue culturel entre civilisations distinctes est-il possible? Comment, plus précisément, penser le rapport entre la Chine et l'Europe? Pour répondre à ces questions, une histoire croisée des relations culturelles entre la Chine et l'Europe de la Renaissance jusqu'à nos jours sera d'abord proposée. Il s'agira d'expliquer les raisons d'un tournant dans nos représentations: le passage de la sinophilie de l'époque des Lumières à la sinophobie du dix-neuvième siècle. Une des raisons de ce tournant est la construction du concept de culture à travers la notion de *Volkgeist* qui sera ensuite analysée. L'hypothèse de travail de cet article est en effet que la déconstruction de la notion de *Volkgeist* est la condition de possibilité de l'établissement d'un dialogue culturel fécond et créateur. Penser un rapport culturel *mutuellement* enrichissant de la Chine et de l'Europe demande de déconstruire les préjugés légués par l'eurocentrisme du dix-neuvième siècle et repris jusqu'à aujourd'hui, non seulement en Europe mais en Chine même. Cela demande de savoir accepter la Différence, l'Hétérogénéité et la Mixité comme valeurs et non comme dangers, comme critères d'une nouvelle méthodologie des études comparées.

I. Bref historique des relations culturelles Europe/ Chine.

Pour penser les conditions de possibilités du rapport culturel « franco-chinois », nous chercherons tout d'abord à en retracer brièvement l'histoire, de la Renaissance à nos jours.

Renaissance: découverte mutuelle, partiale et partielle

Comme on le sait, l'histoire des relations intellectuelles suivies, directes et attestées entre l'Europe et la Chine commencent véritablement au seizième siècle avec l'arrivée des missions jésuites et les succès complexes, relatifs, ambigus de Michele Ruggieri (1543-1607) et Matteo Ricci (1552-1610) à la cour de Wan Li (萬曆, 1563-1620).

De ces premières relations, il est commun de noter qu'elles furent fondées sur une incompréhension mutuelle: René Etiemble ironisant sur le fait qu'un confucéen croyant Dieu ne pouvait être qu'un « Chrétien humaniste »[1]; Jacques Gernet soulignant le caractère « irréconciliable » du Ciel chinois et du Dieu chrétien[2]; Walter Mignolo rappelant le rejet, par ceux que Jean Lévi appelait les « fonctionnaires de la bureaucratie céleste »[3], ou plutôt leurs héritiers à la fin de la dynastie Ming, de la vision géographique du monde telle que la présentait le planisphère de Mercator (1562)[4].

---

1 René Etiemble, *L'Europe Chinoise*, Paris: Gallimard, 1988, vol. 1, p. 187.

2 Jacques Gernet, *La Chine et le christianisme*, Paris: Gallimard, 1982, p. 198.

3 Jean Lévi, « Les fonctionnaires et le divin: luttes de pouvoirs entre divinités et administrateurs dans les contes des six Dynasties et des Tang », *Cahiers d'Extrême Asie*, 1986, vol. 2, n°2, pp. 81-110; « Les fonctions religieuses de la bureaucratie céleste », *L'Homme*, 1987, n°101, pp. 35-57.

4 Walter Mignolo, *The Darker Side of the Renaissance: Literacy, Territoriality, and Colonization*, University of Michigan Press, 1995, pp. 224-225: "Lately Mateo Ricci utilized some false teachings to fool people, and scholars unanimously believe him… It is really like the trick of a painter who just draws ghosts on his picture. We need not to discuss other points, but just take for example the position of China on the map. He puts it not in the center but slightly to the

Cependant, sur le plan méthodologique, nous voudrions déjà noter une chose: interpréter ces points de frictions et ces malentendus comme l'illustration d'une antinomie entre « la » Chine et « l'Europe », c'est généraliser des frictions locales et partielles en oppositions globales entre modèles cultures distincts. Comme le note Peter C. Perdue:

> Westerners who brought the scientific revolution to China, filtering Western advances through religious screens. Jesuits, under orders from the Pope, concealed the prominence of the heliocentric model of the planetary system, instead promoting the compromise of Tycho Brahe, which still put the earth at the center, but placed the other planets orbiting the sun. Chinese interested in modern astronomy thus only received a partial view of the new science[5].

Autrement dit, « l'Europe » ou « la culture européenne » que les Jésuites représentèrent auprès de certains lettrés de la cour impériale:

(1) non seulement n'est pas toute l'Europe mais la partie de la tradition culturelle européenne qui a été élaborée par la tradition scolastique finissante, c'est-à-dire une retraduction partielle et partiale de la philosophie d'Aristote et de Platon pour qu'elle épouse les canons du christianisme officiel;

(2) mais plus encore n'est déjà plus tout à fait l'Europe, éclatée dans sa chrétienté par le schisme protestant, et plus encore débordée par la nouvelle pensée renaissante (retour au naturalisme atomiste antique source probable

---

west and inclined to the north. This is altogether, far from truth, *for China should be in the center of the world*, which can prove by the single fact that we can see the North Star resting at the zenith of the heaven at midnight. How can China be treated like a small unimportant country, and placed slightly to the north as in the map? This really shows how dogmatic his ideas are."

5 Peter C. Perdue, "Chinese Science: a Flexible Response to the West?", *East Asian Science, Technology and Society: an International Journal* (2007) 1: 143-145.

des futures révolutions scientifiques[6]).

Il est donc important de ne pas assimiler « l'Occident » avec la représentation « scholastique » à la fois orthodoxe (c'est-à-dire filtrée) et conservatrice (c'est-à-dire dépassée) que les Jésuites donnèrent de la « culture Européenne ».

De même assimiler « la Chine » avec le discours des administrateurs confucéens de la cour impériale consisterait au fond à accepter et entériner la version officielle orthodoxe (très prégnante de nos jours[7]) d'une culture chinoise essentiellement confucéenne d'où le taoïsme comme le bouddhisme seraient mystérieusement absents[8].

Lumières: admiration réciproque

Le deuxième moment des relations entre l'Europe et la Chine s'ouvre à l'époque des Lumières. C'est généralement une image extrêmement positive de la Chine que donnent les observateurs français (et européens) des dix-septième et dix-huitième siècles comme Le Comte dans ses *Nouveaux mémoires sur l'état présent de la Chine* (1696), J. B. du Halde dans sa *Description de l'Empire de la Chine* (1735). Voltaire dans son *Dictionnaire philosophique* comme dans son *Essai sur les mœurs et l'esprit des nations* n'a de

6 David C. Lindberg, *The beginnings of western science: the European scientific tradition in Philosophical, Religious and Institutional Context, Prehistory to AD. 1450*, University of Chicago Press, 2007, p. 365.

7 Voir par exemple: You Nuo, "Modern China needs some old thinking", *China Daily*, July 31, 2006: "Confucianism is something very Chinese and irreplaceable in this society. It is not science, or anything from which an analytical model can be developed. However, it is the main part of this society's moral tradition, or how people tell right from wrong".

8 Franklin Perkins, *Leibniz and China: a commerce of light*, Cambridge: Cambridge University Press, 2004, p. 15: "The Jesuits missionaries associated primarily with the class of Confucian scholar officials, the *ru* or "literati," and these served as their main source on Chinese thought. They were thus introduced to an orthodox form of what has come to be called "Neo-Confucianism,' while remaining ignorant and dismissive of Buddhism and Daoism."

cesse d'évoquer l'antiquité, la primauté et la profonde rationalité juridique et politique de la Chine: « une nation qui était toute policée quand nous n'étions que des sauvages[9] ». Dans le même esprit, Leibniz notait: « Ce serait une grande imprudence et présomption à nous autres nouveaux venus auprès d'eux, et sortis à peine de la Barbarie de vouloir condamner une doctrine si ancienne, parce qu'elle ne paraît point s'accorder d'abord avec nos notions scholastiques ordinaires »[10] .

Cependant, le terme « Chine » désigne alors moins un territoire aux contours géographiques et historiques déterminés que la mise en forme discursive d'un *topos* stratégique où il est moins question de la Chine que du rapport de l'Europe à elle-même.

Soit par exemple le discours relativement critique de Montesquieu sur la Chine dans l'*Esprit des Lois*: « La Chine est donc un État despotique, dont le principe est la crainte[11]. » Il serait réducteur de qualifier ce discours d'anti-chinois: non pas tant parce que l'on peut trouver chez Montesquieu, dans ses notes[12], des propos plus nuancés, par exemple dans son appréciation de l'usage social des rites[13], mais surtout parce que le but était moins la critique de la Chine comme telle que celle du despotisme dans le système politique en France[14]. D'autre part, comme l'indique la fameuse note de Montesquieu

9 Voltaire, *Essai sur les mœurs et l'esprit des nations et sur les principaux faits de l'histoire, depuis Charlemagne jusqu'à Louis XIII*, Vol 1, Chap. I. - De la Chine, de son antiquité, de ses forces de ses lois, de ses usages et de ses sciences.

10 G. W. Leibniz, « Lettre sur la philosophie chinoise à Nicolas de Rémond », *Zwei Briefe über das Binare Zahlensystem und die chinesische Philosophie*. Stuttgart: Belser-Presse, 1968, pp. 39-132. Albert Ribas, "Leibniz' discourse on the natural theology of the Chinese and the Leibniz-Clarke controversy", *Philosophy East and West*, January 2003

11 Montesquieu, *De l'Esprit des Lois*, Première Partie, Livre VIII.

12 *Geographica*, Masson, t. II, 1950, pp. 923-963; *Œuvres Complètes*, t. XVI, Oxford: Voltaire Foundation, C. Volpilhac-Auger eds.

13 C. Volpilhac-Auger, "On the proper use of the stick: *The Spirit of Laws* and the Chinese Empire", in Rebecca Kingston, *Montesquieu and his legacy*, Albany: State University of New York Press, 2009, pp. 81-96.

14 Simon Kow, *The Idea of China in Modern Political Thought: Leibniz and Montesquieu*, Canadian political association papers, 2005: "The comparison of monarchy and despotism is arguably intended to be a critique of French absolutism, as scholars have noted. In this light, it was important to Montesquieu that China not be regarded as an example

(« C'est le bâton qui gouverne la Chine, dit le P. Du Halde »), c'est à partir des notes issues des Missions des Jésuites que les philosophes des Lumières vont se référer à la culture chinoise et l'utiliser, de Robert Challes[15] à Voltaire: contre les Jésuites eux-mêmes, les penseurs des Lumières font s'efforcer de montrer qu'une civilisation riche et raffinée peut être construite hors de toute religion révélée sur les bases d'une morale raisonnable comme celle, selon eux, du Confucianisme[16].

En Chine, inversement, l'âge d'or des relations avec l'Europe à l'époque des Lumières, se marque par la présence massive d'artistes européens à la cour impériale: Giuseppe Castiglione (1688-1766), Giovanni Damasceno Salutti (1727-1781), Jean-Denis Attiret (1702-1768) et Louis de Poirot (1735-1814), ...

Après la Révolution Industrielle et le Colonialisme: suspicion et rejet

Enfin, troisième moment, le dix-neuvième siècle qui voit l'essor d'un discours eurocentriste et « sinophobe » duquel non seulement le discours européen sinophile mais aussi bien le discours chinois « europhobe » sont complètement tributaires.

Pour illustrer ceci, en Europe, la philosophie de l'histoire de Hegel est exemplaire. Hegel, dans le cadre d'une théorie de l'évolution historique mondiale de l'Esprit des peuples où l'évolution collective de l'humanité est identifiée à l'évolution individuelle d'une personne, de l'enfance à l'âge

of enlightened despotism".

15 Robert Challes, *Journal d'un voyage fait aux Indes orientales*, Rouen: Jean-Baptiste Machuel, 1721, vol. III, p. 150: « A l'égard de leurs Casuistes, & des Idolâtries des Chinois et des leurs, dans la Chine, ne pouvant démentir des Faits si graves, & si bien prouvés, ils se sont mis sur le pied de vouloir les justifier. »

16 H. Nakagawa, « Les confucianistes, philosophes tolérants dans la pensée de Voltaire », *Revue Internationale de Philosophie*, 1994, vol. 48, no187, pp. 39-53.

adulte, identifie la Chine à l'enfance de la pensée[17] là où la monarchie protestante allemande incarne son adulte accomplissement[18].

Dès lors, dans ce schéma de pensée, ce qui va caractériser le peuple Chinois, comme sujet historique aux potentialités culturelles déterminées, c'est une aliénation à la pensée abstraite et à l'autonomie morale[19]: infantilité spirituelle traduite par une incapacité culturelle à produire de la philosophie[20], à élaborer une science valable et à construire un système politique autre que celui du despotisme paternaliste[21].

Hegel par là jette les bases du cadre des « recherches sur la Chine » qui, jusqu'à peu, vont avoir pour but moins de remettre en cause ces idées que de les confirmer, en en cherchant les fondements soit 1. au niveau linguistique, soit 2. au niveau civilisationnel.

---

17 Hegel, *Vorlesungen über die Philosophie der Geschichte*, Philipp Reclam Jun., 1997, p. 168: « Die Weltgeschichte geht von Osten nach Westen, denn Europa ist Schlechthin das Ende der Weltgeschichte, Asien der Anfang. » Traduction: L'Histoire Universelle va d'Est en Ouest; l'Europe est en soi la fin de l'Histoire Universelle et l'Asie son commencement.

18 Jean Nurdin, *Le rêve européen des penseurs allemands 1700-1950*, Presses Universitaires du Septentrion, p. 61: « Si 'l'histoire universelle est le progrès dans la conscience de la liberté', si 'l'Etat est l'Idée divine telle qu'elle existe sur terre', l'esprit germanique, incarné dans le luthéranisme et l'Etat monarchique, constitue l'apogée de l'histoire. Ainsi la théorie hégélienne d'une Europe des peuples historiques culmine dans l'apologie d'une prééminence germanique. L'hégélianisme ajoute à l'idée herdérienne du caractère original de chaque nation celle d'une mission spécifique de l'esprit allemand. »

19 Georg F. W. Hegel, *The philosophy of history*, traduction J. Sibree, New York: Barnes & Noble, 2004, p. 153: "This is the character of the Chinese people in its various aspects. Its distinguishing feature is that everything which belongs to Spirit – unconstrained morality, in practice and theory, Heart, inward Religion, Science and Art properly so called – is alien to it."

20 G. W. F. Hegel, *Vorlesungen über die Geschichte der Philosophie*, I, 18, Herausgegeben von Eva Moldenhauer und Markus Michel, Suhrkamp Verlag Frankfurt am Main, 1971, 142f: « Aus seinen Originalwerken kann man das Urteil fällen, daß es für den Ruhm des Konfutse besser gewesen wäre, wenn sie nicht übersetzt worden wären. »

21 Georg F. W. Hegel, *The philosophy of history*, traduction J. Sibree, New York: Barnes & Noble, 2004, p. 124, 137: "This paternal care on the part of the Emperor, and the spirit of his subjects – who like children do not advance beyond the ethical principle of the family circle, and can gain for themselves no independent and civil freedom – makes the whole an empire, administration, and social code, which is at the same time moral and thoroughly prosaic – that is, a product of the Understanding without free Reason and Imagination."

(1) Si, de Humboldt[22] à Heidegger[23], le Grec et l'Allemand, voire pour Marcel Granet le français[24], sont naturellement aptes à l'expression structurée d'une pensée abstraite et formelle, le chinois lui en est structurellement dépourvu (thèse du mobilisme linguistique);

(2) Si la Chine souffre d'un indéniable retard économique[25] et technologico-scientifique[26], c'est dû à l'hégémonie symbolique d'une morale (Confucéenne) conservatrice[27]: c'est la thèse de l'immobilisme culturel de la

22 Martin Bernal, *Black Athena writes back: Martin Bernal responds to his critics*, David Chioni Moore ed., Duke University Press, 2001, pp. 119-20: "Among other accomplishments, Humboldt was a great linguist, specializing in the intricacies of language mixture. Humboldt, however, was convinced that "Sanscritic," that is to say Indo-European languages were qualitatively different from and superior to all others. Furthermore in an outline of the new discipline, later known as *Altertumwissenschaft* or "Classics", he declared that the excellence of Greek lay in its being uncontamined by foreign elements. Elsewhere, he maintained that Greek history and culture as a whole were categorically above that all others cultures and that "from the Greeks we take something more than earthly – almost godlike."

23 Heidegger, *Introduction à la métaphysique*, cité et traduit par Derrida, *De l'esprit Heidegger et la question*, Galilée, 1987, p. 109: « Le fait que la formation de la grammaire occidentale soit due à la réflexion grecque sur la langue *grecque* donne à ce processus toute sa signification. Car cette langue est avec l'allemande (au point de vue des possibilités du penser), à la fois la plus puissante de toutes et celle qui est la plus spirituelle. »

24 Marcel Granet, « Quelques particularités de la langue et de la pensée chinoise », *Etudes sociologiques sur la Chine*, P.U.F., 1990, pp. 99-155: « Tandis qu'un Français, par exemple, possède, avec sa langue, un merveilleux instrument de discipline logique, mais doit peiner et s'ingénier s'il veut traduire un aspect particulier et concret du monde sensible, le Chinois parle au contraire un langage fait pour peindre et non pour classer, un langage fait pour évoquer les sensations les plus particulières et non pour définir et pour juger, un langage admirable pour un poète ou un historien, mais le plus mauvais qui soit pour soutenir une pensée claire et distincte, puisqu'il oblige les opérations qui nous semblent les plus nécessaires à l'esprit, à ne se faire que de façon latente et fugitive. »

25 Max Weber, *The Religion of China*, Hans H. Gerth traduction, New York Free Press, 1968, p. 104: "rational entrepreneurial capitalism, which in Occident found its specific locus in industry, has been handicapped not only by the lack of a formally guaranteed law, a rational administration and judiciary, and by the ramifications of a systems of prebends, but also, basically, by the lack of a particular mentality [...] In particular it had been handicapped by the attitude rooted in the Chinese 'ethos' and peculiar stratum of officials and aspirants to office."

26 Max Weber, « Vorbemerkung », *Religionssoziologie* I, Institut für Pädagogik der Universität Potsdam, 1999: Nur im Okzident gibt es « Wissenschaft » in dem Entwicklungsstadium, welches wir heute als « gültig » anerkennen. Traduction: seulement en Occident la Science a atteint le degré de développement suffisant pour produire des résultats reconnus aujourd'hui comme valides.

27 Kjed Erik Brodsgaard, "Confucianism in mainland China today", in *Norms and the State in China*, Chun-Chieh Huang et Erik Zürcher ed., E.J. Brill, 1993, pp. 168-184: "Weber found that China could not develop a modern, rational capitalism from indigenous sources because of a host of factors [...] According to Weber the Chine Confucianists lacked "the central religiously determined and rational method of life which came from within and which was characteristic of the Classical Puritan."

Chine dont découlerait l'impossibilité de penser la liberté sous la forme du droit et de la démocratie.

On passe ainsi de façon brusque en Europe de la sinophilie du dix-huitième siècle à la sinophobie du dix-neuvième siècle[28].

Or un tel renversement de perspective va aussi se produire en Chine. L'ancien palais d'été (圓明園), dont une partie fut construite entre 1749 et 1769 par les architectes européens Giuseppe Castiglione & P. Michel Benoist, et qui fut brûlé et mis à sac par les forces franco-britanniques en 1860 et par l'Alliance des huit nations en 1900, à la fois symbolise le changement de « regard » des européens sur leur relation à la Chine mais plus encore va cristalliser côté chinois un renversement de perspective équivalent. On peut distinguer trois moments dans la formation du sinocentrisme.

Le sinocentrisme classique illustré par la lettre fameuse de 1793 de l'Empereur Qianlong à Lord Macartney, émissaire du roi Georges III: « La cour impériale de ne tient pas pour précieux les objets venus de loin et toutes sortes de choses curieuses ou ingénieuses de ton royaume ne peuvent non plus y être considérées comme ayant une valeur [...] A l'avenir, point ne sera besoin de commettre des envoyés pour venir aussi loin et prendre la peine inutile de voyager par terre et par mer »[29] Par cette lettre (réutilisée partiellement en 1816 par l'Empereur Jiaqing), l'Empire chinois, sûr de sa suprématie culturelle et matérielle, réelle sur le plan économique par rapport à l'Europe à l'époque[30], se refusait de commercer avec des étrangers estimés indignes d'une relation d'égal à égal. Au contraire, l'Empereur enjoignait les émissaires à se « civiliser », c'est-à-dire apprendre les bonnes mœurs de la cour

28 Michel Cartier, *La Chine entre amour et haine*, Actes du VIII colloque de sinologie de Chantilly, Desclée de Brouwer, 1998.

29 *La Soie & le Canon: France-Chine (1700-1860)*, Paris: Gallimard, 2010, pp. 171-2.

30 Angus Madison, *Contours of the World Economy, 1-2030*, Oxford: Oxford University Press, 2007.

chinoise, avant toute chose (« Sache seulement montrer le fond de ton cœur et t'étudier à la bonne volonté, et on pourra dire alors, sans qu'il soit nécessaire que tu envoies annuellement des représentants à ma Cour, que tu marches vers la transformation civilisatrice »). Un tel refus non seulement contribua de façon certaine à la fin de la sinophilie en Europe mais, plus encore, eu pour conséquence l'ouverture économique forcée de la Chine.

Après les guerres de l'Opium et la période des « traités inégaux », un nouveau type de sinocentrisme se constitua, forgé par le sentiment amer d'une « humiliation » symbolique et le désir de revanche, résumé par la formule: « Apprendre des Barbares pour concurrencer les Barbares » (師夷長技以制夷). Ce qui est intéressant de noter dans la formulation, c'est que la défaite militaire n'a pas entraîné de révision de la conception de l'Autre Occidental: le non-Chinois reste toujours un Barbare alors même que l'on concède pouvoir apprendre de lui les techniques propres au développement technologique et économique moderne.

Le troisième moment de constitution du sinocentrisme est celle du sinocentrisme nationaliste, qui naît, de façon similaire à l'eurocentrisme du dix-neuvième siècle, à savoir d'un décollage économique rapide entraînant le développement d'un discours culturaliste qui remplit, en Chine populaire, le vide laissé par l'abandon de la doctrine socialiste:

> Twice in the period of a little over two decades, party-stake leaders in China intervened deliberately to change the basic terms of the prevailing local political and cultural discourse in order to protect and enhance the ruling coalition's own legitimacy, and to better secure the official cultural hegemony. The first time just a little before the opening of the 1980', they shifted the main discursive motifs firmly away from the old Maoist maxims of "revolution" and "class struggle", on instead to the ideals of "modernization".

> The second time at the onset of the 1990's (though they did not by any means abandon all talk of "modernizing" as such), the party-state shifted their broad discursive emphasis to themes of cultural nationalism, Chineseness, and the recovery of the glory of the great Chinese tradition [...] A very edgy, embittered and assertive official discourse of nationalistic anti-foreignism began to take coherent shape on the immediate aftermath of June 4th and on into the early 1990's. By the middle of the decade, xenophobic diatribes such as the 1996 bestseller *China Can Say No* were being snapped up by Chinese readers and going into extra-editions[31].

Il serait intéressant de comparer les textes produits en Allemagne fin dix-huitième et début dix-neuvième siècles avec certains textes produits depuis les années 1990 en Chine. Dans la littérature pamphlétaire allemande de l'époque:

> the Germans were collectively characterized as open, upright, and God-fearing, while the French were portrayed as frivolous and unreliable [...] It was claimed that whereas the French had a natural penchant for revolution, the Germans are by nature averse to it. The trustiness (*Biedersinn*) of the Germans involved loyalty to the "legitimate authorities", obedience to the "laws from above", piety and the fear of God, respect for traditions and the achievements of the past, and an instinctive distrust of new-fangled foreign ideas[32].

31 Vivienne Shue, "Global imaging, the state's quest for hegemony, and the pursuit of phantom freedom in China", *Globalization and democratization in Asia: the construction of identity*, Catarina Kinnvall and Kristina Jönsonn, Routledge, 2002, p. 21, 215.

32 Franz Dumont "Rhineland" in Otto Dann, John Rowland Dinwiddy, ed., *Nationalism in the age of the French Revolution*, Hambledon Press, 1988, p. 163.

Pour peu que l'on remplace « Français » par « Occidentaux » et « Révolution » par « Démocratie », on retrouve, dans les pamphlets comme *La Chine peut dire non*[33], le même type de construction rhétorique, basé sur l'idée d'une nécessaire refondation identitaire nationale passant par l'opposition culturelle au contre-modèle d'un Autre dangereux et frivole qui ne prétend incarner la Liberté que pour imposer ses valeurs immorales. De fait, la critique d'occidentalisation adressée à certains artistes en Chine quand ils s'écartent de la ligne officielle recoupe souvent les reproches d'immoralité et de trahison culturelle[34].

II. Trois conditions pour un dialogue culturel

Penser le rapport culturel Europe/Chine aujourd'hui engage de se défaire d'un passif légué à la fois par l'eurocentrisme colonialiste du dix-neuvième siècle et le sinocentrisme nationaliste du vingtième siècle. Pour cela, il faut établir une archéologie critique de la notion de culture, dépasser le culturalisme de la notion de *Volkgeist* sur laquelle eurocentrisme et sinocentrisme se fondent et dégager une nouvelle définition valide du phénomène culturel.

33 宋强、張藏藏、張小波、喬邊、古清生，《中國可以說不——冷戰後時代的政治與情感抉擇》，中國文聯出版公司，1996。

34 Ben Xu, *Disenchanted democracy: Chinese cultural criticism after 1989*, University of Michigan Press, 1999, pp. 131-3: "It comes at no surprise that Chen Kaige's film *Farewell my concubine* arouses suspicion and animosity among certain Chinese critics… They accuse these filmmakers as 'actively and consciously seeking identification with the Western cultural hegemony' and coaxing Western recognition.' ...Dai Jinhua challenges Zhang's creation of myth and assaults 'the new national myth' created by Zhang in *Red Sorghum* as not only false and shoddy but absolutely 'foreign to Chinese reality and national culture in the East'."

Archéologie critique de l'émergence du concept de culture

Autant dans le *Dictionnaire de Furetière* publié en 1690 que dans l'*Encyclopédie de Diderot et d'Alembert* publié entre 1751 et 1772, le terme « culture », si central dans les sciences humaines aujourd'hui, est absent.

En effet, promouvoir comme cadre d'identité sociale et politique la notion nouvelle de culture, au sens de « coutumes » d'un « peuple », impliquait une critique radicale de l'idéal rationaliste des Lumières[35]. L'affirmation d'une « spécificité culturelle des peuples » est concomitante de l'émergence du nationalisme politique, d'abord en Allemagne et en Prusse[36], défendant l'identité spirituelle des peuples nationaux dans une opposition romantique et conservatrice à l'universalisme des Lumières[37] et à la Révolution Française[38].

---

35 Eric R. Wolf, *Envisioning power: ideologies of dominance and crisis*, Berkeley: University of California Press, 1999, p. 22: "The issue of Reason against Custom and Tradition was raised by the protagonists of Enlightenment against their adversaries, the advocates of what Isaiah Berlin called the Counter-Enlightenment."

36 Harro Segeberg, "Germany", Otto Dann, John Rowland Dinwiddy, ed., *Nationalism in the age of the French Revolution*, Hambledon Press 1988, pp. 137-157 (142, 144): "Given the originally cosmopolitan character of the Enlightenment, it is somewhat surprising that national awareness formed a continuous strand in the thinking of this newly middle-class culture [...] The theme of differences in national character, especially between French and Germany took on an increasing importance. This discussion subsequently played a major role in determining German attitudes to French revolution."

37 Matti Bunzl, "Frantz Boas and the Humboldtian tradition", *Volkgeist as Method and Ethic, Essays on Boasian ethnography and the German anthropological tradition*, George W. Stocking eds., University of Wisconsin Press, 1996, pp. 17-78: "In opposition to the French Enlightenment, which based its universalism on the essential sameness of human beings as rational actors, Herder stressed the individual contribution of each cultural entity to humanity at large. And since individuality was the totality of its multitudinous elements, each Volk must be studied in its individuality."

38 Franz Dumont "Rhineland" in Otto Dann, John Rowland Dinwiddy, ed., *Nationalism in the age of the French Revolution*, Hambledon Press 1988, p. 163: "the Germans were collectively characterized as open, upright, and God-fearing, while the French were portrayed as frivolous and unreliable [...] It was claimed that whereas the French had a natural penchant for revolution, the Germans are by nature averse to it. The trustiness (*Biedersinn*) of the Germans involved loyalty to the 'legitimate authorities', obedience to the 'laws from above', piety and the fear of God, respect for traditions and the achievements of the past, and an instinctive distrust of new-fangled foreign ideas". Si l'on remplace Allemands par Chinois, Français par Occidentaux et Révolution par Droits de l'Homme et Démocratie, on retrouve la même structure argumentative dans les pamphlets nationalistes chinois.

De fait, plus précisément, la notion de culture s'invente dans le creuset des théories de la *Volkgeist* (notamment chez Humboldt à travers l'idée de déterminisme linguistique[39]) :

> The shift in emphasis from "culture" as cultivation to culture as the basic assumptions and guiding aspirations of an entire collectivity – a whole people, a folk, a nation – probably occurred only in the nineteenth century, under the prompting of an intensifying nationalism. Then each people, with its characteristics culture, came to be understood as possessing a mode of perceiving and conceptualizing the world all of its own[40].

La notion « d'esprit des peuples » n'est en elle-même pas biologiquement raciste[41] mais plutôt culturellement xénophobe[42]. En déterminant un groupe ethnique par des caractères spécifiques et homogènes, elle est fondamentalement déterministe et conservatrice[43]. Elle constitue un obstacle

---

39 Matti Bunzl, "Frantz Boas and the Humboldtian tradition", *Volkgeist as Method and Ethic, Essays on Boasian ethnography and the German anthropological tradition*, George W. Stocking eds., University of Wisconsin Press, 1996, pp. 17-78: "Humboldt believed that the national character of a people driven by its inner forces, or *Volksgeist*, determined and was manifested in a variety of cultural aspects, including its customs and morals. Most important, however, *Nationalcharakter* decisively affected the language of each individual "tribe (*Volkerstämme*), which was the direct product of its "spiritual peculiarity" (*Geistegeseingenthümlichkeit*): "Language is the external representation of the genius of peoples".

40 Eric R. Wolf, *Envisioning power: ideologies of dominance and crisis*, Berkeley: University of California Press, 1999, p. 29.

41 Eric Storm, "Regionalism in History, 1890-1945: The Cultural Approach", *European History Quarterly*, April 2003, Vol. 33, n°2, pp. 251-267: "Nevertheless, racial doctrines were fundamentally based on a biological determinism, whereas the *Volksgeist* theory presupposed that people interact with their environment. Whereas the physical milieu and historical traditions determine the character of a people, they are to a certain extent shaped and transformed by the people. Racial factors could play a role, but were never predominant."

42 Jan Noordegraaf, *The Dutch Pendulum. Linguistics in the Netherlands 1740-1900*, Münster: Nodus Publikationen 1996, pp. 86-98: "The Volksgeist concept has haunted Dutch linguistics for quite some time. According to this yardstick the Afrikaans spoken by the Boers was a degenerate language, which had regressed to a primitive state due to long-standing contacts with savage peoples."

43 Hans Bernhard Schmid, *Plural Action: Essays in Philosophy and Social Science*, London: Springer, 2009, p. 182: « Even in the case of the pre-Nazi notion of *Volksgeist*, the aim behind the concept is to conceive of social identity in terms of

épistémologique majeur dans la constitution des études comparées. De fait, la conception idéologique de la culture comme *Volkgeist* essentialise, homogénéise et isole les rapports culturels. Elle définit la culture comme un bloc homogène (sans différence ni divergence internes) et éternel (sans contact ni mélange externes). Elle est donc un formidable outil aux services des Etats puisque, comme le disait Etienne Balibar, « le propre des Etats quels qu'ils soient est de représenter l'ordre qu'ils instituent comme éternel »[44].

Dépasser la notion de Volkgeist

Le problème épistémologique vient de ce que la notion de *Volkgeist* a servi de cadre de référence à la pratique comparatiste. Son présupposé métaphysique le plus fort est d'interpréter la Différence en termes d'Opposition et de briser l'Universalité transcendantale de la subjectivité humaine en une série d'isolats culturels antinomiques entre eux.

Penser le rapport à l'Autre non comme Opposé mais comme Différent, non comme séparé par la Géographie mais réuni par l'Histoire, non comme une forme figée et isolée mais une force évolutive et interactive, permettrait de s'affranchir des présupposés de la notion de *Volkgeist*. Or une fois levée l'hypothèque de la *Volkgeist* comme cadre de référence des phénomènes culturels, un vaste chantier s'ouvre au sein duquel l'ensemble des oppositions établies entre la Chine et l'Europe pourraient être à revoir: opposition supposée entre une métaphysique ontologique grecque et une pragmatique du devenir chinoise, opposition supposée entre un droit civil européen et un

what people *are* instead of in terms of what they *do*. Even here, the concept is accompanied by more or less overt depreciation of both individual autonomy and collective democratic self-determination."

44 Etienne Balibar, « La forme nation: histoire et idéologie », in Etienne Balibar et Immanuel Wallerstein, Race, nation, classe; les identités ambiguës, Paris: La Découverte, 1998, p. 120.

code pénal asiatique, opposition supposée entre un dualisme corps/ esprit occidental et un holisme du cœur-esprit oriental...

Distinguer deux conceptions de la culture

On attribue parfois à Adam Franz Kollár, un historien slovaque, la paternité de la définition moderne de la notion de culture et celle du terme d'ethnologie et qu'il définit comme:

> the science of peoples and nations, or, that study of learned men in which they inquire into the origins, languages, customs and institutes of various nations, and finally into the fatherland and ancient seats, in order to be able better to judge the nations and peoples in their own times[45].

Ce qu'il y a de nouveau dans cette définition, c'est que le terme « culture » définit un ensemble de *différences* autour de laquelle un groupe humain se construit et ne renvoie plus à la simple différence entre « Civilisés » et « Barbares ». En cela cette définition ethnologique, scientifique de la culture, d'invention très récente en Europe, ne correspond en rien à la conception antique du terme culture qui peut être illustrée par ses propos d'Isocrate:

> And so far has our city distanced the rest of mankind in thought and in speech that her pupils have become the teachers of the rest of the world; and she has brought it about that the name Hellenes suggests no longer a race but

45 Han F. Vermeulen, *Early History of Ethnography and Ethnology in the German Enlightenment: Anthropological Discourse in Europe and Asia, 1710-1808*, PhD thesis University of Leiden/ Proefschrift Universiteit Leiden, 12 November 2008, Conclusion.

an intelligence, and that the title Hellenes is applied rather to those who share our culture than to those who share a common blood.[46]

Cette conception de la culture en Grèce ancienne est très proche de la conception chinoise classique de la culture:

> The term "*wenhua*" does not translate [in China's minority policy] as "culture" in the way it is used in Western social science. It is not a neutral term referring to economic strategies, social organization, ideology, values, and behaviors learned by people as members of a society. Rather, it is judgmental: one can speak in Chinese of people having a "low" or a "high" level of culture, and most of the national minorities are said to have a low or backward level of culture, or in a few cases to have no culture at all[47].

De même que, selon Isocrate, la culture est ce qui a fait la supériorité du peuple grec sur tous les autres mais qu'il est possible d'acquérir, non par le sang, mais par acculturation, de même, selon Ebrey: "Confucius and his followers over the centuries saw [Han] Chinese culture as superior to any other culture; they also saw as something outsiders could acquire[48]".

Cependant, selon la conception moderne et scientifique du terme, « culture » ne désigne pas un niveau de développement mais une forme de vie. Une culture se définit comme le double produit d'une fonction auto-référentielle historique d'identification (affirmation de soi répétée dans le

46 Isocrates, *Panegyricus*, § 50, Harvard University Press 1980, George Norlin trad.

47 Norma Diamond, "Ethnicity and the state: the Hua Miao of Southwest China", in *Ethnicity and the state*, Judith Drick Toland eds., Transaction Publishers (1993), 2009, pp. 55-78.

48 Patricia Ebrey, "Surnames and Han Chinese Identity", in Melissa J. Brown eds., *Negotiating Ethnicities in China and Taiwan*, Berkeley, CA: University of California Press, 1996, p. 20.

temps) et d'une fonction dialectique géopolitique de distinction (distance à l'autre formée dans l'espace) par laquelle un groupe humain se raconte (fabulation) en mettant en avant un ensemble de « traits » moraux et pratiques dont il reconnaît ou non (enjeu politique) à ses membres, différentiellement, la possession[49].

Dès lors, il convient de refonder l'ensemble des études comparées sur cette nouvelle définition de la Culture qui pense l'Autre comme Différent et non comme Opposé. Il est indispensable de redéfinir la pratique comparatiste aussi bien en littérature qu'en philosophie sur autre chose que les généralités communes par lesquelles on définit « l'esprit français » (comme cartésien) ou « la culture chinoise » (comme imprécise et conservatrice). Il s'agit de remettre en question le cadre légué par l'eurocentrisme du dix-neuvième siècle, lequel sert de référence constante au discours sinocentriste contemporain: celui d'une Chine, par nature et destination, autant immobile politiquement que mobile métaphysiquement. Le discours eurocentriste sur la Chine comme Empire Immobile, symbole du « despotisme oriental »[50], est utilisé aujourd'hui par la Chine pour justifier sa pratique politique répressive affectant autant les défenseurs de droits de l'homme que de l'environnement[51]. Le discours eurocentriste sur la Chine comme Culture du Devenir et du Mouvement

49 Frederik Barth, *Ethnic groups and boundaries. The social organization of culture difference*, Oslo: Universitetsforlaget, 1969.

50 Karl A. Wittfogel (1957), "Oriental Despotism: a comparative Study of Total Power", *The foundations of bureaucracy in economic and social thought*, vol. 1, Bill Jenkins, Edward C. Page, Edward Elgar Publishing, 2004, pp. 105-126: "In virtually all hydraulic countries [the men of the apparatus] are headed by a ruler, who has a personal entourage (his court) and who control and directs his numerous civil and military underlings through a corps of ranking officials. This hierarchy, which includes the sovereign, the ranking officials, and underlings is basic to all Orientally despotic regimes."

51 Ben Xu, *Disenchanted democracy: Chinese cultural criticism after 1989*, University of Michigan Press, 1999, pp. 3-4: "Since the June 1989 incident, in the view of the public, to talk about Enlightenment and democratization has become passé. The assumption is that one cannot still believe in these ideals when they so obviously do not work. On a pragmatic level it clearly means that, whatever it is that Chinese intellectuals do, they are doing it in the context of a discourse that says "democracy does not work or fit in China."

quant à lui, semble supposer que la pensée occidentale a toujours été « rationnelle » et « logique » en sa forme et « dualiste » et « transcendante » dans son contenu. Il a été d'autant plus repris à l'époque contemporaine par les spécialistes américains[52], puis chinois et taïwanais[53], qu'il permet de « justifier », au prix d'une lecture partiale de l'histoire, l'hégémonie de la pensée anglo-saxonne d'obédience analytique sur la pensée européenne continentale de type vitaliste. Pour sortir de ce double carcan méthodologique, il convient de mettre en évidence la pluralité interne de chaque Culture ainsi que sa constante redéfinition au cours de l'histoire en contact avec d'autres cultures. Plutôt que d'opposer les cultures entre elles, une méthodologie rénovée des études comparées devra mettre à jour la multiplicité interne de chaque culture pour établir des correspondances analogiques entre les différences existant au sein de chaque culture; l'objectif étant *de lier les différences plutôt que d'opposer les identités.*

Ⅲ. Conséquences: rapport à l'autre et rapport à soi

Le problème des rapports culturels franco-chinois n'est qu'un aspect particulier du problème plus général de savoir comment penser le rapport à l'autre. Nous voudrions indiquer certaines pistes permettant de comprendre le rapport à l'autre sur de nouvelles bases:

1. Le rapport à l'autre n'est qu'un cas particulier du rapport à soi et, inversement, le rapport à soi se prolonge nécessairement dans

52 D. J. Munro, *The concept of man in early China*, Stanford University Press, 1969, p. IX: "The Chinese thinkers' regrettable lack of attention to the logical validity of a philosophical tenet is balanced by his great concern with problems important to human life."

53 WU Kuang Ming The past as future, in Jay Goulding, eds., *China-West: Interculture: toward the philosophy of world integration*, ACPA, 2008, p. 11: "Chinese body thinking is just one manifestation of globally distinctive Chinese thinking. The West thinks in analytical rigor, valid in itself, irrelevant to the situation."

le rapport à l'autre.

Le rapport à l'autre se fonde sur la prise de distance (à la fois critique et créatrice) par rapport à soi (à sa propre culture, à sa propre tradition, à son propre conformisme intellectuel et moral) et inversement la prise de distance par rapport à soi est éveillée, sollicitée, soutenue par le rapport à l'autre. C'est ce que pourrait montrer, l'évolution de l'art moderne et contemporain en Europe. Plus les peintres ont essayé de sortir du modèle néo-classique statufiant la plastique occidentale dans une forme parfaite, plus ils sont allés chercher au loin une inspiration culturelle autre: Delacroix et l'Orientalisme avec par exemple *les Femmes d'Alger* (1834), Monet mais aussi Van Gogh et le Japonisme avec par exemple respectivement *La Japonaise* (1875) et *La courtisane* (1887), Picasso et les Arts africains au moment de la composition des *Demoiselles d'Avignon* (1907), Ernst ou Klee et les Arts Océaniens dans l'invention plastique du surréalisme et de l'abstraction.

2. Le rapport à « l'autre » n'est pas le rapport à une autre identité mais le rapport à une autre différence: les orthodoxies s'opposent et les hétérodoxies se composent

Se rapporter à l'autre, ce n'est pas simplement sortir de soi et faire l'épreuve de l'altérité. Penser le rapport le rapport à l'autre comme altérité, c'est encore avoir une vision négative de la relation. Il faut donc dépasser la double identification du soi à l'identité et de la relation à l'opposition. Comme le rappellent La Rochefoucauld et Rimbaud: « On est [...] aussi différent de soi-même que des autres »; « Je est un autre ». C'est parce que l'on porte en soi la différence, que l'on peut se rapporter à l'autre. **La différence est interne au soi et le rapport à l'autre est le rapport, convergent ou divergent, entre deux différences.**

Ainsi, plutôt d'opposer la Chine à l'Europe dans un cadre eurocentrique ou bien sinocentrique, il faut tenir compte des différences internes à la Chine et à l'Europe et tenter de mettre en relation ces différences. Plutôt que d'opposer l'Occident rationnel et mécanique à une Chine poétique et fluente, il serait plus approprié de relier Chine et Europe à travers leurs communes différences internes: à une Chine du Nord rationaliste et confucéenne[54] et une Chine du Sud taoïste[55] et naturaliste[56] pourraient répondre une Grèce du Nord parménidienne et logiciste et une Grèce du Sud naturaliste et héraclitienne tout comme une Europe de la Réforme au Nord et une Europe de la Renaissance au Sud[57].

Si la culture comme référence identitaire d'un peuple dominant est ce qui oppose les nations les unes aux autres, la culture comme construction en mouvement d'un groupe minoritaire est ce qui réunit les individus par delà les lieux et les temps. **Là où les orthodoxies s'opposent, les hétérodoxies se composent** : tout le discours sur un pseudo choc culturel et autres « clash of civilizations » n'est rien d'autre qu'un discours opposant les formes dominantes de chaque culture l'une à l'autre. C'est l'incapacité de sortir du

54 Edward Friedman, *National identity and democratic prospects in socialist China*, pp. 78-79, p. 80: "The central government in Beijing contends that China's post-Mao economic success, understood as an integral part of the spread of North China's ancient and eternally valid Confucian values throughout East Asia [...] This authoritarian, militarist, Confucian nationalist project is challenged by a vision emanating from the dynamic metropolises of south China. The south's alternative to north's military authoritarianism imagines an open, greater China [...] In fact one attractive feature of the more open southern worldview is that it seems capable of attracting more Chinese so that China is not limited to Zhongguo, a Chinese state on the mainland, but is open to Zhonghua all who identify with a Chinese nation, including overseas Chinese."

55 *Philosophes taoïstes II. Huainan zi*, sous la direction de Charles Le Blanc et Rémi Mathieu, Introduction générale, p. xix, Gallimard, 2003: « l'opposition pérenne entre, d'une part, la culture du fleuve Jaune, plus classique et traditionnelle, d'orientation pratique, centrée sur le confucianisme et le légisme, et d'autre part la culture du Yangzi, plus idéaliste, novatrice, et favorable aux enseignements des cent écoles, *baijia*, mais avant tout à ceux du taoïsme. »

56 Michael Sullivan, *The Birth of Landscape Painting in China: The Sui and Tang dynasties*, University of California Press, 1980, p. 36: "the climate and the environment of the Yangtze Valley invited an intimate, natural communion with nature, an easy spontaneity of behavior and expression very different from the rigour of spirit and body demanded in the north by the traditional Confucian training and the severity of the northern climate."

57 Jean-Yves Heurtebise, « La Géographie symbolique de la morale », *Le Portique*, n° 5, 2007.

modèle dominant, hégémonique de sa propre culture, pour des raisons le plus souvent de conformisme sociologique au sein du monde académique, qui alimente les discours antagonistes. A l'inverse, c'est au niveau des mouvements hétérodoxes, populaires, décentralisés que les fusions créatrices s'opèrent. C'est ainsi que Tsai Ming-liang, réalisateur incarnant la variation taïwanaise singulière du « sinophone » et lui-même hétérodoxe par rapport à la production cinématographie usuelle de l'île, peut retrouver le Truffaut de la Nouvelle Vague, production hétérodoxe non seulement par rapport à la dominante hollywoodienne du cinéma mondial mais plus encore par rapport à la production française du cinéma des années cinquante.

Conclusion: « la pensée française » et « la » Chine

L'idée de culture comme propriété et compétence spécifique d'un peuple (qui déterminerait sa place dans l'échelle de la pensée), cette idée qui était au cœur de la perception orientaliste opposant un Occident rationnel et actif à un Orient lascif et passif[58], il est vital qu'elle ne serve pas de matrice à la pensée des rapports culturels franco-taïwanais ou européens-chinois. Il est vital de repenser le culturel sur une autre base que l'identité ethnique. Il est vital de penser la relation sous une figure autre que l'opposition.

Or il pourrait sembler que « la pensée française » constitue à double titre l'antidote idéal à un tel eurocentrisme potentiellement sinophobe: la philosophie des Lumières permet de penser un universel qui dépasse les spécificités culturalistes; la philosophie contemporaine permet de penser une Différence qui évite l'opposition bloc-à-bloc des cultures. D'une part, c'est en opposition au cosmopolitisme « sinophile » des Lumières « françaises » que

58 Edward Said, *Orientalism*, New York: Vintage Books, 2003.

se constitue le culturalisme « eurocentriste » de l'Idéalisme « allemand » selon lequel il convient d'abandonner l'idée d'une civilisation cosmopolite illustrant le caractère universel de la pensée humaine pour l'idée d'une spécificité culturelle de l'entendement de chaque peuple:

> In opposition to the French Enlightenment, which based its universalism on the essential sameness of human beings as rational actors, Herder stressed the individual contribution of each cultural entity to humanity at large. And since individuality was the totality of its multitudinous elements, each Volk must be studied in its individuality[59].

D'autre part, c'est dans la pensée française contemporaine que l'on trouve les mises en cause les plus radicales de l'eurocentrisme et de la tradition philosophique dominante en général: que ce soit chez Foucault (critique de l'historicisme moderne), Derrida (critique du logocentrisme antique) ou Deleuze (critique de la représentation classique).

Pourrait-on dire qu'il y a là le premier élément objectif concernant la possibilité d'un dialogue culturel entre la France et Chine? En réalité, ce serait un raccourci trompeur, qu'il faut immédiatement corriger, pour deux raisons. D'une part, les Lumières étaient autant françaises qu'allemandes (*Aufklärung* de Lessing et Mendelssohn) et les premiers à s'opposer à l'eurocentrisme idéaliste dominant sont les philosophes allemands Schopenhauer, utilisant des sources issues de la philosophie indienne mais aussi chinoise pour alimenter son œuvre, et Nietzsche, dans son appel pour une philosophie mondiale:

---

59 Matti Bunzl, "Frantz Boas and the Humboldtian tradition", *Volkgeist as Method and Ethic, Essays on Boasian ethnography and the German anthropological tradition*, George W. Stocking eds., University of Wisconsin Press, 1996, pp. 17-78.

« J'imagine de futurs penseurs chez qui la perpétuelle agitation de l'Europe et de l'Amérique s'associera à la contemplation asiatique, héritage de centaines de générations: une telle combinaison conduira certainement à la solution de l'énigme du monde. En attendant, les libres esprits contemplatifs ont leur mission: ils abolissent toutes les barrières qui font obstacles à une interpénétration des hommes: religions, États, instincts monarchiques, illusions de richesse et de pauvreté, préjugés d'hygiène et de races, etc.[60] »

D'autre part, il n'est pas rigoureux de parler de « penser française » en général. Derrida, Foucault et Deleuze furent, et sont toujours, en France des penseurs minoritaires[61]. Toutefois, c'est bien dans cette pensée française minoritaire de la différence que l'on pourrait trouver les concepts nécessaires pour dépasser l'ethnicisme du concept dix-neuviémiste de culture (le culturalisme). Telle serait en effet la leçon méthodologique que l'on pourrait tirer de la pensée contemporaine française de Bergson à Deleuze pour nous donner une intelligence nouvelle de la Chine: l'opposition ne constitue pas l'essence de la différence; l'existence de l'autre ne nie pas ce que je suis et la négation de l'autre n'est pas la condition de mon existence; l'autre est au contraire la condition de mon existence et l'opposition n'est que la forme externe d'une différence qui est d'abord interne: « ce qui diffère n'est plus ce qui diffère avec autre chose, mais ce qui diffère avec soi[62] ».

60 Nietzsche, *Œuvres philosophiques complètes* tome V, *Humain trop humain, Fragments Posthumes*, 17 [55], Gallimard, 1976, p. 332.

61 Pierre Bourdieu, *Homo academicus*, Minuit, 1984, p. 298: « la distribution des œuvres selon leur degré de conformité aux normes académiques répond très visiblement à la distribution des auteurs selon la possession de pouvoirs proprement universitaires. Et pour donner une idée plus concrète de cette relation, j'évoquerai seulement l'étonnement de ce jeune visiteur américain à qui je devais expliquer, au début des années 1970, que tous ses héros intellectuels, les Althusser, Barthes, Deleuze, Derrida, Foucault, sans parler des prophètes mineurs du moment, occupaient des positions marginales dans l'Université qui leur interdisaient souvent de diriger officiellement des travaux. »

62 Gilles Deleuze, « La conception de la durée chez Bergson », *L'Île déserte et autres textes*, Minuit, 2002, pp. 51-2.

Si un rapport culturel réel est possible entre « France » et « Chine », c'est parce que la pensée française contemporaine de la différence permet de penser cette différence qu'est la Chine non pas comme ce à quoi elle s'oppose mais comme ce qu'elle contient sous un certain rapport, rapport sous lequel précisément elle peut entrer en relation avec elle ("the Oriental turn in French philosophy of difference is beyond doubt[63]"). Mais ce rapport de dialogue culturel créateur n'est possible que si « la » Chine aussi, de son côté et parallèlement, pense le rapport à elle-même comme différence et non comme identité[64] et si, plutôt que de célébrer l'image mythique d'une Chine plurimillénaire à la civilisation uniforme[65], elle donne libre cours au dissensus des voix qui font la multiplicité vivante du sinophone[66] – et dont Taiwan est la meilleure expression. La véritable condition du dialogue, c'est l'existence vivante d'une multiplicité, d'une hétérogénéité qui nous rapporte à l'autre par toute la puissance de la différence que nous abritons en nous-mêmes.

63 Cf. Henk Oosterling, "Living – in between – Cultures", in *Intercultural Aesthetics, A Worldview Perspective*, ed. Antoon Van den Braembussche, Heinz Kimmerle and Nicole Note, p. 35, Springer 2008: "the Oriental turn in French philosophy of difference is beyond doubt".

64 Han-liang Chang, "Hallucinating the Other: Derridean Fantasies of Chinese Script", *Working Paper n° 4* (The University of Wisconsin Milwaukee, Center for Twentieth-Century Studies), Fall 1988: "**There is no reason why Derrida's deconstruction of Western mimesis cannot be done to its Chinese counterpart.**"

65 Jacques Gernet, *L'intelligence de la Chine*, Paris: Gallimard, 1994, p. 9: « L'image d'une Chine immuable, d'autant plus apprécié du grand public qu'il est flatteur pour notre intelligence, n'est que le produit de l'ignorance. » Jacques Gernet, *Le Monde chinois, tome 1*, Paris: Armand Collin, 2005, p. 18: « L'image d'une Chine qui s'est longtemps imposé à nous est issue d'une tradition nationale qui, mettant l'accent sur les grandes dynasties chinoises, donne l'impression d'une continuité et d'une pureté ethnique que tout dément. »

66 Shumei Shi, *Visuality and identity: Sinophone articulations across the Pacific*, University of California Press, 2007, Introduction, pp. 1-8: "Sinophone film and art as visual work open themselves to the global while simultaneously taking a varied stance toward what is known at 'Chinese culture'. [...] The Sinophone may be a cruder or finer copy, and most importantly, difficult to consume, since successful consumption implies flawless suturing from the perspective of either monolingual *putonghua* (Beijing standard), monological Chineseness, or a monolithic China and Chinese culture. The Sinophone frustrates easy suturing, in this case, while foregrounding the value of difficulty, difference and heterogeneity [...] Heterogeneity as an abstract concept can itself be easily universalized and to avoid the hard work of having to sort it through and become instead contained by a benign logic of global multiculturalism. To activate heterogeneity and multiplicity therefore means, above all, being historical and situated, because not all multiplicities are multiple in the same way."

Le matrimoine proustien

Teng-Yueh HONG *

Résumé

Le néologisme « matrimoine » nous a amenée à réfléchir sur la personnalité de Madame Jeanne Proust, dont l'influence sur la carrière de Marcel Proust est loin d'être insignifiante. Si Marcel Proust en est arrivé à s'intéresser à John Ruskin, et finalement à être initié à une bonne rédaction de la *Recherche*, c'est par l'intermédiaire de sa mère qui l'a fortement soutenu dans la traduction des œuvres ruskiniennes. Or, nous constatons que la forme structurale de la *Recherche*, inspirée par Ruskin, et pourtant gardée secrète, s'avère un problème à débat. Serait-elle la Cathédrale, comme beaucoup de critiques proustiennes le voyaient? Si c'était le cas, pourquoi Proust garderait-il une petite dent contre Ruskin – ce grand admirateur des sanctuaires médiévaux en France? En effet, en accusant l'idôlatrie de ce grand professeur de Beauté devant la Cathédrale, Proust a trouvé son propre chemin, c'est celui de pénétrer dans la synagogue.

Mots clés: matrimoine, John Ruskin, *La Bible d'Amiens*, cathédrale, synagogue

* Professeur à l'Université Catholique de Fu-Jen

I. Le matrimoine, le mot et sa définition

Proust a toujours ressenti un très fort besoin d'amour maternel, comme tout le monde le sait. A l'âge de 16 ans, Marcel Proust commence à écrire presque quotidiennement à son « exquise petite maman ». Celle-ci lui répond avec mille tendresses. La *Correspondance avec sa mère, 1887-1905* laquelle comprend cent quarante-neuf lettres inédites, présentées et annotées par Philip Kolb, en donne un pétillant témoignage. Ce n'est qu'à la mort de Mme Proust que s'est interrompue cette activité. Philip Kolb a pris soin de joindre dans ce recueil deux lettres de Marcel Proust à son père et une de Robert Proust à sa mère[1]. Ces lettres ainsi présentées sont d'un grand intérêt. Nous y lisons amour filial, amour-souci, voire amour-haine qui se tissent au cours de l'échange épistolaire. La voix de Marcel Proust est la plus authentique qui soit, « libéré(e) des excès de sa politesse, de sa "gentillesse", de toute affectation[2] », tandis que celle de sa mère révèle l'image d'une dame dotée de qualité diverse: intelligence, piété, tendresse, humour, dévouement sans borne vis-à-vis de sa famille et surtout à Marcel, son fils chéri.

Dans notre présent article intitulé « le matrimoine proustien », afin de souligner l'influence vitale de Mme Proust sur son fils, le néologisme « matrimoine » nous est venu à l'esprit parce qu'il rappelle des contributions dans les sociétés matrilinéaires[3]. Pour le cas de Marcel Proust, cela nous semble bien lui convenir, car il écrit de son vivant des milliers et des milliers de lettres à partir de sa chambre, lieu de sa réclusion, et symboliquement

1 Note de Philip Kolb, in Préface, *La Correspondance avec sa mère, 1887-1905*, Paris: Plon, p. I

2 Préface de Philip Kolb, *op. cit.*, p. VI.

3 Définition donnée dans le Texte d'appel à la communication diffusé en octobre 2009 par le Département de français de l'Université Nationale Centrale de Taiwan, l'organisateur du Colloque « Dialogue culturels franco-chinois », octobre 2010, définition que nous adoptons.

parlant, lieu le plus maternel qui soit. Surtout, avec la présence prépondérante de Mme Jeanne Proust, nous pourrions dire que tout l'héritage intellectuel, culturel et éthique provient d'un endroit matrimonial, autour duquel s'est construit le monde proustien.

Proust et sa mère

Qui est Madame Proust?

Descendante de la lignée juive d'Auteuil[4], Madame Proust, née Jeanne Weil[5], appartient à « une de ces dynasties de riches négociants et banquiers israélistes de la Capitale », comme Lunel nous l'affirme. Selon lui, les Weil, d'une génération à l'autre, « ont perdu peu à peu le chemin de la synagogue comme chez nombre de Français israélites du XIXème siècle[6]», de telle sorte que, « épousant à l'église le Docteur Adrien Proust, Jeanne a dû prendre l'engagement d'élever leurs enfants dans la religion catholique; mais par respect pour la mémoire de ses parents, elle ne s'est pas convertie[7]. » Lunel affirme également que la culture et la spiritualité dont Marcel Proust hérite de sa famille « ne décèlent qu'une dette assez réduite envers le judaïsme[8] ». Ce point de vue sera intéressant pour nous aider à comprendre le rapport entre Marcel Proust et sa mère et voir quelle en est la réalité.

Agé de 27 ans en 1898, Marcel Proust représente plutôt un sujet d'inquiétudes pour ses parents: sa santé est extrêmement délicate, son style de vie penche vers le dilettantisme d'un riche bourgeois. Il n'a guère publié que

4 Armand Lunel, « Proust, sa mère et les Juifs », *Europe*, 49: 502/503, févr./mars 1971, p. 65.

5 Les grands-parents maternels de Marcel sont Nathé Weil (1816?-1896) agent de change, et Mme Weil, née Adèle Berncastel (1824? -1890).

6 Armand Lunel, « Proust, sa mère et les Juifs », *Europe*, 49, 502/503, févr./mars 1971, p. 65.

7 *Ibid.*

8 *Ibid.*

quelques articles, un petit livre intitulé *Les Plaisirs et les Jours*[9] dont les critiques acerbes accusent de snobisme amateur, il rédige un roman fortement autobiographique appelé *Jean Santeuil*[10] qui ne prend pas de forme, et qu'il pense tout le temps abandonner... Et à côté de lui, son frère Robert Proust, plus jeune que lui de deux ans, qui s'avance solidement sur la voie du médecin de carrière.

Heureusement, Marcel Proust a traversé environ six ans des « années ruskiniennes », de 1899 à 1905, grâce à la forte personnalité de Mme Proust. En fait, vaguement au courant des œuvres de John Ruskin, comme une poignée d'intellectuels français l'était, son véritable raccrochement au patrimoine ruskinien ne se serait pas fait s'il n'y avait pas eu la très sage intervention de sa mère. Sans elle, il n'aurait jamais eu la belle chance de tourner la page à sa carrière d'écrivain.

La voix de Maman

C'est depuis toujours que Marcel Proust s'est familiarisé à la belle voix de sa mère. Femme remarquablement intelligente, Mme Jeanne Proust possède la connaissance du grec, du latin, de l'allemand, de l'anglais, et d'une forte culture classique. J.-L. Curtis, de l'Académie française, souligne dans son artcile que Mme Proust, connaissant bien la littérature anglaise, « avait fait lire à son fils, encore enfant ou adolescent, les romans de Dickens et de

9 Le 12 juin 1896, Calmann-Lévy édite *Les Plasirs et les Jours*, illustrés par Madeleine Lemaire, préfacés par Anatole France. Voir Marcel Proust, *A la recherche du temps perdu, Du côté de chez Swann, A l'ombre des jeunes filles en fleurs*, tome I, Introduction générale, Chronologie par Jean-Yves Tadié, Paris, Gallimard, coll. « Pléïade », 1987, Chronologie, CXIX.

10 « 1899, cette année est capitale, parce que Proust abandonne à l'automne *Jean Santeuil* pour se consacrer à Ruskin. », voir Marcel Proust, *op. cit.*, Chronologie, CXXI

George Eliot[11] ». Et il affirme que plus tard, Marcel Proust, sous l'influence maternelle, lira aussi lui-même Stevenson[12], et même Carlyle[13]. Mis en récit romanesque, l'éveil des goûts littéraires et romanesques devient de fameuses scènes de lecture le soir, au bord du lit, et le baiser de bonne nuit que sa mère lui apporte comme une manne, c'est un rituel auquel le narrateur-enfant de *la Recherche* ne voulait absolument pas manquer. Le roman que la mère prend pour la lecture, c'est *François le Champi* de George Sand[14]: une histoire d'amour que la mère lisait passage par passage, mais étant lectrice infidèle, elle sautait toutes les scènes d'amour, de telle sorte que l'intrigue de l'œuvre en question paraissait floue à l'enfant qui l'écoutait.

Néanmoins, l'enfant y prenait grand plaisir. Pour la bonne raison qu'il captait déjà « une émanation troublante de l'essence particulière à *François le Champi* » (*la Recherche* I, 41) et que « ce nom (...) si doux de « Champi » (...) mettait sur l'enfant, (...) (une) couleur vive, empourprée et charmante. » (*Ibid.*) Et le narrateur-enfant appréciait surtout chez sa mère « l'accent d'un sentiment vrai, une lectrice admirable par le respect et la simplicité de l'interprétation, par la beauté et la douceur du son. » (*Ibid*, 42) Une atmosphère éthique se dégageait presque naturellement à partir de ce roman champêtre « qui respire toujours (une) bonté, (une) distinction morale que maman avait appris de ma grand-mère à tenir pour supérieures à tout dans la vie » (*Ibid.*)

---

11 J.-L. Curtis, « Proust et Ruskin », *Bulletin Marcel Proust*, 45, 1995, p. 9.

12 Robert Louis Balfour Stevenson (Edimbourg, 1850 – vailima, Samoa occidentales, 1894), écrivain écossais. Il a élevé le roman d'aventures à un haut degré de qualité littéraire: *Ile au trésor* (1883); *Docteur Jekyll et Mister Hyde* (1886), récit d'épouvante devenu l'archétype des cas pathologiques de dédoublement de la personnalité; *La Flèche noire* (1888); *Le Maître de Ballantrae* (1889). Voir Grand dictonnaire Hachette encyclopétique illustré.

13 Thomas Carlyle (Ecclefechan, Ecosse, 1795 – Londres, 1881), historien, critique et philosophe écossais. Il chercha à montrer le rôle des grands hommes et des héros dans l'histoire de l'humanité: *Histoire de la Révolution française* (1837), *Les Héros et le culte des héros* (1841). Voir Grand dictonnaire Hachette encyclopétique illustré.

14 C'est un cadeau de nouvel an offert par la grand-mère, appelée Bathilde dans la *Recherche*.

En plus de cela, le narrateur-enfant savourait déjà la lecture du roman avec une très forte sensibilité au procédé stylistique, à cause de l'équation idéale d'une voix liée aux phrases lues. L'appréciation de l'enfant va directement sur la qualité vocale de la mère, qui a su transformer tout l'aspect du prétérit en scène « hic et nunc » qui le touchait. Cette formation du style romanesque faite à l'écoute ira beaucoup plus loin quand le narrateur lui-même s'en servira dans son écriture.

II. Proust et ses années ruskiniennes (1899-1905)

Depuis l'abandon de *Jean Santeuil* en 1899 jusqu'à la rédaction de *Contre Sainte-Beuve* en 1905[15] se situent les années ruskiniennes où Marcel Proust a traduit deux œuvres de John Ruskin. Comment Proust en est-il arrivé à s'intéresser à John Ruskin?

En décembre 1895, dans la *Revue des deux mondes*, la publication d'un ouvrage de Robert de Sizéranne – *Ruskin et la religion de la Beauté*, la première étude appronfondie de l'écrivain anglais en France, lui a donné une véritable révélation de la pensée et de l'œuvre de Ruskin[16]. Mais pour arriver au stade de la traduction des deux œuvres ruskiniennes, la raison en est maternelle. En novembre 1899, Proust se met au travail, c'est-à-dire à la traduction de *La Bible d'Amiens*, qui a été publiée en Angleterre entre 1880 et 1886[17].

Qui est John Ruskin pour pouvoir attirer l'attention de Mme Proust et aider à la formation de la carrière d'écrivain chez Marcel Proust? Né à Londres

15 « 1905, dans les premiers mois de cette année dramatique (la mort de Mme Proust étant survenue le 26 septembre 1905), Proust écrit la préface à *Sésame et les lys*, qui par sa partie critique, annonce *Contre Sainte-Beuve*, et par ses souvenirs d'enfance, *Du côté de chez Swann*. » Voir Marcel Proust, op. cit., Chronologie, CXXV.

16 J.-L. Curtis, «Proust et Ruskin », *op. cit.*, p. 10

17 *Ibid.*

en 1819, mort en 1900 dans sa propriété de Brantwood, surnommé « le prophète de Brantwood », John Ruskin a été couronné d'un prestige national et européen à sa mort. D'abord un critique d'art, et puis, en tant qu'apôtre anglais du christianisme social, c'est aussi un sociologue victorien.

Sa créativité est tout simplement étonnante – son œuvre comporte plus de soixante volumes. Quoique tout à fait personnelle, elle s'inscrit dans un vaste mouvement européen caractérisé par l'éveil d'une nouvelle sensibilité, née d'une révolte « contre les méfaits de l'industrialisation, qui instaure l'esclavage économique, la tyrannie de la quantité, de la production érigée en dogme[18] ».

La pensée ruskinienne s'adhérant ainsi aux idées de liberté et d'égalité exaltées par la révolution française, Curtis la résume ainsi: « Tout le dix-neuvième siècle anglais sera dominé par deux grands courants antagonistes: l'un, le rationalisme et le culte de l'esprit scientifique, générateur de progrès matériel; l'autre, un idéalisme sentimental, un culte de la sensibilité et de l'émotion, qui définit la poésie romantique, celle de Wordsworth, puis de Shelley. L'histoire morale, intellectuelle et littéraire de l'Angleterre du XIXème siècle est celle de la lutte entre ces deux grands courants. L'œuvre de Ruskin, la nature de ses idées, son art lui-même, appartiennent au second courant, dont ils sont une des expressions majeures[19]. »

Ruskin sociologue est aussi un fin esthète qui prône essentiellement l'unification de l'art et la religion, pour lui, la Beauté et la Vérité n'en font qu'une. « Les trois grandes catégories de la morale, le vrai, le bon et le beau, ne sont pas dissociables. La Nature n'est pas seulement quelque chose que l'on contemple, en retirant de cette contemplation un plaisir de jouisseur ou

18 *Ibid.*, p. 13.

19 *Ibid.*

d'esthète. Elle est imprégnée de la divinité, elle émane de Dieu et conduit à Lui[20]. »

Curtis nous apprend encore ceci sur Ruskin: les œuvres artistiques sont un acte d'adoration, un miracle de la foi. C'est pourquoi les cathédrales du monde occidental chrétien du Moyen-Age paraissent à Ruskin des merveilles d'art, parce qu'elles sont l'œuvre de tout un peuple simple et naïf, animé par une foi ardente. Le machinisme a été dénoncé par Ruskin parce qu'il s'est substitué à l'homme, le perfectionnisme industriel, menaçant le monde d'un nouvel esclavage, c'est une perfection déshumanisée, sans âme. C'est en ce point précis que s'élabore le messianisme social de Ruskin, favorisant la réhabilitation de l'artisanat. Le monde industrialisé est hideux, il est à ramener vers la Beauté régénérée par l'esprit humain et artisanal. Cette voix ruskinienne a touché toutes les couches de la société anglo-saxonne de son vivant.

Mme Proust et Marcel Proust ont sans doute été envoûtés par le grand maître, prêts quand à eux à entendre la voix susceptible de leur apporter une nouvelle révélation. Leur choix pour la traduction, ou plutôt celui de Mme Proust, tombe sur *La Bible d'Amiens* d'abord, puis sur *Sésame et les lys*.

La Bible d'Amiens, sans être le meilleur livre de Ruskin, contient toutefois des pages splendides sur l'implantation et la diffusion du christianisme en France au cours des premiers siècles et jusqu'au règne de Clovis[21]. La cathédrale d'Amiens, vue par Ruskin, sera « l'édifice qui devient une vraie Bible, un livre de pierre inspiré par les épisodes et les personnages (saints et prophètes) de l'Ancien et du Nouveau Testament[22]. »

20 *Ibid.*,p. 14

21 Clovis Ier (V. 465 – Paris , 511), roi des Francs de 481 à 511. Sa conversion au christianisme (il fut baptisé par saint Rémi, évêque de Reims, vers 496) fait de lui le premier roi barbare catholique romain. Voir Grand Dictionnaire Hachette encyclopédique illustré.

22 *Ibid.*, pp. 12-13.

Sésame et les lys est un recueil de deux conférences prononcées les 6 et 14 décembre 1864, à la mairie de Rusholme, près de Manchester, au profit d'une fondation destinée à créer une bibliothèque municipale et à promouvoir l'éducation des filles. « Sésame: sur la lecture », puis « Les lys: sur l'éducation des filles », sont deux contes que Ruskin raconte, l'un intitulé « Des Trésor des Rois », l'autre, « Des Jardins des Reines ». Dans le premier conte, la création des bibliothèques à travers le mot magique du « sésame ouvre-toi » d'Ali Baba rappelle aussi le grain mis en gâteau, un dessert frisé de tous les Grecs. Ruskin met en épigraphe « Vous aurez chacun un gâteau sésame et dix livres » de Lucien: *Le Pêcheur*. Cette épigraphe du rhéteur et satiriste de Syrie en ancienne Grèce sera d'une très grande utilité aux yeux de Marcel Proust. Dans sa conférence, Ruskin voulait que toutes les villes du Royaume-Uni eussent leur bibliothèque, ouverte gratuitement à un public largement populaire. Cela faisait partie de ses projets de réforme sociale, quoique jugé à son époque comme une utopie absolument irréalisable.

Quant aux lys du second conte dont le sujet prône l'éducation des filles, son symbolisme est plus facile à concevoir: ce sont les sceptres des femmes, représentant l'influence et le pouvoir que celles-ci ont cru qu'elles pourraient avoir. Cette conférence « Des Jardins des Reines » faite sur un ton pré-féministe, visait le rôle de la femme, pour aider à fonder des écoles des filles à Ancoats[23]. L'ensemble des deux contes forme un petit ouvrage poétique, qui d'ailleurs est le plus populaire de son auteur.

23 Rina Viers, « Fleurs Blanches et sacrilège, A propos d'une lettre inédite de Marcel Proust, à Gabriel Mourey, directeur de la revue « Les Arts de la Vie » », *Europe* 49, 502/503, 1971, févr/mars, p.184.

Proust traducteur de Ruskin

Comme Proust a traduit deux œuvres de Ruskin, et qu'à la préface de *La Bible d'Amiens*, Proust se nomme traducteur[24], l'idée de penser que Proust possède une forte compétence linguistique en anglais est monnaie courante. Surtout, au cours des six années de traduction, ses progrès en langue anglaise ont été très sensibles. C'était le point de vue par exemple de Curtis et d'Ergal, qui louent sans réserve la compréhension du langage ruskinien chez Marcel Proust.

Cependant, la qualité et l'intelligence du traducteur Marcel Proust proviennent d'une collaboratrice – Mme Jeanne Proust – qui au sujet des deux œuvres ruskiniennes l'a fortement soutenu. Mme Proust a ému les critiques proustiens, par le fait que d'abord, non seulement son soutien moral est sans répit vis-à-vis de son fils qui souffre physiquement et tombe souvent en dépression, mais surtout, pour l'escorter, elle ne s'est pas contentée « de donner l'élan à son fils, de l'inspirer, de l'encourager dans sa tâche. Elle y prend une part active comme collaboratrice, faisant elle-même en brouillon des traductions que son fils, moins fort qu'elle en anglais, reprendra ensuite pour les travailler à sa façon[25]. » Philip Kolb, se référant à la lecture de la *Correspondance avec sa mère* affirme ce fait, au risque de surprendre quelques critiques laudatifs[26] sur la compétence linguistique de Proust, c'est que vis-à-vis de l'anglais, Marcel Proust a toujours eu un obstacle[27]: « Cette lecture ne

24 « Je donne ici une traduction de la *Bible d'Ameins*, de John Ruskin », Avant-propos de Marcel Proust, in *Marcel Proust, Préface, traduction et notes à* La Bible d'Amiens *de John Ruskin*, édition établie par Yves-Michel Ergal, Paris: Bartillat, 2007, p. 11.

25 Philip Kolb, Préface, *op. cit.*, p. VIII.

26 « Grâce à ce long exercice de traduction, il améliora beaucoup sa connaissance de l'anglais, surtout l'anglais de Ruskin, si bien qu'il parvint à lire dans le texte même d'autres ouvrages de l'auteur anglais, dont il cite de larges extraits dans sa préface à la traduction. » J.-L. Curtis, « Proust et Ruskin », *op. cit.*, p. 10.

27 Philip Kolb affirme ceci: « C'est que Proust savait très peu l'anglais: au lycée Condorcet, où il fit ses études, les langues

laisse subsister aucun doute: le traducteur de Ruskin, ce n'était pas Marcel Proust, mais sa mère. Dans certaines lettres, Marcel lui demande explicitement de traduire tel ou tel passage de la *Bible d'Amiens*[28]. Les manuscrits que possède Mme Mante-Proust, nièce de l'écrivain, semblent d'ailleurs confirmer mon hypothèse[29]. Il existe des cahiers où sont traduites différentes parties de *Sésame et les lys*, rédigées entièrement de la main de Mme Proust, à l'exception de corrections et d'annotations, qui, elles, sont de la main de Proust[30]. » Ce brouillon en question représente des centains de pages, sur *La Bibles d'Amiens* d'abord, puis sur *Sésame et les lys*, documents authentiques précieusement préservés à la Bibliothèque nationale de France, à Paris, et mis à la consultation des proutiens.

Les années ruskiniennes de Proust, arrivées en 1903, quand Proust est en stade de réviser la traduction de *La Bible d'Amiens*, il a été cruellement frappé par la brutale séparation d'avec son père, trépassé soudainement à cause d'une hémorragie cérébrale. Premier malheur qui l'a profondément atteint pour ses années ruskiniennes, et lors de la mort de son père[31], « quand Marcel pense abandonner l'entreprise, c'est sa mère, encore une fois, qui insiste pour qu'il

---

qu'il choisit furent le latin, le grec et l'allemand. Même s'il a pris quelques leçons d'anglais, il ne posséda jamais suffisamment cette langue pour pouvoir la traduire et la lire couramment. » « Proust et Ruskin; nouvelles perspectives », *Cahiers de l'Association internaitionale des études françaises*, 1960, no. 12, p. 261.

28 Voir les lettres LXXXIX et XC. Note de Philip Kolb dans « Proust et Ruskin, nouvelles perspectives », *op. cit.*, p. 261.

29 Le site Richelieu de la Bibliothèque nationale de France, département des manuscrits occidentaux, possède le manuscrit de la traduction ébauchée par Mme Adrien Proust de *La Bible d'Amiens*, précédée du brouillon de la préface, ainsi que les notes et les corrections de la main de Marcel Proust (2 volumes, NAF 16617-16618, disponibles sur microfilms, bobines MF 1479 et MF 1712), *Marcel Proust, Préface, traduction et notes à* La Bible d'Amiens *de John Ruskin*, Manuscrits, *op. cit.*, p. 359.

30 Philip Kolb, « Proust et Ruskin, Nouvelles perspectives », *op. cit.*, p. 261.

31 Elle survient en décembre 1903, au moment où Proust pensait dédier la traduction à son ami Reynaldo Hahn. Cette mort lui a fait changer d'avis. En tête de l'ouvrage, nous lisons cette dédicace: A LA MEMOIRE DE MON PERE, frappé en travaillant le 24 novembre 1903, mort le 26 novembre; cette traduction est tendrement dédiée. signé M.P. Cette dédicace est suivie d'une citation de John Ruskin: « Puis vient le temps du travail...; puis le temps de la mort, dans les vies heureusement est très court. »

se remette au travail et qui veille à ce qu'il l'achève[32].»

Veuve en deuil, Mme Proust continue à travailler pour Marcel, car, « Il existe (...) toujours entre Proust et l'œuvre de Ruskin une sorte de barrière linguistique que lui imposa son ignorance de l'anglais. Cette barrière dut le gêner en l'empêchant d'accéder directement aux textes[33] ». Après *la Bible d'Amiens*, viendra la traduction de *Sésame et les lys* en 1904 dont le choix pourrait après tout n'être pas le sien, mais celui de sa mère, pour le mettre au travail, lui donner une discipline. En plus de l'aide maternelle, Philip Kolb, sensible comme tout le monde aux progrès de Proust sur la traduction de *Sésame et les lys*, réprouve l'idée que Proust a mieux appris son anglais en l'espace de deux ans, simplement, il s'est fait mieux aider par de nombreuses personnes, à savoir: Mme Proust, Robert d'Humières, Marie Nordlinger, Antoine et Emmanuel Bibesco, Léon Yeatman, Robert de Billy[34], entre autres.

Quand on connaît l'importance des années ruskiniennes pour Marcel Proust, nombreux sont ceux qui pensent que John Ruskin a dû apporter de l'autre côté de la Manche un héritage bien enrichissant sur la pensée du jeune écrivain, car, « ces années de travail furent extrêmement fructueuses[35] ». Traducteur d'une grande envergure, l'édition de *La Bible d'Amiens* que

32 Philip Kolb, Préface, *Correspondance avec sa mère, 1887-1905*, *op. cit.*, p. VIII.

33 Philip Kolb, « Proust et Ruskin, Nouvelles perspectives », *op. cit.*, p. 262.

34 *Ibid.*

35 Correction des épreuves de *La Bible d'Amiens* en 1903. En Janvier-février 1904, Proust corrige les épreuves de *La Bible d'Amiens* avec Marie Nordlinger, il commence la traduction de « Of Kings' Treasuries ». Le 15 février 1904, achevé d'imprimer de *La Bible d'Amiens*. En mai 1904, Proust reprend sa traduction de *Sésame et les Lys*. En janvier-février 1905, Proust travaille à la traduction de « Of Queens' Gardens », et à la préface de *Sésame et les Lys*. En mars 1905, Proust contrôle ses citations pour les notes de la traduction. En mai 1905, Proust corrige les épreuves de « Sur la lecture ». En juin, Proust et Marie Nordlinger travaillent à *Sésame et les Lys*. Proust rédige la longue note sur l'épigraphe des « Trésors des rois ». Parution de « Sur la lecture » dans *La Renaissance latine*. La mère de Proust meurt le 26 septembre 1905. Il séjourne en clinique. En 1906, couché, Proust corrige les épreuves de *Sésame et les lys*. Le 12 mai, achevé d'imprimer de *Sésame et les Lys*. L'ouvrage est bien accueilli, il marque cependant la fin de la période ruskinienne de Proust, qui en viendra en 1908 au projet du « Contre Sainte-Beuve » puis à la *Recherche du temps perdu*. Voir Antoine Compagnon, *op. cit.*, Chronologie, pp. 29-30.

Marcel Proust offre à son éditeur est celle d'un érudit, « que le plus chevronné des universitaires, familier des références et de l'intertextualité, n'aurait pu égaler[36] ». Pour traduire Ruskin – protestant versé en pensée biblique, Proust a pris soin de faire en sorte que chaque citation de l'Ancien Testament ou celle du Nouveau Testament soit vérifiée, et restituée dans son contexte; et que les détails historiques, parfois flous chez Ruskin, soient précisés à chaque instant. « Il est impossible de prendre en défaut l'apparail critique de Proust[37] ».

Il est tout à fait vrai que le travail de Proust, qualifié de celui de fourmi par Philip Kolb, son geste d'exégète de l'œuvre de Ruskin dépasserait beaucoup des critiques ruskiniens, Proust a manifesté par là une passion pour les idées de l'œuvre de Ruskin dans son intégralité: ces notations personnelles sont nombreuses et pertinentes, souvent émouvantes, « comme celles concernant la lecture du *Repos de Saint-Marc*, faite dans la basilique, à Venise[38] », Proust, en faisant la traduction et l'interprétation du texte ruskinien, « parvient à surimposer une lecture intime de l'œuvre, transposant ses propres préoccupations et théories esthétiques[39]. » C'est de cela dont parle Philip Kolb quand il mentionne que: « Par les exercices stylistiques qu'il accomplit en corrigeant la version faite par sa mère, Proust acheva sa formation d'écrivain. Par les recherches littéraires qu'il poursuivit en vue de ses annotations du texte, il élargit son horizon intellectuel[40]. »

Mme Proust, qui veillait à ce que la traduction soit bien menée, et qui aurait sans doute apprécié chez son fils ses qualités de discipline intellectuelle,

---

36 Yves-Michel Ergal, Introduction, *op. cit.*, p. XXVII.

37 *Ibid.*

38 *Ibid.*

39 *Ibid.*

40 Philip Kolb, « Proust et Ruskin, Nouvelles perspectives », *op. cit.*, p. 267.

la maturité d'esprit, qui lui manquaient le plus lors de la composition de *Jean Santeuil*, c'était elle qui lui a proposé de rester un peu plus avec John Ruskin, un maître excellent. Après la publication de *La Biblie d'Amiens*, Mme Proust continue à aider son fils dans la traduction de *Sésame et les lys*. Proust en avait la satisfaction d'avoir contribué à la connaissance de Ruskin en France. « Il s'était même acquis une modeste réputation d'autorité en la matière; on lui demandait des comptes rendus pour le supplément de la *Gazette des Beaux-Arts*.[41] »

D'aucuns loueraient sans réserve l'imprégnation ruskinienne chez Proust qui fut immédiate et foudroyante. Quitte à élever John Ruskin sur le piedestal du *père spirituel*, pour signifier à quel point la vision du maître et celle du disciple se fusionne, et cela va jusqu'à la confrontation de leur écriture identique. Leur affinité aurait été susceptible de faire transcender l'âge et la distance géographique, et ceci n'aurait été plus que naturel.

Cependant, depuis la pénétration des idées ruskiniennes chez Proust jusqu'à la ressemblance du style, quoique facilement édifiable, cette hypothèse a été sagement nuancée encore une fois par Philip Kolb qui n'y voit pas comme beaucoup de critiques l'image de disciple-maître entre Proust et Ruskin. Philip Kolb précise ainsi: « S'il y a une ressemblance quelconque entre la syntaxe de ces deux auteurs, elle me semble superficielle. Comme les *Plaisirs et les jours*, œuvre de jeunesse, sont écrits en courtes phrases cristallines, qui font contraste avec les longues phrases sinueuses d'*A la recherche du temps perdu*, certains commentateurs avaient pu supposer que l'auteur anglais était pour quelque chose dans cette prétendue dégénérescence stylistique de la maturité. C'était là une erreur que la publication tardive de *Jean Santeuil* a dissipée d'un seul coup. A vrai dire, Proust avait de tout temps

41 *Ibid.*

écrit naturellement ainsi. Ses périodes avaient toujours eu tendance à s'allonger et à se compliquer selon le rythme de sa pensée. Nous en avons la preuve dans des rédactions qui remontent jusqu'à l'époque où Proust était élève au lycé Condorcet[42]. » Reste à savoir comment évaluer à juste titre l'influence ruskinienne sur Proust.

La vraie récompense des années ruskiniennes – une grande découverte

Esthète chrétien et réformateur social, John Ruskin a amené Proust vers un nouveau point de départ, c'est-à-dire, en lui donnant la possibilité de s'éloigner de lui, d'où la vraie récompense de ces années de travail bien disciplinées, et cela étant plus que significatif pour le prochain auteur de *la Recherche*.

Nous savons que Proust, avant de se consacrer à Ruskin, avait accumulé dans un manuscrit d'environ mille pages des matières très complexes pour son roman autobiographique intitulé *Jean Santeuil*, œuvre qu'il n'arrivait pas à finir, malgré la richesse et la qualité du contenu. Cet échec le tourmentait, et le courage lui a toujours manqué pour achever l'œuvre. Car, l'informité y était évidente, l'intrigue esquissée dans le premier chapitre étant complètement submergée au fur et à mesure que son récit progressait. Un intérêt dramatique disparaissait...

Une belle découverte a eu lieu quand Proust traduisait et rédigeait ses annotations pour *Sésame et les lys*, grâce à l'épigraphe de Lucien[43]: *Le Pêcheur*: « Vous aurez chacun un gâteau sésame et dix livres », citation que Ruskin a eu

42 *Ibid.*

43 Lucien de Samosate, en grec ancien *Λουκιανός*/ *Loukianós* (v. 120 – mort après 180) était un rhéteur et satiriste de Syrie qui écrivait en grec, dans un style néo-attique. Il naquit à Samosate, dans l'ancienne Syrie et mourut à Athènes.

soin de mettre en tête de sa publication pour « Des Trésors des Rois ». La présence de cette épigraphe a donné une illumination à Proust. Bon lecteur des conférences de *Sésame et les lys*, il a remarqué que Ruskin commence par énoncer une citation dont le sens ne se révélera que plus tard. « Tout au long de sa conférence, il présente ses idées sans ordre apparent, mais à la fin il les rappelle, les résume et les explique de façon qu'il semble avoir eu un plan et un dessein cachés[44]. »

Se laisser aller à discourir sur des sujets très disparates, voilà le style de Proust depuis toujours. Comme Ruskin, Proust avait cette même tendance à discourir de sujets divers, souvent sans rapport évident entre eux, mais où lui, il voyait un lien significatif, voici l'explicitation de Philip Kolb qui souligne la découverte salutaire de Proust. Ecoutons ce que dit Marcel Proust sur sa propre découverte: « Dès le début Ruskin expose (...) ses trois thèmes[45] et à la fin de la conférence il les mêlera inextricablement dans la dernière phrase où sera rappelée dans l'accord final la tonalité du début (sésame graine), phrase qui empruntera à ces trois thèmes (ou plutôt cinq, les deux autres étant ceux des *Trésors des Rois* pris dans le sens symbolique de livres, puis se rapportant aux Rois et à leurs différentes sortes de trésors, nouveau thème introduit vers la fin de la conférence) une richesse et une plénitude extraordinaire.[46] »

La dernière phrase de la conférence de Ruskin « Sésame » se formule ainsi: « Vous avez réussi à faire rapporter dans ce but ses lois sur les grains; voyez si vous ne pourriez pas dans le même but encore faire voter des lois sur les grains, qui nous donneraient un pain meilleur; pas fait avec cette vieille

44 Philip Kolb, « Proust et Ruskin, Nouvelles perspectives », *op. cit.*, p. 268.

45 Les trois thèmes dont parle Proust ici sont: 1) la lecture qui ouvre les portes de la sagesse 2) le mot magique d'Ali-Baba 3) la graine enchantée, l'explication donnée par Marcel Proust. Notre remarque.

46 Voir Note 1 de Marcel Proust, in *John Ruskin*, Sésame et les Lys, *Traduction et Notes de Marcel Proust*, précédé de « Sur la lecture » *de Marcel Prous* , Edition établie par Antoine Compagnon, *op. cit.*, p. 102.

graine arabe magique, le Sésame, qui ouvre les portes; – les portes non des trésors des voleurs, mais des trésors des Rois[47]. »

Le commentaire sur la dernière phrase ruskinienne, mis en note 131 en bas de page par Marcel Proust, demandant au lecteur de voir le lien logique entre ses notes 1 et 131, démontre clairement son esprit illuminé: « Sur cette dernière phrase et pour la décomposition des cinq « thèmes » qui s'y mêlent (et, sans même trop subtiliser, on arrive aisément « jusqu'à sept, en comptant les lois sur les grains, » et le « pain meilleur ») voir la note 1 (Note du traducteur[48]) ».Voilà la leçon ruskinienne découverte et pleinement appréciée par Proust. Elle ne quittera plus jamais ni son esprit ni son cœur.

Après la publication de *Sésame et les lys*, en 1906, selon son propre aveu, Proust s'éloigne de Ruskin. Désormais, un plan secret, une logique supérieure l'habiteront lesquels seront dévoilés à la fin du récit proustien, bien étagé tout au long de son écriture, malgré son désordre apparent, son écriture aboutira à une apothéose finale qui sera d'autant plus bouleversante. Une forme structurale est ainsi née. Plus tard, remis de sa crise causée par la mort de Mme Proust survenue le 26 septembre 1905, Marcel Proust redira ceci à plusieurs de ses intimes – écrivant à Mme Straus en été 1909, il annonce: « ... je viens de commencer – et de finir – tout un long livre. » A Paul Souday, il expliquera plus tard: « Le dernier chapitre du dernier volume a été écrit tout de suite après le premier chapitre du premier volume. » Et à Benjamin Crémieux: « (...) la dernière page du *Temps retrouvé* écrite avant le reste du livre se refermera exactement sur la première de Swann. » « Ensuite, il avait

---

47 Première conference, Sésame, Des Trésors des Rois, in *John Ruskin*, Sésame et les Lys, *Traduction et Notes de Marcel Proust*, précédé de « Sur la lecture » *de Marcel Proust*, Edition établie par Antoine Compagnon, *op. cit.*, pp. 238-239.

48 Note 131 de Marcel Proust, à propos de la Première conference, Sésame, Des Trésors des Rois, in John Ruskin, Sésame et les Lys, *Traduction et Notes de Marcel Proust*, précédé de « Sur la lecture » *de Marcel Proust*, Edition établie par Antoine Compagnon, *op. cit.*, p. 239.

composé cette partie intermédiaire, dans un désordre plus apparent que réel, puisqu'il avait toujours présent à l'esprit sa fin, où tous ces fils se dénoueraient, où la confusion se résoudrait et se dissiperait », ainsi conclut Philip Kolb qui soutient fortement cette thèse que nous partageons.

Proust et la cathédrale

La forme structurale inspirée par Ruskin et gardée secrète chez Proust serait-elle la cathédrale? Comme Proust a été traducteur-exégète de *La Bible d'Amiens*, penser qu'*A la recherche du temps perdu* s'est édifié d'après la forme d'une cathédrale est un constat répandu chez beaucoup de critiques de valeur. La thèse de Luc Fraisse, intitulé *L'Œuvre cathédrale. Proust et l'Architecture médiévale*, publié en 1990 chez José Corti, ouvrage désormais classique, a consolidé cette thèse[49].

Cependant, un petit article publié en 2005 vient donner un nouvel éclairage sur la conception structurale de l'œuvre proustienne. Avant de nous y référer, nous voudrions reprendre l'idée citée par plusieurs critiques qui ont su qu'à un moment donné, mis à l'ombre de John Ruskin, Proust s'est ennuyé. Ses termes de critiques envers ce grand esprit du XIXème siècle étaient extrêmement mitigés et polis. Mais, malgré tout, il avoue que « ce vieillard commence à m'ennuyer ». Quelle est cette petite dent que Proust gardait contre Ruskin? C'est l'idôlatrie de ce grand professeur de Beauté devant la Cathédrale.

Déjà, en matière d'esthétique, il y a une différenciation possible entre Ruskin et Proust, ce dernier s'est appuyé constamment sur la lecture de *L'Art*

---

49 Bibliographie commentée d'Yves-Michel Ergal, in *Marcel Proust, Préface, traduction et notes à* La Bible d'Amiens *de John Ruskin, op. cit.*, p. 366.

religieux du XIIIème siècle en France, ouvrage d'Emile Mâle[50] pour donner ses annotations critiques de *La Bibles d'Amiens*, de telle sorte qu' il a semblé que « Proust inverse la leçon de Ruskin. Ruskin emploie un langage littéraire pour parler de religion; Proust applique un langage religieux à la littérature, (...), il donne à son œuvre une structure religieuse[51]. » Ruskin vénéré, mais dépassé, donnant naisance à un nouveau texte qui le commente et le supplante, en fin de compte.

Quand, dans *La Bible d'Amiens*, Ruskin termine le morceau sur l'Egypte en disant: « Elle fut l'éducatrice de Moïse et l'Hôtesse du Christ[52] », et voulant rappeler ainsi au peuple d'Israël la promesse faite par Dieu, il écrit: « si vous voulez vous souvenir de la promesse qui vous a été faite », c'est-à-dire, celle évoquée dans le livre de *Genèse*. A ce propos, Proust pense acceptable de considérer l'Egypte comme l'éducatrice de Moïse, quoique pour l'éduquer, il faut certaines vertus. Mais le fait de dire que l'Egypte avait été « l'hôtesse » du Christ, Proust désapprouve Ruskin en se demandant: « peut-il vraiment être mis en ligne de compte dans une appréciation motivée des qualités du génie égyptien? » ou bien c'était comme s'il voulait plutôt ajouter de la beauté à la phrase?

Proust s'excuse déjà devant sa critique faite vis-à-vis de Ruskin: « Ai-je besoin d'ajouter que, si je fais, en quelque sorte *dans l'absolu*, cette réserve générale moins sur les œuvres de Ruskin que sur l'essence de leur inspiration et la qualité de leur beauté, il n'en est pas moins pour moi un des plus grands écrivains de tous les temps et de tous les pays. J'ai essayé de saisir en lui, comme en un « sujet » particulièrement favorable à cette observation, une infirmité essentielle à l'esprit humain, plutôt que je n'ai voulu dénoncer un

50 Emile Mâle, *L'Art religieux du XIIIème siècle en France*, Paris: Armand Colin, 1898; coll. « Livre de Poche », 1987.

51 D. Jullien, « La cathédrale romanesque », *Bulletin Marcel Proust*, 40, 1990, p. 53.

52 Chapitre III, 27.

défaut personnel à Ruskin[53]. » Cette infirmité essentielle dont parle Proust, c'est l'idolâtrie: « Proust, dans un post-scriptum à sa préface, analyse ces postulats de Ruskin, et il y décèle ce qu'il appelle l'idolâtrie, c'est-à-dire une adoration de la Beauté pour elle-même, de la Beauté en soi, sans référence à la religion ni à la morale, ni à des préoccupations de vérité, – idolâtrie que Ruskin lui-même a dénoncée, mais dans laquelle il est tombé lui aussi[54]. »

Pour soutenir sa pensée, Proust donne l'exemple de Balzac: « La toilette de Mme de Cadignan est une ravissante invention de Balzac parce qu'elle donne une idée de l'art de Mme de Cadignan, qu'elle nous fait connaître l'impression que celle-ci veut produire sur d'Arthez et quelques-uns de ses « secrets ». Mais une fois dépouillée de l'esprit qui est en elle, elle n'est plus qu'un signe dénué de sa signification, c'est-à-dire rien; et continuer à l'adorer, jusqu'à s'extasier de la retrouver dans la vie sur un corps de femme, c'est là proprement de l'idolâtrie. C'est le péché intellectuel favori des artistes et auquel il en est bien peu qui n'aient succombé[55]. »

Un autre exemple concerne Proust lui-même, la citation sera longue mais nécessaire pour bien comprendre l'idée de l'idolâtrie qu'il récuse: « (...) Il n'est pas dans la nature de forme particulière, si belle soit-elle, qui vaille autrement que par la part de beauté infinie qui a pu s'y incarner: pas même la fleur du pommier, pas même la fleur de l'épine rose. Mon amour pour elles est infini et les souffrances (hay fever) que me cause leur voisinage me permettent de leur donner chaque printemps des preuves de cet amour qui ne sont pas à la portée de tous. Mais même envers elles, envers elles si peu

53 Préface du traducteur, I, Avant-propos, in *Marcel Proust, Préface, traduction et notes à* La Bible d'Amiens *de John Ruskin, op. cit.*, p. 73.

54 J.-L. Curtis, « Proust et Ruskin », *op. cit.*, p. 14.

55 Préface du traducteur, I, Avant-propos, in *Marcel Proust, Préface, traduction et notes* à La Bible d'Amiens *de John Ruskin, op. cit.*, p. 76.

littéraires, se rapportant si peu à une tradition esthétique, qui ne sont pas « la fleur même qu'il y a dans tel tableau du Tintoret[56], » dirait Ruskin, « ou dans tel dessin de Léonard », dirait notre contemporain (qui nous a révélé entre tant d'autres choses, dont chacun parle maintenant et que personne n'avait regardées avant lui – les dessins de l'Académie des Beaux-Arts de Venise) **je me garderai toujours d'un culte exclusif qui s'attacherait en elles à autre chose qu'à la joie qu'elles nous donnent**[57], un culte au nom de qui, par un retour égoïste sur nous-mêmes, nous en ferions « nos » fleurs, et prendrions soin de les honorer en ornant notre chambre des œuvres d'art où elles sont figurées. Non, je ne trouverai pas un tableau plus beau que l'artiste aura peint au premier plan une aubépine, bien que je ne connaisse rien de plus beau que l'aubépine, car **je veux rester sincère et que je sais que la beauté d'un tableau ne dépend pas des choses qui y sont représentées**[58]. Je ne collectionnerai pas les images de l'aubépine. Je ne vénère pas l'aubépine, je vais la voir et la respirer. Je me suis permis cette courte incursion – qui n'a rien d'une offensive – sur le terrain de la littérature contemporaine, parce qu'il me semblait que les traits d'idolâtrie en germe chez Ruskin apparaîtraient clairement au lecteur ici où ils sont grossis et d'autant plus qu'ils y sont aussi différenciés. Je prie en tout cas notre contemporain, s'il s'est reconnu dans ce crayon bien maladroit, de penser qu'il a été fait sans malice, et qu'il m'a fallu, je l'ai dit, arriver aux

56 Tintoret (Iacopo Robusti, dit *il Tintoretto*, en fr. le) (Venise, 1518 – id. 1594), peintre vénitien, fils d'un teinturier, d'où son surnom. Il ne quitta presque jamais Venise où, très vite, il eut des commandes officielles. De 1562 à 1566, il exécuta pour la confrérie de San Marco trois grandes toiles (*les Miracles de saint Marc*, Accademia à Venise, Brera à Milan). En 1564, il entreprit un cycle à sujets religieux pour la Scuola di san Rocco (Venise), achevé en 1587; c'est l'œuvre d'un prodigieux « metteur en scène »: *la Crucifixion, le Baptême du Christ*, etc. De 1575 à 1590, il exécuta avec l'aide de ses élèves la décoration du palais des Doges. Son œuvre, d'un maniérisme original, d'un dynamisme très contrôlé, exerça une profonde influence (Rubens, le Greco, delacroix). Voir Grand Dictionnaire Hachette encyclopédique illustré.

57 C'est nous qui soulignons.

58 *Ibid.*

dernières limites de la sincérité avec moi-même, pour faire à Ruskin ce grief et pour trouver dans mon admiration absolue pour lui, cette partie fragile[59]. »

La cathédrale ou la synagogue?

S'éloigner de John Ruskin, s'éloigner de l'idolâtrie du professeur de Beauté sur la Cathédrale, le parcours proustien deviendra unique et personnel, muni d'une vision qui prendrait la construction de la cathédrale, au niveau narratif même, comme un mythe.

André Benhaïm, dans son article intitulé « Unveiling the synagogue, beyond Proust's cathedral », nous fait remarquer que dans *la Recherche*, toutes les églises sont vues de loin, en passage ou en face, le narrateur-esthète aimant se trouver à l'extérieur de l'édifice sacré, devant sa façade ou à son abside. L'église St. Hilaire, celle qui est réellement fréquentée par la famille du narrateur, comporte quant à elle quatre dimensions, au lieu de trois, comme Ruskin l'aurait finement décrite, et dont la quatrième, c'est le Temps. Sur le plan diégétique, l'idée évoquée par la cathédrale, c'est son inachèvement, et non pas sa structure. Les églises gothiques ou romanes chez Proust sont plutôt comme des mirages dans *la Recherche*, qu'il s'agisse de celle de Combray, de Saint-André-des-Champs, de Martinville, ou de Vieuxvicq. Celle de Balbec visitée par le narrateur a surtout la fonction de lui apprendre la vision d'un monde, à la place de la construction d'un édifice.

André Benhaïm poursuit sa thèse en disant que chez Proust, tandis que l'apparition d'une église catholique donne l'illusion de l'édifice, la présence de la synagogue, à peine perceptible par le lecteur, donne pleinement son sens

59 Préface du traducteur, I, Avant-propos, in *Marcel Proust, Préface, traduction et notes à* La Bible d'Amiens *de John Ruskin, op. cit.*, p. 77.

religieux. Et la synagogue dont il s'agit n'est autre que la demeure parentale du narrateur.

Cette découverte a été faite par André Benhaïm quand il lisait *Jean Santeuil*, ce roman fortement autobiographique. Au chapitre intitulé « Les Réveillons », Jean, le protagoniste mis à la troisième personne du « je » proustien, se trouve terriblement agité à cause des paroles qu'il ne pouvait pas dire et qui restaient en lui. Une scène de violente querelle entre Jean et ses parents vient de se produire. Alors, « comme un poison qu'on ne peut expulser gagne tous les membres, ses pieds, ses mains tremblaient, se convulsaient dans le vide, cherchaient une proie. Il se leva, courut à la cheminée et il entendit un bruit terrible: le verre de Venise[60], que sa mère lui avait acheté cent francs et qu'il venait de briser[61]. ».

Après avoir fait cette bêtise dans un coup de grande colère, ses yeux remplis de larmes, Jean s'attend à ce que ses parents le réprimandent. « Mais restant aussi douce, (sa mère) l'embrassa et lui dit à l'oreille: « Ce sera comme au temple le symbole de l'indestructible union[62]. » Sur ces mots, une synogogue, un sanctuaire de la croyance judaïque apparaît comme dans un conte magique. Ce que la mère de Jean voulait signifier à son fils, c'est qu'elle l'aimerait d'autant plus d'un amour indestructible, le geste violent de son fils, donnera tout simplement ce sens perçu des israélites, puisqu'à la fin d'une cérémonie nuptiale, l'époux a le coutume d'écraser à ses pieds le verre de

60 Rappelons qu'à la fin d'avril en 1900, Proust part avec sa mère pour Venise, où il séjourne à l'hôtel de l'Europe. Il y retrouve Reynaldo Hahn et la cousine de ce dernier, Marie Nordlinger, qui l'aide dans sa traduction. Il lit *Le Remos de Saint-Marc* de Ruskin, évoqué dans les brouillons du *Temps retrouvé* et va voir les fresques de Giotto à Padoue. En octobre, Proust revient seul à Venise, pendant que ses parents déménagent et s'installent 45, rue de Courcelles, au coin de la rue de Monceau, dans un appartement situé au deuxième étage, plus grand et plus confortable que celui du boulevard Malesherbes. Cf. Marcel Proust, *A la recherche du temps perdu*, t. I, *op. cit.*, Chronologie de Jean-Yves Tadié, p. CXXII.

61 Marcel Proust, « Les Réveillons », *Jean Santeuil*, Paris: Gallimard, coll. « Plaïade », 1971, p. 418.

62 Marcel Proust, « Les Réveillons », *op. cit.*, p. 423.

glace dans lequel les mariés ont d'abord bu ensemble. Geste fortement significatif pour symboliser qu'il est absolument impossible de détruire leur union, comme il est aussi difficile de remettre les pièces de petits morceaux en son état originel. Geste significatif également pour commémorer la destruction du Temple de Jérusalem.

Ⅲ. En guise de conclusion – Vouloir faire ce que Maman aurait aimé

Dans la chronologie établie par Jean-Yves Tadié, nous lisons ce message: « 1905, Mme Proust meurt de néphrite le 26 septembre à cinquante-sept ans. Les obsèques ont lieu le 28. Proust écrit des lettres tragiques: « Ma vie a désormais perdu son seul but, sa seule douceur, son seul amour, sa seule consolation[63]. » Il pense déménager, et entre vers le 3 décembre à la clinique du docteur Sollier, à Boulogne, « voulant faire ce que Maman aurait aimé, n'ayant plus d'autre but ici-bas », écrit-il à Mme Straus vers cette date [64]. »

1906, c'est une année de deuil chez Proust, elle se prolongera jusqu'à 1909, et même plus longtemps. Pour répondre à l'amour indestructible de sa mère, Marcel Proust reprendra son écriture, pour faire ce que Maman aurait aimé qu'il le fasse. Ses années ruskiniennes sont passées, Marcel Proust a su quitter l'ombrage de John Ruskin. Losqu'il rédige la préface pour la publication de *Sésame et les lys*, son texte porte un titre – « Sur la lecture » qui annonce *Contre Sainte-Beuve* et *Combray*: Marcel Proust réprouve le « je-social » de Sainte-Beuve en lui montrant que le « je-créateur » vaudrait d'autant mieux. En élaborant jusqu'à la fin de ses jours *A la recherche du*

63 « *Correspondance*, t. V, p. 348, lettre à Montesquiou, de peu postérieure au 28 septembre ». Note de J.-Y. Tadié, *op. cit.*, Chronologie, p. CXXV.

64 *Ibid.*

temps perdu, Marcel Proust a prouvé par son génie comment un écrivain moderne pourrait quitter l'ombre d'une cathédrale catholique idolâtrée pour pénétrer toujours plus profondément dans une synagogue judaïque mise en secret, d'où se perpétuerait un grand amour jamais égalé provenant d'une mère juive infiniment intelligente et aimante. Pour y répondre, Marcel Proust compose *A la recherche du temps perdu*, jusqu'à la fin de ses jours, un grand chant d'amour en honneur de Mme Jeanne Proust, sa mère...

Bibliographie

Benhaim, André, « Unveiling the synagogue, Beyond Proust's Cathedral », *Contemporary French and Francophone Studies*, vol. 9, no. 1, January 2005, pp. 73-86.

Compagnon, Antoine, in *John Ruskin*, Sésame et les Lys, *traduction et note de Marcel Proust, précédé de « Sur la lecture » de Marcel Proust*, Paris: Complexe, 1987.

Curtis, Jean-Louis, « Proust et Ruskin », *Bulletin Marcel Proust*, 45, 1995, pp. 9-18.

Ergal, Yves-Michel, *Marcel Proust, Préface, traduction et notes* à La Bible d'Amiens *de John Ruskin*, Paris: Bartillat, 2007.

Jullien, D., « La cathédrale romanesque », *Bulletin Marcel Proust*, 40, 1990, pp. 43-57.

Kolb, Philip, *Correspondance avec sa mère, 1887-1905*, lettres inédites présentées et annotées par Philip Kolb, Paris: Plon, 1953.

——, « Proust et Ruskin, nouvelles perspectives », *Cahiers de l'Association internationale des études française*, no. 12, 1960, pp. 259-273.

Lunel, Armand, « Proust, sa mère et les Juifs », *Europe*, 49, 502/503, févr./mars 1971, pp. 64-67.

Proust, Marcel, *Jean Santeuil*, précédé de *Les Plaisirs et les jours*, édition établie par Pierre Clarac avec la collaboration d'Yves Sandre, Paris: Gallimard, coll. « Pléïade », 1971.

——, *A la recherche du temps perdu: Du côté de chez Swann, A l'ombre des jeunes filles en fleur*, tome I, avec Introduction générale, Chronologie par Jean-Yves Tadié, Le Fonds Proust de la Bibliothèque nationale par Florence Callu, Note sur la présente édition par jean-Yves Tadié, Paris: Gallimard, coll. « Pléïade », 1987.

Robitaille, Martin, « Etudes sur la correspondance de Marcel Proust », *Bulletin Marcel Proust*, 46, 1996, pp. 109-125.

Sand, George, *François le champi*, Paris: Librairie Générale Française, coll. « Livre de poche », 1983, 1999.

Viers, Rina, « Fleurs blanches et sacrilège », à propos d'une lettre inédite de Marcel Proust, à Gabriel Mourey, directeur de la revue *Les Arts de la vie, Europe*, 49, 502/503, 1971, févr-mars, pp. 184-189.

Une politique des arts – la correspondance du ministre Henri Bertin avec les missionnaires de Pékin, au XVIIIe siècle*

Chao-Ying LEE **

Résumé

La correspondance du ministre Henri Bertin avec les missionnaires de Pékin donne naissance aux seize volumes des *Mémoires concernant les Chinois*, ouvrage qui inaugure les rapports importants que la France entretiendra avec le Céleste Empire au XVIIIe siècle.

La correspondance accompagnant les envois d'objets chinois comporte deux aspects: d'un côté, la collection des *naturalia*, les plantes et l'agriculture chinoises; et de l'autre, les *artificialia*, objets à l'antique, comme les instruments de musique et les armures, envoyés Avec une explication afférente. Cette collection montre que Bertin a l'intention de construire un savoir chinois, tourné vers l'antique et la science naturelle et de l'établir d'une manière scientifique et authentique afin de justifier, face aux Encyclopédistes, la légitimité de sa politique vis-à-vis de la Chine.

La politique des arts de Bertin vise, avant tout, à emprunter le modèle tehnique de l'art appliqué chinois pour améliorer la production des manufactures françaises en ouvrant le marché de l'art à la Chine et à élaborer un savoir sur la Chine à travers les objets et les explications qui apportent une certaine connaissance dans le domaine de l'antiquité comme dans celui de la

* Je tiens à remercier les bibliothécaires de l'Institut de France pour leur aide.

** Professeur associé à l'Université de Dong Hwa

science naturelle, le tout dans l'esprit scientifique propre à l'époque des *Lumières*.

Mots clés: *Mémoires concernant les Chinois*, Henri Bertin, La correspondance, le cabinet de curiosité, Une politique des arts

I. La correspondance, le commanditaire, les auteurs

La correspondance du ministre Henri Bertin avec les missionnaires de Pékin est publiée en seize volumes, sous le titre: *Mémoires concernant les Chinois*. Cette collection inaugure des rapports importants entre la France et l'Empire Céleste, au XVIIIe siècle. A l'Institut de France, les manuscrits des lettres sont conservés sous les cotes 1515-1525. Cette correspondance illustre les relations franco-chinoises: elle aborde les sujets les plus variés tel que, le commerce, la politique, la religion, les finances de l'Etat, les envois d'objets manufacturés et de gravures, mais aussi les divers types de graines et de plantes, le vin. Les traductions et le débat autour de la Chine Antique sont décrits dans ces lettres, y compris la première innovation technique et scientifique des chinois, par exemple le produit utilisé pour purifier l'air en Chine. Les lettres sont parfois constituées de quelques lignes ou d'une demi-page, parfois d'une dizaine de pages. Les écrits des missionnaires et ceux de Bertin y figurent de même que des écrits anonymes, retranscrits par des copistes. Les lettres des missionnaires sont rédigées en français, mais comportent parfois des illustrations, accompagnées de caractères chinois, par exemple, un plan ou le dessin d'objets chinois. Des notations et des réponses de Bertin se surajoutent au texte écrit par les missionnaires. Cette juxtaposition d'écritures donne une impression de mélange des cultures, propre à cette correspondance.

Le commanditaire: Bertin

Henri Léonard Jean-Baptiste Bertin[1] est né dans une famille de notables

1 Les informations biographiques concernant Bertin sont tirées des documents suivants: Henri Cordier, *Les correspon-*

du Périgord en 1720, nommé conseiller du roi en 1741, il est président du grand Conseil en 1750. Il occupe divers postes importants: maître des Requêtes (avril 1745), intendant du Roussillon en 1750, intendant de Lyon (1754), lieutenant général de Police (1757-1759), contrôleur général des Finances (1759-1763), enfin Secrétaire d'Etat (novembre 1763-1764). En décembre 1763, Bertin quitte le poste de contrôleur général des Finances. Le roi a créé un cinquième ministère spécialement pour lui. Y sont affèctés, pêle-mêle, la Compagnie des Indes, les Manufactures de Porcelaine, l'agriculture, les mines etc. Il a donc dans ses attributions l'agriculture, le commerce, les manufactures, les haras, la navigation. Bertin crée aussi des écoles d'agriculture et de jardinage. Il donne sa démission en novembre 1780 et se retire à Chatou. Il meurt aux eaux de Spa, le 16 septembre 1792.

C'est à lui que nous devons la création, en 1762, du cabinet des Chartes. Son hôtel particulier, qui faisait l'angle de la rue Neuve des Capucines et des Boulevards, renfermait de riches collections d'histoire naturelle et de curiosités chinoises.

Ses fonctions le conduisent à s'occuper, en tant que directeur, de la Compagnie des Indes, il correspond avec les missionnaires pour leur demander des informations précises sur, d'une part, les secrets commerciaux, l'agriculture, les fabrications de porcelaines et de soies et, d'autre part, l'histoire antique de la Chine qui suscitait alors un débat intellectuel dans le milieu scientifique et à l'Académie. Le ministre est frappé par l'esprit ingénieux, l'intelligence vive et pratique, le goût des échanges et du commerce

---

dants de Bertin, secrétaire d'Etat au XVIIIe siècle dans Toung Pao, 2e série, Vol. XIV,XV,XVI,XVIII et XXI, 1913-1922, E. J. Brill Leiden, 1922; « Eloge de Henri-Léonard-Jean-Baptiste Bertin 1719-1792 » par M. Gustave Heuze lu dans la séance du 18 janvier 1888, Paris, Société Nationale d'agriculture de France, Typographie Georges Chamerot, 1888, pp. 5-19; A.M. Martin Du Theil, *Silhouettes et documents du XVIIIe siècle. Martinique, Périgord, Lyonnais, Ile-de-France, Henri Bertin économiste*, Périgueux, 1932, pp. 90-93.

des chinois. Il est l'initiateur des *Mémoires concernant les Chinois*, oeuvre considérable publiée en seize volumes et fait connaître en France, avec le concours des missionnaires et des explorateurs, les moeurs chinoises.

Les auteurs de ces ouvrages: Ko, Yang, Amiot, Cibot, Le Febvre

Deux Chinois, Ko et Yang[2], envoyés en France pour étudier, demandent à Bertin un passage sur un bateau de la Compagnie des Indes pour retourner en Chine. C'est à cette occasion qu'ils se rencontrent et que Bertin leur fait visiter des manufactures françaises pour leur faire connaître toute la gamme des techniques du pays. Avant leur départ, sur l'ordre du roi et du ministre Bertin, ils rédigent des rapports sur les manufactures qu'ils ont visitées. L'intention du ministre Bertin est évidente: Ko et Yang ont reçu leur formation en France, les visites des différentes manufactures leur ont permis d'acquérir des connaissances sur les métiers. Ils pourront être utiles à leur retour en Chine car ils seront les meilleurs connaisseurs des secrets de fabrication des objets précieux comme la soie et la porcelaine et seront à même de rédiger des mémoires. Ils visitent des imprimeries, des manufactures de soie, des teintureries, la manufacture des Gobelins et celle de Sèvres[3].

A leur retour en Chine, Ko et Yang sont alors les mieux placés pour trouver les informations qui peuvent être les plus utiles à la France, en matière de fabrication de la soie et de la porcelaine, ainsi qu'en matière d'agriculture; ils envoient aussi à Bertin de précieuses traductions de la vie de Confucius. Ils

---

2 Ko et Yang, missionnaires jésuites catholiques, sont venus à l'âge de dix-neuf ans et de dix-huit ans en France pour apprendre les langues et les sciences de l'Europe. Ils avaient été envoyés en France par les missionnaires jésuites de Pékin pour y parfaire leur éducation cléricale. Au moment de la suppression de la Compagnie de Jésus (1762), ils avaient trouvé accueil chez un Lazariste et reçu les ordres sacrés. De retour en Chine, ils poursuivent leurs relations avec la France.

3 Institut de France, Ms. 1520, pp. 23-48.

collaborent également avec les Pères Cibot et Amiot à cette « Correspondance » volumineuse qui constitue une véritable encyclopédie.

Les lettres manuscrites de l'Institut de France[4] nous fournissent des éléments concernant leur séjour en France, des études, des dessins et des gravures exécutés par eux, des comptes-rendus de leurs visites de différentes manufactures françaises ainsi qu'un court texte imprimé, en seulement vingt exemplaires, sur les impressions qu'ils gardent de leur séjour. Leurs dessins et leurs gravures de fleurs et de paysages sont de facture européenne, même si parfois apparaissent des éléments de style chinois [5].

Une lettre de Bertin du 24 février 1776, adressée à Montigny[6] indique que Ko et Yang sont chargés de la correspondance de la mission française et que Yang sera le futur procureur de cette mission à Pékin. Après avoir visité, entre autres la manufacture de porcelaine de Sèvres et une manufacture de soie à Lyon, Ko et Yang doivent faire parvenir en France les secrets de fabrication chinois. Il y a, chez Bertin, l'intention de mener à bien un projet de politique des arts. Cependant, Ko et Yang ont des difficultés à se procurer les secrets techniques escomptés, car les chinois se méfient d'eux.

Cette correspondance a d'autres auteurs dont les principaux sont les Pères Amiot et Cibot. C'est grâce au premier, Amiot, que les Français obtiennent alors les renseignements les plus exacts et les plus étendus concernant l'antiquité, l'histoire, la langue et les arts des chinois. Amiot arrive à Macao en 1750 et le 22 août 1751 à Pékin où il est appelé par ordre de l'empereur. Il ne quittera plus cette capitale, jusqu'à sa mort. Il est d'une

4 Institut de France, Ms. 1520.

5 Institut de France, Ms. 1520, pp. 8-14.

6 Jean Charles Philibert Trudaine de Montigny, né le 19 janvier 1733 à Clermont-Ferrand (Puy-de-Dôme) et décédé le 5 août 1777 à Paris, était un administrateur et un savant français. Bertin fait appel à Jean-Charles Trudaine de Montigny pour devenir intendant général des finances.

grande intelligence. Il a fait de hautes études et connaît bien les langues chinoise et tartare. Par conséquent, il puise dans les livres, anciens et modernes, des données concernant l'histoire, les sciences et toute la littérature chinoise. Il n'a de cesse de faire connaître les fruits de ses recherches en France.

Pierre Martial Cibot[7], arrivé à Pékin en 1760 y réside pendant vingt ans, jusqu'à sa mort. Il a d'étonnantes facilités dans tous les domaines d'études. Il s'adonne à l'astronomie, à l'agriculture, à la botanique et aucun thème scientifique ne paraît lui être étranger. Il rédige *l'Essai sur l'antiquité des Chinois*, inséré dans le tome premier des *Mémoires*.

Le Febvre[8], quant à lui, aide les missionnaires à rédiger les parties des *Mémoires* concernant la religion, l'histoire, la politique, la fabrication de la porcelaine et de la soie[9].

Le soutien financier de Bertin

Deux documents nous informent sur le soutien financier dont bénéficie Bertin. Dans une première, lettre du 22 décembre 1776, adressée à Parens, trésorier de la Cour des Monnaies, Yang remercie ce dernier. Bertin avait en effet annoncé l'envoi de 12000 livres[10] en dépôt chez l'abbé Seigneur. Celui-ci indique qu'il a bien reçu ces 12000 livres mais qu'il ne les a pas remises

7 Cibot Pierre-Martial (1727-1780), missionnaire français né à Limoges. Il part de Lorient en 1758 et arrive à Pékin en 1760. On le voit se livrer à l'astronomie, à la mécanique, à l'étude des langues et de l'histoire, à l'agriculture et à la botanique.

8 Le Père Joseph-Louis Le Febvre (1706-1780) est né à Nantes. Il est procureur des missionnaires de Pékin en 1771, 1773, 1774 et il demeure dans cette ville jusqu'en 1779. En 1780, il est de retour en France. Louis Pfister, *Notices biographiques et bibliographiques sur les jésuites de l'ancienne mission de Chine 1552-1773*, Chang-hai, 1934, Krans, Nendein, 1971, tome II, pp. 742-743.

9 Institut de France, Ms. 1521, dans une lettre de Bertin à Ko et Yang en Chine, le 31 décembre 1766, p. 10 et verso.

10 Livre tournoi.

parce qu'on lui conseille d'attendre de meilleures circonstances. C'est pourquoi la quittance n'est que de 1007 piastres. Lorsque auparavant, Bertin avait envoyé 2400 livres, il avait aussi fallu attendre pour que la répartition (1200 livres pour Amiot, 1200 pour Yang et Ko) soit faite. Il y a toujours un délai entre l'envoi et la réception à cause des retards répétés dûs aux aléas de la navigation[11].

Dans une deuxième lettre, Parens annonce l'envoi de 16200 livres pour les missions de Pékin sur l'ordre de Bertin et de la part du Roi , somme sur laquelle 1% devra être prélevé pour payer les armateurs du bateau le « Broglie ». Après ce prélèvement, il reste 2966 piastres dont les missionnaires doivent accuser réception. L'année précédente, les fonds envoyés à Yang et Le Febvre avaient été de 1200 lt. Etaient annoncées 18000 livres, embarquées sur le Broglie, qui ne leur parvinrent jamais. Le missionnaire dit aussi avoir fait embarquer trois caisses sur le Beaumont, cinq sur le Turgot avec les connaissements signés par le capitaine. Les caisses expédiées de Pékin n'ont pas été ouvertes à Canton et peuvent arriver directement à Paris[12].

II. La politique des arts de Bertin

Promotion et échange de produits de grande valeur: le présent comme moyen d'améliorer les relations diplomatiques franco-chinoises

Dans une période où les étrangers ne peuvent pas circuler librement, la France obtient en Chine, par la voie diplomatique, des privilèges que n'avaient pas obtenus les autres pays européens, que ce soit pour le trafic

11 Institut de France, Ms. 1520, pp. 235-236, Yang écrit à Parens (Cour des Monnaies), le 22 décembre 1776.

12 Institut de France, Ms. 1525, p. 44, le 29 décembre 1776. Un missionnaire à Parens.

maritime ou pour la circulation à l'intérieur du pays. La politique du cadeau favorise les relations politiques franco-chinoises.

Dans une lettre du 17 décembre 1769, Bertin écrit à Ko et Yang qu'il a été informé que l'empereur privilégie le trafic maritime français par rapport à celui des Anglais.

> « Je vois avec beaucoup de satisfaction dans la lettre de M. Ko du 10 7bre que le gouvernement chinois a beaucoup d'égards pour la nation française tant en ce qui concerne le mouillage de nos vaisseaux que pour la permission de faire des cabanes pour les malades qui sont séparés et en état d'être mieux soignés enfin par l'attention que le vice roy a eu de suppléer à la supériorité du nombre des vaisseaux anglais qui sont 10 contre deux en faisant partir d'avance les vaisseaux français, afin qu'ils ne fussent pas inquiétés dans ces mers par les anglais[13]. »

Quant à la circulation intérieure en Chine, dans une autre lettre que Benoît écrit à Bertin, le 10 novembre 1767, il signale que les Français ont obtenu des facilités de transports et de communications à travers la Chine, autrement dit entre Pékin et Canton. Mais faute de représentation française en poste à Canton pendant l'hiver (la loi chinoise ne le permet pas), personne ne peut veiller à la réception et à l'expédition des envois. Et, le père Le Fèbvre, supérieur général de la mission française, qui est resté illégalement pendant l'hiver à Canton, connaît de graves difficultés. Le Père Benoît[14] envoie donc

13 Bertin à Ko et Yang, le 17 Décembre 1769, Institut de France, Ms. 1521, p. 117.

14 Michel Benoît (1715-1774) : mathématicien et astronome, il part pour la mission française de Pékin en 1743. Durant les trente années qu'il passera en Chine, il devra se faire cartographe et fontainier pour servir l'empereur Qianlong. Il lui dessine une mappemonde de douze pieds et demi et en outre il pratique la gravure sur cuivre et forme des Chinois pour qu'ils gravent en taille douce et au burin la carte du monde. Benoît se voit chargé de donner ses soins à un autre tirage, celui des gravures des batailles de l'empereur Kien-long, gravées par Cochin. Pour Benoît, il lui faut inventer

un placet aux autorités chinoises pour demander une autorisation impériale à ce sujet. Il obtient cette faveur; par conséquent les jésuites peuvent demeurer tout l'hiver à Canton. De plus, les autorités chinoises accordent aux Français une résidence fixe dans la ville de Canton, ce qui facilite leurs relations avec la France[15].

Dans une lettre écrite à Ko et Yang, le 31 décembre 1766, Bertin se soucie de l'image de la France. Comme il est impressionné par les dessins chinois des « Batailles victorieuses », il envoie en Chine des gravures françaises pour lesquelles on a employé une nouvelle technique qui imite les traits du dessin:

> « Vous avés su que peu d'années avant votre départ de la France, un artiste a trouvé la manière de graver sur le cuivre les desseins en crayons et d'en imiter si parfaitement les traits, que les maîtres mêmes s'y sont trompés au premier coup d'oeil. Cette nouveauté ne peut manquer de plaire à la Chine; car je vois par les dessins des batailles dont je vous ai parlé qu'on y est curieux de la perfection des dessins. J'ai fait faire une collection de 50 des plus beaux dessins gravés à la manière du crayon par le S. Desmarteaux qui en est l'inventeur[16] . »

Il envoie aussi trois cents petites estampes en taille douce et des pastels. Quant au choix des sujets, Bertin évite ceux qui pourraient vexer les Chinois. Son choix est varié: paysages, grotesques, gravure représentant Monseigneur le Dauphin récemment décédé dans une espèce d'apothéose de feu (dont il

---

une nouvelle presse, combinant des procédés nouveaux et plus perfectionnés. Ce tirage est exécuté avec succès. Il fut aussi le professeur de Ko et Yang.

15 Benoît à Bertin, le 10 Novembre 1767, Institut de France, Ms. 1519, pp. 12-14.

16 Bertin à Ko et Yang, le 31 décembre 1766, Institut de France, Ms. 1521, p. 15.

donne des explications détaillées), sujets de dévotion, natures mortes de fleurs ainsi que quelques pastels de fleurs dans des vases ou des corbeilles, destinés à faire connaître les fleurs d'Europe en Chine. Il envoie aussi des étoffes de soie enrichies d'or et d'argent pour la confection de bourses chinoises. Ces cadeaux, offerts à la Mission, doivent être utilisés dans un but politico-religieux. Il espère que ces démonstrations artistiques seront une vitrine du savoir-faire français et les missionnaires en feront bon usage, en les offrant par exemple à des Mandarins influents auprès de l'Empereur. Il joint aussi des bagatelles moins précieuses pour les missionnaires, telles que ciseaux, cire d'Espagne, crayons souvenirs[17].

Yang, Le Febvre et les autres missionnaires sont avertis par Bertin que les objets précieux sont destinés à l'Empereur car il s'agit de développer les relations entre les deux pays. Une lettre de Yang à Bertin nous décrit cette situation:

> « Cela n'empêche pas que nous n'exécutions les ordres de Vôtre grandeur de la manière la plus convenable. Voici comment. Les glaces, les étoffes d'or d'argent, avec la plupart d'estampes, ne peuvent être employés par d'autres que par l'empereur ou par quelques seigneurs de la Cour. Mon dessein donc, toujours avec le consentement de Mr Ko, est de faire présent de ces choses précieuses, au nom de Votre grandeur aux Missionnaires de Péking[18]. »

Dans une lettre que Yang écrit à Bertin, le 10 Octobre 1772, il exprime ses remerciements pour les cadeaux reçus du ministre. Il assure que l'on fera bon usage de ces dons.

---

17 *Ibid.*, p.15 et verso, 16 et verso.

18 Yang à Bertin, Canton le 29 décembre 1767, Institut de France, Ms.1520, p.171 verso.

« Les différentes choses, comme les riches étoffes, les nouveaux télescopes, sont des choses précieuses tant à cause de leur valeur qu'à cause de la bonté avec laquelle vôtre grandeur nous fait toutes ces largesses. [...] mais ce qui me console c'est que je suis persuadé que nos Missionnaires ne se servent de ces dons que relativement aux vuës de Vôtre grandeur en procurant des connaissances certaines d'un pays qui a toujours été la curiosité de toute l'Europe[19].»

Il indique aussi, qu'avant leur arrivée, les missionnaires ont travaillé pour l'Angleterre en envoyant des mémoires, mais que maintenant, l'attention est davantage tournée vers la France. Ces cadeaux servent à tisser des liens et à tester le goût chinois pour favoriser plus tard le commerce des fabrications françaises.

Les missionnaires ne peuvent pas circuler librement en Chine, pendant l'hiver, ils n'ont pas le droit de séjourner à Canton et doivent se retirer à Macao et dans les petites îles. De plus, la route maritime est occupée par les Portugais et les Hollandais. L'importance de l'importation dans les petites îles est mise en évidence car il y a une rivalité avec les Hollandais et les Portugais. Bertin se soucie d'ouvrir la voie maritime aux Français, et surtout d'exploiter les relations commerciales en envoyant des objets manufacturés.

La tapisserie et les gravures utilisées pour élargir le marché franco-chinois

Autres thèmes importants: les tapisseries françaises et la proposition de

19 Yang à Bertin, à Canton le 10 Octobre 1772, Institut de France, Ms. 1520, p. 208 verso et 209.

faire exécuter en France, les gravures des batailles de Kienlong. Ils sont tous deux fondamentaux dans la politique des arts de Bertin.

Les tapisseries françaises sont offertes à l'Empereur, dans le but de développer un goût chinois éventuel pour les fabrications françaises et d'en faire bénéficier les manufactures et les échanges commerciaux futurs.

Le fait que ces tapisseries françaises sont présentées à l'empereur par des missionnaires est important. Elles le sont en même temps que les gravures des victoires et des batailles. Elles font partie du cadeau offert par Bertin à Ko et Yang, mais ces dons doivent être réservés à un usage spécial, précisé par une consigne écrite[20]. Bertin demande à être tenu au courant de l'accueil fait à ces tapisseries en Chine. Les tapisseries seront présentées à l'empereur, non comme un présent du Roi de France, mais plutôt comme un test du goût de l'Empereur par rapport aux produits français. Bertin cherche à exploiter cet avantage.

De nombreuses lettres nous retracent le destin de la tapisserie en Chine. Benoît écrit à Bertin, le 10 Octobte 1767 et informe celui-ci que l'empereur de Chine Kien long a construit spécialement de nouveaux appartements dans son palais pour y placer les tapisseries car, dans les appartements européens de son palais, les dimensions des murs ne conviennent pas à leur exposition[21].

Dans la suite de la lettre,Yang donne à Bertin des détails précis sur l'appréciation des tapisseries françaises par l'Empereur.

> « [...] L'empereur a la vuë de pièces si rares fut tellement enchanté qu'il s'écria tout disant ces paroles: O les belles choses; il n'y en a pas de pareille dans mon empire. Ce fut comme un jour de fête à la cour. Quand l'empereur est

20 Bertin à Ko et Yang, le 31 décembre 1766, Institut de France, Ms. 1521, p. 10 verso.

21 M. Benoît à Bertin, le 10 Octobre 1767, Institut de France, Ms. 1519, p. 9.

content, les seigneurs de la cour et les autres mandarins ne peuvent se contenir de joie. Le même soir un seigneur au sortir du Palais, fut trouvé le Père Benoist supérieur de la mission française à Péking, et lui raconta tout ce qui s'etoit passé, et tout ce que l'empereur avoit dit. Ces tapisseries ont été comparées à celles qui avoient été présentées à l'empereur par l'ambassadeur de Portugal. La laideur de celles-ci relève encore davantage la beauté de celles là[22].»

Le fait que le don des tapisseries ait reçu un bon accueil de l'Empereur favorise les différents rapports entre la France et la Chine. Comme la permission accordée à Le Febvre de rester à Canton pendant l'hiver ou, même, d'y avoir une résidence un peu plus tard, sur ordre de l'Empereur[23].

Dans une lettre écrite à Ko et Yang, le 17 décembre 1769, Bertin se dit content que les tapisseries fassent naître de bons rapports. Il annonce qu'une tapisserie des Gobelins va être expédiée. Il aimerait avoir l'accusé de réception et un avis sur sa réception par l'empereur:

> « Je suis de plus en plus charmé que l'affaire de ces tapisseries ait tourné à un grand avantage pour vos missionnaires et qu'elle ait procuré à M. Le Febvre une résidence à Cantong [24]».

L'art aide ainsi à instaurer une relation politique.

Bertin souhaite aussi des échanges artistiques et économiques. C'est la raison pour laquelle il tient à présenter l'art de la tapisserie française. A l'occasion de cette présentation des tapisseries à l'Empereur, il sera fait

22 Yang à Bertin, le 29 décembre 1767, Institut de France, Ms. 1520, p. 167 verso et 168.

23 Yang à Bertin, le 29 décembre 1767, Institut de France, Ms. 1520, p. 172.

24 Bertin à Ko et Yang, le 17 décembre 1769, Institut de France, Ms. 1521, p. 119.

mention à ce dernier de l'offre d'exécuter des gravures à partir des dessins des Victoires.

Bertin espère ainsi obtenir plus de liberté dans les relations entre les deux nations, à l'avantage de la science et des arts. Si les deux pays peuvent échanger des objets d'art, il serait bon d'obtenir des détails sur les couleurs, sur l'exactitude des uniformes, parce que les artistes sont ignorants des usages conventionnels, ce qui peut aboutir à un résultat ridicule. Les tapisseries offertes à l'empereur de Chine sont d'un style trop européen. Ces renseignements figurent dans la lettre que Bertin écrit à Poivre[25], le 31 décembre 1766 [26].

Bertin apprécie la beauté du dessin chinois. Une lettre écrite à Ko et Yang, le 31 décembre 1766, le montre bien:

> « Peut-être aurés vous appris avant de partir de Canton que l'Empereur de la Chine a envoyé en France quatre desseins magnifiques qui représentent des batailles et les victoires remportées par l'Empereur sur des Rebelles. Ces desseins lavis a l'encre de la Chine sont de la plus grande beauté; on y distingue entr'autres ceux qui sont de la main du P. Castiglioni et du

25 Pierre Poivre, né le 23 août 1719 à Lyon, mort le 6 janvier 1786 au château de la Freta, à Saint-Romain au Mont-d'Or, fut administrateur colonial et agronome français. Il quitte l'île de France (île Maurice) en 1772 pour rejoindre sa propriété de la Fréta à Lyon où il meurt en 1796. C'est P. Poivre qui persuade le botaniste Philibert Commerson d'explorer l'île de France. Il forme également son neveu, Pierre Sonnerat, lequel devient l'assistant de Commerson. Poivre décide alors de rentrer en France. En 1755-1756, il revient à Lyon. Déjà correspondant de l'Académie des Sciences auprès d'Antoine de Jussieu, il est reçu à l'Académie des Sciences de Lyon et publie ses aventures *Les Voyages d'un philosophe* qui ont du succès. Il épouse Françoise Robin et est anobli par Louis XV. En 1766, la Compagnie des Indes, en faillite, cède ses colonies à la couronne. Poivre est nommé intendant des Mascareignes sur l'île de France, où il est chargé de mettre en place les premières structures de l'administration royale qui dorénavant vont remplacer celles de la Compagnie des Indes. Il crée en particulier un des plus beaux jardins botaniques: le Jardin des Pamplemousses où il acclimate des plantes des contrées lointaines.

26 Bertin à Poivre, le 31 décembre 1766, Institut de France, Ms. 1521, p. 89 et verso.

Attiret[27] »[28].

Bertin fait la distinction entre le goût impérial pour un bon dessin et le goût populaire français pour les objets de style chinois: porcelaines, paravents. L'Empereur Kien-long fait graver 16 Planches de victoires[29], exécutées par Cochin et le Bas. Les peintures à la gouache, dont les originaux sont venus de Chine, montrent un certain raffinement et mettent fin aux préjugés envers la peinture chinoise. Jusqu'alors, il manquait un échange entre objets de haute qualité, ce qui donnait ainsi une fausse image de l'art chinois. Les textes nous indiquent que les produits importés en Europe sont jusque là des figures grossières qui ne représentent pas l'art chinois et que le seul mérite de ces objets chinois est la vivacité de la couleur des habillements [30].

Parallèlement, il voudrait montrer à l'Empereur l'habileté de la gravure française. Pour que les gravures soient parfaites, Bertin exige de recevoir le texte précis des événements afin que les faits historiques soient représentés correctement, car, par l'intermédiaire de l'art de la gravure, il veut donner

27 Frère Jean-Denis Attiret, jésuite et peintre français, de la mission de Pékin, né à Dôle en Franche Comté le 31 juillet 1702, reçut de son père qui professait la peinture, les premières leçons de cet art. A l'âge de trente ans, il entra chez les jésuites dans l'humble et simple qualité de frère convers. Il partit pour la Chine vers la fin de 1737, accoutumé en Europe, à ne peindre que l'histoire et le portrait, il fallut qu'il se livrât à tous les genres selon les ordres qu'il recevait, et qu'il se conformât à toutes les irrégularités du mauvais goût chinois , l'empereur n'aimait pas la peinture à l'huile; les ombres quand elles étaient un peu fortes, lui paraissaient autant de taches. Il fallut préférer la détrempe et se résoudre à ne plus faire usage que d'ombres extrêmement claires et légères. Le frère Attiret se vit forcé de recommencer, en quelque sorte, des cours de peinture, de prendre des leçons auprès des peintres chinois. Ceux-ci, tout en reconnaissant la supériorité de ses talents, lui firent observer que les choses qu'il négligeait comme des minuties dans l'exacte représentation des fleurs, du feuillé des arbres, du poil des animaux, des habillements, des mains chinoises aux ongles longs étaient, parmi eux, la stricte précision exigée avec rigueur. On voit que, pendant la première année de son séjour à Pékin, il était spécialement occupé à peindre, soit à l'huile sur les glaces, soit à l'eau sur la soie, des arbres, des fruits, des oiseaux, des poissons, des animaux, rarement la figure. Il est mort à Pékin, le 8 décembre 1768. Michaud, *Biographie Universelle*, tome II, Paris, 1811, pp. 633-635.

28 Bertin à Ko et Yang, le 31 décembre 1766, Institut de France, Ms. 1521, p. 11.

29 Michèle Pirazzoli-T'serstevens, *Gravures des conquêtes de l'Empereur de Chine K'ien-long au Musée Guimet*, Musée Guimet, 1969.

30 *Mémoires concernant les Chinois*, tome I, la préface, pp. x-xii.

une bonne image de la France. Bertin s'interroge par exemple sur la position incorrecte des canons. La suite de cette lettre l'indique:

> « Pour suivre l'intention de l'Empereur on va faire graver les quatre desseins sur des planches de cuivre par les plus habiles maîtres et je ne doute pas que la manière dont ces gravures seront exécutées ne donne à l'Empereur une haute idée de la perfection où l'art de la gravure a été porté parmi nous. On assure que ces desseins seront suivis de douze desseins pareils qui traitent les mêmes sujets. [...] Nota: les canons par exemple jonchés simplement par terre et tirés en cet état qu'ils leur ont paru susceptibles de la plus forte critique. Peut-être ignore t-on à la Chine les affuts et la façon de faire usage du Canon[31]. »

Les techniques de fabrication constituent le premier centre d'intérêt de Bertin. Le ministre voudrait être renseigné en détail sur la fabrication de la porcelaine: ses composants, ses processus et les outils nécessaires. Dans une lettre écrite à Versailles le 31 décembre 1766, à Poivre, Bertin précise:

> « [...] Il me reste à vous parler de quelques objets ou d'utilité ou de curiosité pour lesquels je m'intéresse. Le premier est un mémoire pour me procurer toutes les matières dont on fabrique la porcelaine, dans l'état progressif de préparation où elle se trouve depuis la matière brute, jusqu'à la porcelaine parfaite de King-le-lehin, avec tous les outils qui servent à cette fabrication[32]. »

Dans la même lettre, le ministre demande également des informations

31 Bertin à Ko et Yang le 31 décembre 1766, Institut de France, Ms. 1521, p. 11.

32 Bibliothèque de l'Institut de France sous la cote Ms. 1521, dans une lettre écrite à Versailles, le 31 décembre 1766. Bertin à Poivre, p. 17.

sur la fabrication de la soie:

> « [...] Le second mémoire concerne les étoffes de soye dont on demande également tous les matériaux [...] pour les teintures, et les semences de ces mêmes drogues avec une explication sur la manière de les cultiver [...][33]»

Pourtant, dans cette collection, les informations relatives à ces domaines si importants n'ont pas été publiées, mais existent sous forme de manuscrits dont les auteurs sont Amiot et Cibot[34].

En conclusion, nous pouvons dire que Bertin cherche par tous les moyens à utiliser au mieux en Chine les missionnaires, qui sont chargés d'expédier et de recevoir les objets et les documents. Dans les envois, trois domaines sont clairement privilégiés: d'abord le domaine artistique: les gravures, les dessins, les tapisseries; puis le domaine scientifique: les médicaments, les plantes, les minéraux; enfin le domaine de l'écrit: traductions, informations scientifiques...

La connaissance de l'Antiquité et les objets antiques

Outre les échanges artistiques et industriels de grande valeur, la question de l'Antiquité de la Chine fait partie des commandes de Bertin dans cette correspondance. La collection des *Mémoires concernant les Chinois* doit répondre aux questions que se posent les savants européens sur la Chine antique. Quelle est l'origine de la Chine? Quelle fut son antiquité? La civilisation chinoise découle-t-elle de celle de l'Egypte? La correspondance se

33 *Ibid.*

34 Ces manuscrits sont conservés à la B.N.F.

veut de caractère scientifique et sérieux afin de se distinguer des vulgarisations propres aux récits de voyages. Son contenu doit donc corriger les erreurs qui ont été commises dans les livres antérieurs écrits sur le même sujet. Le ministre souhaite connaître l'histoire de la Chine antique. Mais cette histoire ne doit pas être truffée de mythologie ou d'autres interprétations[35].

Dans cette même lettre, il explique que l'antiquité chinoise est un débat actuel qui occupe l'Académie des Inscriptions, dont certains membres supposent que l'antiquité chinoise provient de celle de l'Egypte. Guigne a rédigé un mémoire fondé sur la similitude entre la langue Egyptienne et la langue chinoise. Quant aux religions, il est difficile de juger leurs rapports. Bertin demande donc que les missionnaires envoient une comparaison des caractères égyptiens et des caractères anciens de l'écriture chinoise et expliquent ces derniers. Il souhaite avoir des représentations des plus anciens monuments et objets de toutes sortes: bâtiments, vases, ustensiles, habits, armes, etc...[36] Il désire connaître l'antiquité sous ses divers aspects: l'histoire, les caractères anciens de l'écriture chinoise, les armes anciennes et les musiques anciennes. Les envois des missionnaires comprennent donc des objets antiques, des gravures et leurs explications.

Les objets d'art antiques accompagnés d'écrits explicatifs

-L'intérêt pour l'art militaire

Il est clair que les nombreuses illustrations concernant l'art militaire sont liées à certains enjeux. Bertin exprime un intérêt très vif pour ce sujet et pour la sagesse de l'art et la morale militaires chinois. Il insiste sur la nécessité de

35 Bertin à Ko et Yang du 31 décembre 1766, Institut de France, Ms. 1521, p. 18.

36 Bertin à Ko et Yang, le 31 décembre 1766, Institut de France, Ms. 1521, p. 20 et verso.

publier ces images. Dans sa lettre aux Pères Ko et Yang du 17 Décembre 1769, il ajoute:

> « J'ai confié cet excellent ouvrage à un libraire qui donne tous ses soins pour les publier avec les dessins gravés[37]. »

Dans une lettre du 23 Septembre 1766, Amiot répond à Bertin, pour lui préciser que cet ouvrage sur l'art militaire doit avoir une valeur authentique et doit, par là même, se distinguer des autres récits de voyages qui ne sont que des complilations[38]. Amiot décrit en détail le contenu de ses envois: quatre cahiers avec planches où sont dessinées les évolutions des troupes, leurs armes, leurs habillements, les engins de guerre, quelques instruments de musique et quelques bagatelles pour enrichir la collection du cabinet du ministre[39].

Le thème et la représentation de l'art militaire chinois répondent au contexte historique de la politique française. André Corvisier, dans *Art et sociétés dans l'Europe du XVIIIe siècle*[40], souligne qu'au XVIIIe siècle, les guerres se succèdent, la nation française est habituée à la présence d'une armée. Les effectifs en temps de paix ne sont jamais inférieurs à 120.000 hommes, pendant la Guerre de Sept ans, ils sont de 360.000 hommes. Plus de deux millions d'hommes sont passés par l'armée de 1700 à 1789 soit 0,6% à 1,8% de la population. Un grand nombre de Français ont été en contact avec les activités militaires. Les défaites de la Guerre de Sept ans ont entraîné de grandes mutations dans ce domaine. On se penche sur le problème de la formation théorique et pratique des officiers. La formation morale de l'armée

37 Bertin à Ko et Yang, le 17 décembre 1769, Institut de France, Ms. 1521, p. 116 verso.

38 Institut de France, Ms. 1515, p. 2, le 23 septembre 1766 Amiot à Bertin.

39 Institut de France, Ms. 1515, p. 3 verso, le 23 Septembre 1766, Amiot à Bertin.

40 André Corvisier, *Art et Sociétés dans l'Europe du XVIIIe siècle*, Presses Universitaires de France, 1978.

est accentuée. Louis XV fait construire l'Ecole Militaire en 1760. Le soldat, homme du capitaine, est devenu, plus qu'auparavant, l'homme du roi. Un grande importance est accordée à l'art militaire et à l'art naval en tant que sujets de représentation dans l'œuvre d'art mais aussi dans des gravures populaires. On prendra soin de représenter non seulement l'ordre de bataille mais le relief, la couverture végétale, la position du soleil et les effets du feu. De plus, les ouvrages théoriques sont nombreux et illustrés avec soin: armes avec leurs pièces démontées, exercices réglementaires. Gravelot illustre ces détails dans le *Recueil d'uniformes et drapeaux de Montigny* (1772). Même chose pour la marine. Les gravures insistent sur la beauté de l'uniforme et l'agrément de la vie militaire[41]. De plus l'exotisme et la représentation des techniques sont à la mode au XVIIIe siècle avec un intérêt particulier pour la technique; *l'Encyclopédie* en est la consécration. Ses planches possèdent des caractères à la fois documentaires et artistiques. Nous comprenons alors que les planches sur l'art militaire chinois sont publiées dans le but d'illustrer les préceptes de l'Empereur kang-xi à propos de la morale militaire chinoise et de faire connaître les armes anciennes, inconnues en Europe. Ces images restent fidèles aux modèles chinois mais souhaitent être utiles à l'art militaire en France. Elles doivent se soumettre aux exigences de la rigueur scientifique propre à *l'Encyclopédie* car pour le public français, ses planches représentent la norme scientifique et documentaire. Les connaissances de l'art militaire chinois ont essentiellement pour but de servir le génie militaire français.

-Musique chinoise

Pour le domaine musical, Amiot a envoyé un recueil de musique chinoise avec deux notations différentes: l'une chinoise et l'autre occidentale.

41 *Ibid.*, pp. 183-195 et pp. 203-207.

Il évoque très souvent ce sujet dans la correspondance. Il y a inclu un hymne chinois chanté à l'occasion d'une victoire, de la musique sacrée et de la musique traditionnelle. Il y ajoute des explications sur les instruments, qu'il propose pour le cabinet de curiosités de Bertin[42]. Les intentions concernant la musique chinoise dans la correspondance sont triples. D'une part, il veut compléter les connaissances sur les musiques anciennes, qui alimentent le débat sur l'antiquité chinoise. D'autre part, Amiot qui a des connaissances sur la musique occidentale, a tenté, à la cour de Chine, de charmer l'empereur grâce à cette musique, mais le résultat est décevant. Il cite les impressions des Chinois à l'issue de l'écoute des morceaux occidentaux, tels **Les Sauvages, les Cyclopes -pièces de clavecin & de caractère du célèbre Rameau**[43].

La dernière intention est la recherche d'une harmonie universelle. La musique chinoise possède un système instrumental et un système de notations différents du système occidental, proposant ainsi une autre esthétique et un lieu de débat où la question s'étend à diverses disciplines: sémiologie, astrologie, politique. Amiot se fait l'écho des auteurs chinois [44]. Toute altération du système musical entraînerait une corruption du système des moeurs. Comme les philosophes, Amiot souhaite, grâce à la loi qui régit la musique chinoise et à ses liens avec les autres sciences, trouver une harmonie universelle:

> « En remontant jusqu'à la source primitive d'un système de Musique, connu à la Chine depuis plus de quatre mille ans; en approfondissant les principes sur

42 Institut de France, Ms. 1525, p. 96 verso et 97. Extrait de la lettre d'Amiot, à Pékin le 16 Septembre 1779.

43 *Mémoires concernant les Chinois*, tomeVI, 1779. L'Empereur trouve que la musique occidentale s'adresse aux sens du corps, mais pas au coeur.

44 *P. Amiot, Mémoire sur la musique des Chinois tant anciens que modernes*, Paris, Nyon, 1779, p. 10, cité in Béatrice Didier, *La musique des lumières*, puf, 1985, Paris, p. 71.

> lesquels ce système s'appuie; en developpant ses rapports avec les autres sciences [...], ce savant [l'abbé Roussier] eût pénétré peut-être jusque dans le sanctuaire de la nature pour y découvrir cette harmonie universelle qui soumet tout à ses immuables loix[45]. »

Outre les instruments peints sur le modèle chinois, il existe un diapason ancien[46], peint à la manière occidentale. Nous avons par exemple une représentation purement occidentale envoyée par Amiot à Bertin. Ce diapason est prestigieux car il a été fait par l'un des fils de l'Empereur Kang-xi. Il est dessiné grandeur nature et présente avec précision ses quatre côtés grâce à l'utilisation du clair-obscur, comme dans les illustrations scientifiques de *l'Encyclopédie* de Diderot. Amiot présente longuement ce diapason:

> « [...] c'est un bâton d'un peu plus de deux pieds & demi, & d'environ quinze lignes de diametre, sur lequel on a gravé les dimensions des principaux instrumens de la Musique Chinoise & leurs divisions réciproques pour leur faire rendre avec justesse les sons qu'on en veut obtenir. Ce Diapason, ou *bâton harmonique*, est une espece d'abrégé de tout le système musical[47]. »

Béatrice Didier dans son étude sur *La musique des Lumières*[48], analyse le contexte général dans lequel la musique ancienne chinoise suscite l'intérêt des musiciens et des philosophes. Dans le cadre du XVIIIe siècle, la musique

---

45 Tome VI, p. 6.

46 Le diapason, un tuyau de flûte était considéré comme un élément stratégique en ce temps et seul l'empereur le détenait. Une fois par an, il allait écouter les orchestres de ses provinces et vérifier la bonne tenue de leurs musiques. Si elles déviaient du diapason, il y avait danger d'agitation sociale, car cette déviation musicale était un signe avant-coureur de l'autre. Si au contraire, elles se conformaient au diapason, l'empereur pouvait repartir confiant.

47 *Ibid.*, p. 19.

48 Béatrice Didier, *op. cit.*, chapitre 3 *Musiques extra-européennes*, pp. 61-87.

exotique se résume à la musique ancienne chinoise car les français ont pu obtenir plus d'informations à son sujet par les missionnaires. L'intérêt pour la musique extra-européenne, autrement dit chinoise ancienne, s'inscrit dans la recherche du mythe des origines car pour les européens du XVIIIe siècle, les temps anciens de la Grèce, de l'Egypte ou de ce pays lointain, la Chine, permettent de retrouver une antiquité perdue qui serait plus proche de la « Nature ». Cette musique première est aussi un langage qui mêle musique et parole. Cet « ailleurs » et ce « lointain » peuvent enrichir une pensée classique européenne dans les domaines de la réflexion esthétique, la recherche linguistique, la naissance de la sémiotique et enfin la pensée philosophique. Dans celui de la réflexion esthétique, la musique chinoise ancienne met en cause la question des « rapports de proportions ». Rameau discrédite la musique chinoise à cause de l'absence de rapports entre ses proportions et celles de la musique européenne[49]. Ce point de vue est repris par Diderot dans *l'Encyclopédie*. Dans le vol. VI des *Mémoires*, Amiot reproche à Rameau de falsifier ses écrits. Rousseau, lui, émet un point de vue opposé à celui de Rameau: « De tous les pays de la terre, qui tous ont une musique et un chant, les Européens sont les seuls qui aient une Harmonie [...] Toute notre Harmonie n'est qu'une invention gothique et barbare[50]. »

La musique ancienne chinoise permet à Rousseau d'alimenter les rapports entre le chant et la parole, et le système de notation qui débouchent sur des études sémiologiques.

> « Les articulations sont en petit nombre; les sons sont en nombre infini; les accents qui les marquent peuvent se multiplier de même. Toutes les notes de

49 Rameau, *Nouvelles réflexions sur le principe sonore*, 1760; cité in Béatrice Didier, op. cit., p. 63.

50 *Dictionnaire de musique*, art. « Harmonie », cité in Béatrice Didier, *op. cit.*, p. 64.

la musique sont autant d'accents. Nous n'en avons, il est vrai, que trois ou quatre dans la parole; mais les Chinois en ont beaucoup davantage: en revanche, ils ont moins de consonnes[51]. »

Etudiant pour sa part le système de notation musicale chinois, l'abbé Roussier développe les rapports mystérieux qui s'établissent entre la musique, l'harmonie planétaire et les signes du zodiaque dans la musique chinoise. Quant à Diderot, il garde le silence sur cette partie et préfère présenter une réflexion scientifique sur la pensée musicale, acoustique, physiologique, et l'étude de la résonance des corps sonores.

Si l'envoi d'instruments de musique chinois et les traductions des connaissances musicales sont mis en valeur, c'est aussi pour entretenir le débat qui agite la philosophie et la politique, et contrer les points de vue de certains Encyclopédistes. L'art musical chinois permet, quant à lui, de justifier le régime de la monarchie[52].

Au XVIIIe siècle, les cabinets de curiosités sont très à la mode et l'intérêt pour l'objet antique et l'objet de sciences naturelles est très développé. Les objets curieux chinois ont d'abord pour but de satisfaire la curiosité de Bertin.

Comme les illustrations de l'art militaire, les représentations de l'art musical éveillent la curiosité à l'intérieur du cabinet de Bertin et contribuent à enrichir la collection de ce dernier. Amiot envoie deux lettres, écrites de sa propre main, l'une à Bignon, pour la Bibliothèque du Roi, & l'autre à Bertin. Il joint à chaque exemplaire deux cahiers de planches, l'un écrit en caractères chinois, l'autre en français. L'auteur veut prouver qu'il ne fait que transcrire

51 Rousseau, *Essai sur l'origine des langues*, chapitre IV, *Ecrits sur la musique*, p. 171. cité in Béatrice Didier, *op. cit.*, p. 67.

52 La musique chinoise, principe d'harmonie, était jouée dans un but précis. A ce sujet, Seu-ma Ts'ien s'exprime ainsi: les rites et la musique, les châtiments et les lois ont un seul et même but; c'est par eux que les coeurs du peuple sont unis et c'est d'eux que sort la méthode du bon gouvernement.

en français: tout est authentique et conforme au système musical chinois. Il accompagne l'envoi de cet exemplaire de quelques-uns des instruments de musique les plus anciens pour enrichir la collection du cabinet de Bertin, soit un kin à sept cordes, un king isolé, un cheng, un diapason, ou bâton harmonique. Nous pouvons lire dans le tome VI:

> « Cet exemplaire augmentera le nombre des curiosités Chinoises qui sont déposées dans le cabinet de ce Ministre; & afin qu'il puisse avoir place dans ce cabinet, à titre de curiosité, je l'accompagne de quelques instrumens de Musique des plus anciennement inventés[53]. »

Les objets de curiosité sont de deux sortes, les *naturalia* tels le riz, le thé et les fleurs rares; et les *artificialia* tels les objets antiques chinois, comme les porcelaines, les gravures, la traduction du canon chinois, les instruments de musique et les accessoires de l'art de la guerre chinois.

Les artificilia, objets antiques chinois, sont cités dans la lettre suivante:

> « Sous les numéro 22 et 23 votre grandeur trouvera des goblets avec leurs soûcoupes d'une porcelaine singulière encore faite à l'imitation de l'émail enfin sous le numéro 20 il y a trois pierres sur lesquelles il y a des fleurs sculptées. Je n'envois toutes les bagatelles que comme des curiosités d'un pays lointain. Je souhaiterois qu'elles puissent contribuer à l'ornement de votre cabinet chinois[54]. »

Les envois d'objets accompagnant les explications comprennent non

53 *Ibid.*, p. 18.

54 Lettre de Amiot à Bertin – à Pékin le15 septembre 1775; à l'Institut de France, Ms.1515, p. 70.

seulement les instruments utilisés à la cour comme le bâton harmonique, mais aussi les instruments populaires comme le Sona[55], utilisé lors des enterrements. Une lettre d'Amiot à Bertin, écrite à Pékin le 15 septembre 1776 fait la liste des envois:

> « Tout ce que j'envois est contenu dans 3 petites caisses, dans la caisse N°1 est Le Kin dans lequel j'ay mis le bâton harmonique et son explication. Dans la caisse Nre 2 sont une partie des pierres sonores, un Exemplaire de mon mémoire en 3 cahiers dont le 1er est le mémoire. Le 2° les planches qui l'accompagnent (en français) et le 3e – Les mêmes planches en chinois, les 3 cahiers sont sous une même enveloppe formant ce que les chinois appellent un Tao, et les six figures de la fleur mou-tan-hoa, en un tao en forme de livres. Dans la caisse N° 3 sont les autres pierres et les cheng, j'y joins un exemplaire de mon mémoire semblable au premier je prie votre grandeur de la faire remettre à Mr Bignon pour la bibliothèque du Roi.....
>
> Je viens de recevoir du palais la pièce de vers qui fut chantée lors de la reception du grand général à son retour de la glorieuse expédition du Kin-tchouen. Je l'enverrai à votre grandeur, s'il me reste assez de temps pour pouvoir la traduire et en français et en musique. Car il faut l'une et l'autre traduction, avant le départ des vaisseaux françois pour l'Europe [56]».

> « effets contenus dans la caisse A.M.
>
> N°1 Nouveau dictionnaire universel mantchou – chinois en 8 Tao, ou enveloppes.
>
> 2 Dictionnaire Mantchou-chinois traduit en français deux gros in quarto.

55 Instrument à vent.

56 Institut de France, Ms. 1515. Dans une lettre d'Amiot à Bertin écrite à Pékin, le 15 septembre 1776 nous décrit la liste des envoie: p. 94 reco.

3 vocabulaire Tangout-mantchou-et – chinois en deux volumes.

4 Vie de Confucius en français.

5 Estampes chinoises qui représentent les traits dont il est fait mention dans la vie de Confucius.

6 Dessin du miao qui est à la sépulture de confucius.

7 Yo à 9 trous. Instrument de l'ancienne musique.

8 Tcheng-che-mo-yuen. Source d'encre de Tcheng-che, livre, ou recueil d'Estampes, en 3 Tao.

9 Généalogie de Confucius et tous ses descendants – jusqu'au régne de Kien-long inclusivement, les principaux traits de la vie de Confucius en estampes.

10 La-pa ou trompette chinoise.

11 So-na, ou espèœ de haut-bois chinois.

12 Les instruments de musique.

13....19[57]. »

Ⅲ. Les échanges de plantes et de connaissances sur l'agriculture

Un autre aspect abordé dans cette correspondance franco-chinoise est l'art du jardin.

Les plantes

Les deux rois aiment à échanger sur l'art du jardin. L'empereur de Chine et Louis XV aiment les plantes exotiques. Les missionnaires français de Pékin doivent se charger de veiller à la culture des fleurs françaises, plantées

57 Institut de France, Ms. 1524. Arrivé en août 1785 par le sagittaire, à joindre à la lettre du 2 octobre 1784, p. 181.

dans le jardin européen de Pékin. Chez les missionnaires, le Père d'Incarville et le Père Cibot Sont tous deux connaisseurs en botanique. Les missionnaires ont une lourde tâche: ils doivent à la fois soigner les plantes, former des apprentis et traduire de l'anglais en chinois des livres de botanique. Dans une lettre du 10 Octobre 1767 adressée à Bertin, Michel Benoît raconte que, depuis la mort du Père d'Incarville, la demande de l'empereur se fait très diverse. Il a convoqué Benoît au Palais en compagnie de Cibot, seul botaniste. Il leur a demandé de traduire en chinois un livre de botanique illustré écrit en anglais. Par la suite, ils doivent veiller sur les graines qui accompagnent le livre:

> « Il s'agissait d'une grande boëtte pleine de différentes espèces de graines avec un livre et quelques imprimés nouvellement envoyés par le président des douanes de Canton. Sa Mte souhaitoit qu'on traduisit en chinois les inscriptions des graines et qu'on donnât une idée du livre et des imprimés [...]. Tout fut apporté à notre maison où chacun de nous mettant la main à l'oeuvre, nous vinsmes à bout de traduire une bonne partie des inscriptions et de donner quelque idée tant des imprimés que du livre qui est un ouvrage nouveau sur différentes fleurs représentées au naturel dans soixante planches que le livre contient. Quelque imparfait que fut le résultat de notre travail, l'Empereur n'ayant égard qu'à notre bonne volonté, fit donner au P. Cibot et a moy chacun une pièce de soye de premier ordre et nous commit l'un et l'autre pour faire semer ces graines et pour veiller à la culture de ce qui en seroit produit. Une partie de ces graines a été semée sous les yeux de Sa Mte. Nous en avons aussi fait semer dans d'autres jardins [...] [58]».

58 Michel Benoît à Bertin, le 10 Octobre 1767, Institut de France, Ms. 1519, p. 12.

Les envois des missionnaires à Bertin comprennent les graines et les fleurs de prunier et de pivoines ainsi que des illustrations de plantes accompagnées d'explications.

Importance de l'agriculture

Par sa fonction, Bertin encourage l'agriculture française. Il s'intéresse au modèle du grenier public chinois et à la distribution de riz lors de famines car il pense que ces exemples et ces pratiques peuvent servir la France. Il se demande comment au niveau administratif, l'Etat peut construire des greniers à blé et éviter que des particuliers ne fixent un prix de vente élevé au moment de la disette. Le ministre demande aux missionnaires de lui envoyer un extrait des lois de police concernant ce sujet. Dans une lettre écrite à Versailles, le 31 décembre 1766 à Poivre, Bertin précise:

> « J'observe encore que le gouvernement chinois a fait construire de vastes magasins pour renfermer du riz qui doit fournir à la subsistance du peuple en temps de famine; ce qui arrive assez souvent à la Chine. Je vous prie de m'envoyer à votre loisir un extrait des loix de police qui s'observent dans l'Empire sur cette partie, de me marquer à quoi l'on attribue ces famines dans ce pays de l'Univers qui passe pour mieux cultivé, et où l'agriculture est dans la plus grande considération[59]. »

Il demande aux missionnaires de lui envoyer des documents sur l'agriculture et sur la construction des greniers à riz car il pense que ces exemples et ces pratiques peuvent être utiles en France.

---

59 Bibliothèque de l'Institut de France sous la cote Ms. 1521, p. 24.

Dans une lettre à Ko et à Yang du 17 décembre 1769, Bertin souligne particulièrement le grand retard de l'Europe sur la Chine dans le domaine de la conservation en grenier. Les greniers français sont moins perfomants à cause de leurs constructions dépourvues de technique, tandis que celle des Chinois est déterminée par les physiciens les plus expérimentés: à l'époque même, à Paris, est bâtie la construction révolutionnaire de la halle circulaire destinée aux blés, conçue par l'architecte le Camus de Mézière[60]. Le ministre espère pouvoir obtenir des informations précises pouvant servir la France. Il ajoute:

> « [...] la conservation des grains est pratiquée depuis un temps immémorial en Chine tandis que nous donnons en Europe depuis 15 ans seulement les plus grands éloges à ceux qui ont imaginé pour dessécher les grains des étuves bien inférieures à celles des Chinois [...] Presque tous les greniers qu'on connaît en France n'ont eu aucun succès parce qu'ils ont été construits sans principe, et que la réflexion et l'étuve n'en ont pas dirigé les plans comme ceux de la Chine dont la situation et la construction sont déterminées par les conseils des physiciens les plus expérimentés [...] [61]»

Bertin demande que les missionnaires lui envoient de nombreux recueils illustrés sur la culture du riz, du thé, et tout ce qui touche aux technologies nouvelles[62]. L'aspect pédagogique est important, pour lui: comment édifier et transmettre un savoir-faire?

Dans les articles « grains et fermiers » de l'*Encyclopédie*, Quenay

---

60 Cf. Mark Deming, *La Halle au blé de Paris 1762-1813*, Bruxelles, éd. Archives d'architecture moderne, 1984.

61 Bibliothèque de l'Institut de France sous la cote Ms. 1521, dans une lettre de Bertin à Ko et à Yang, le 17 Décembre 1769, p. 118.

62 Les missionnaires ont envoyé de nombreux albums concernant l'agriculture comme des scènes de riziculture et de culture du thé. Pierre Huard et Wong Ming, « les enquêtes françaises sur la science et la technologie chinoise au XVIIIe siècle », *Bulletin de l'E.F.E.O.*, tome 53, fasicule 1, Paris, 1966, pp. 180-186.

démontre que l'agriculture est la seule source de richesses, et que les laboureurs sont la seule classe productrice de la Nation. Tandis que le commerce facilite l'échange des produits, et que l'industrie les transforme, seule l'agriculture les crée. Or l'agriculture est très florissante en Chine. Les missionnaires du XVIIIe siècle disent leur étonnement de voir de riches contrées cultivées jusqu'au sommet des montagnes, qui donnent aux heureux habitants plusieurs moissons chaque année. Or, ce n'est pas par hasard, pensent les physiocrates, que la terre donne de si riches moissons, c'est parce que le gouvernement est bon et que l'empereur encourage lui-même l'agriculture[63].

Bertin écrit de Versailles, à Ko et Yang, le 17 décembre 1769. Il remercie Ko pour son « Mémoire excellent sur le soulagement des pauvres par la conservation des grains et des greniers publics, accompagné de dix dessins qui ne laissent rien à désirer ». Et il remarque que « Les chinois nous surclassent en cela; il y a quinze ans qu'on fait des études en France, et elles sont très médiocres; je vous enverrai en 1770 des exemples imprimés».

Il remercie aussi Amiot sur le même sujet. Malgré l'engouement des physiocrates, l'agriculture en France est dans l'enfance, et Bertin s'émerveille de voir que, chez les Chinois,

> « les terres rendent au moins 15 à 20 pour 1, tandis que le commun des terres en France ne rendent que 4 à 5 pour 1. Ne négligez pas, je vous prie, cet objet important des connaissances chinoises dans un art qui est à tous égards le premier de tous [64]».

63 A. M. Martin du Theil, *Silhouettes et documents du XVIIIe siècle, Martinique, Périgord, Lyonnais, Ile-de- France, Henri Bertin économiste, Périgueux*, 1932, pp. 90-91.

64 J. Dehergne, *op. cit.*, p. 271.

Bertin demande que les missionnaires lui envoient de nombreux recueils illustrés sur la culture du riz, la distribution du riz et il souhaite construire des greniers à blé pour pallier les famines en France.

La liste des produits comme le thé, le riz et le bambou est la suivante:

> « Ou tableau de l'état actuel de cet empire, d'après la correspondance imprimée ou inédite de la mission de Pékin et les relations les plus récentes: ouvrage entièrement neuf, traitant de la géographie, de l'agriculture, de la religion, du gouvernement, du commerce, des mœurs, et surtout des arts et métiers de cette vaste portion de l'Asie, accompagné de cent quatre-vingt-sept planches représentant plus de cinq cents personnages, et le même nombre d'objets gravés pour la première fois d'après des peintures originales envoyées par les missionnaires. Dix volumes in-18
>
> Vues et costumes de la Chine et de la Tartarie, d'après les dessins de W. Alexandre, par M. Langles 2 vol. in-18, 53 planches. Le même, avec les onze gravures colorées
>
> Le vernis, d'après le père d'Incarville 11 gravures
>
> Le bambou d'après le père d'Entrecolles
>
> Le Thé par F. Marquis 10
>
> La porcelaine par le père d'Entrecolles 10
>
> Le Riz 10
>
> La soie 16
>
> Vers à soie sauvages de la Chine, vivant sur le chêne et le frêne, extrait des mémoires des pères Cibot et d'Incarville, accompagné de 12 gravures d'après des dessins faits en Chine 12 planches[65]. »

65 Institut de France, a la fin de cahier, Ms. 1515.

Cette collection témoigne d'un savoir appartenant à une autre culture: elle regroupe des objets rares, exotiques avec leurs explications. C'est la préfiguration du Musée ethnologique.

La conclusion

Bertin accompagne ses présents de directives politiques car son but est d'obtenir une relation franco-chinoise privilégiée, faisant ainsi concurrence aux autres pays européens comme l'Angleterre ou le Portugal, dans l'espoir d'inaugurer des échanges commerciaux libres, afin d'accroître les marchés entre la Chine et la France. Grâce aux présents de tapisseries et autres objets, la France s'est assuré des rapports plus favorables. L'Empereur, séduit et attiré par l'art français de la tapisserie, accorde à Le Febvre la faveur exceptionnelle de rester à Canton pendant l'hiver et le gratifie aussi d'une résidence dont ne profitent pas d'autres étrangers.

Les missionnaires sont également mandatés pour veiller à la culture des plantes exotiques de la Cour de l'empereur. Ceci prouve qu'il existe une relation privilégiée entre la France et la Chine. Le ministre joue le rôle de promoteur des échanges culturels, scientifiques et artistiques. Son but final étant aussi de procurer du travail aux Manufactures et aux artistes français, et d'exporter les produits manufacturés français en Chine.

D'un autre côté, le ministre admire la Chine; il souhaite aussi tirer parti des connaissances chinoises pour les utiliser dans l'intérêt de la France, que ce soit dans les domaines des sciences, des technologies, de l'art militaire ou de la musique. Bertin veut faire connaître aux Français une Chine authentique, scientifique, artistique, utile à la France. C'est dans le cadre de ces rapports privilégiés franco-chinois qu'il a commandé ces *Mémoires* pour lesquels il donne des directives précises. Il désire avoir la collection la plus objective sur les chinois, présentant à la fois l'ancienneté et la technologie chinoises.

La correspondance accompagnant les envois d'objets chinois présente deux aspects: d'un côté, la collection des *naturalia*, les plantes chinoises et l'agriculture; de l'autre, celle des *artificialia*, objets anciens tels les instruments de musique ou les armures avec leurs explications. Cette collection montre que Bertin a l'intention de construire un recueil du savoir chinois tant sur l'antiquité que sur les sciences naturelles, recueil établi de manière scientifique et authentique afin de justifier La légitimité de sa politique chinoise et de répondre aux attaques des Encyclopédistes.

La politique des arts de Bertin consiste avant tout à emprunter les techniques d'art appliqué chinoises, pour développer les manufactures françaises, et ouvrir le marché de l'art vers la Chine. Elle est aussi de compiler le savoir chinois, par la collecte d'objets et de textes explicatifs concernant les connaissances chinoises, données scientifiques qu'il peut livrer à l'époque *des Lumières*.

Sources et Bibliographie

Sources manuscrites

Lettres et manuscrits, Bertin aux missionnaires en Chine, Ms. 1515-1526, Institut de France, Paris.

I-III 80 lettres du P. Amiot à Bertin.

I. (1515) 23 Septembre 1766-5 novembre 1778-234 feuillets.

II. (1516) 5 semptembre 1778-24 novembre 1787-437 feuillets.

III. (1617)1e juillet 1788-24 novembre 1787-175 feuillets.

IV. (1518) 68 lettres du P. Lefebvre, 4 du P. Raux, 4 du P. Ventavon, 4 du Poirot, 14 de M. Hutton, 18 de M. Bourgogne, 1 de M. Lagannerie, 5 du P. Panzi, 5 de Ngien et 1 de Kuo-295 feuillets.

V. (1519) 6 lettres et un mémoire du P. Collas, 1 lettre des P. d'Ollières, Bourgeois et Collas, 8 du P. Benoît, 1 de Pau 1Lieou, 10 du P. Cibot-287 feuillets.

VI. (1520) 85 lettres des P. Ko et Yang et de M. Brisson-268 feuillets.

VII. (1521) 112 lettres de Bertin aux missionnaires de Chine 31 décembre 1766-13 décembre 1772-163 feuillets.

VIII. (1522) 1773-20 décembre 1778-191 feuillets.

IX. (1523) 27 janvier 1779-8 janvier 1783-142 feuillets.

X. (1524) 14 décembre 1783-novembre 1788 Etat des curiosités chinoises en Europe-194 feuillets.

XI. (1525) 60 lettres relatives aux missionnaires en Chine(1751-1787)-97 feuillets.

XII. (1526) 30 mémoire par divers savants adressés aux missionnaires (1777-1780)-126 feuillets.

Extraits de citations des lettres, classés suivant les numéros Des cahiers

Ms. 1515: p. 3 (verso), 4 (verso), 5, 9, 9 (verso), 10 (verso), 11, 30, 31, 31 (verso), 32, 33 (verso).

Ms. 1519: p. 12, 14.

Ms. 1520: p. 8, 9, 10, 20, 21 (verso), 23, 23 (verso), 24, 25, 26, 34, 34 (verso), 40,

43, 44, 44 (verso), 45, 167 (verso), 168, 170 (verso), 171, 171 (verso), 172, 172 (verso), 173, 173 (verso), 205 (verso), 206, 206 (verso), 208 (verso), 218, 218 (verso), 219, 235, 235 (verso).

Ms. 1521: p. 5 (verso), 10, 11, 12, 15, 15 (verso), 16, 17, 18, 20, 20 (verso), 24, 24 (verso), 89, 102, 116, 116 (verso), 118, 118 (verso), 119, 119 (verso).

Ms. 1524: p. 16, 21, 21 (verso), 22, 22 (verso), 181.

Ms. 1525: p. 29, 32, 37, 40, 44, 49, 86, 88, 94 (verso), 96, 97.

Le père D'Incarville, missionnaire, *XVIIIe siècle, Plantes et fleurs de la Chine, Recueil de peintures, précédé d'un mémoire manuscrit sur les « plantes, fleurs et arbres de Chine » et d'une préface par Cibot, Papier de riz, 18 pages et 404 feuillets, 280 sur 210 millim,* Paris: Institut de France, 1772, Rel. Soie brochée. Ms. 986.

Sources imprimées

Diderot, D'Alembert, *Encyclopédie ou dictionnaire raisoné des sciences des arts et des métiers*, Stuttgart-Bad Cannstatt, Nouvelle impression en facsimilié de la première édition de 1751-1780, volume 3 [1988], p. 341.

Michaud, J. FR, *Biographie Universelle*, Paris: Réimpression Schmidt Periodicals GmbH, Bad Feilnbach, 1998 [1811].

Missionnaires de Pékin, *Mémoir concernant l'Histoire, les sciences, les arts, les moeurs, les usages, e.t.c. des chinois*; par les missionnaires de Pékin. XV tomes, Paris: Chez Nyon l'aîné, Libraire, rue du jardinet, vis-à-vis la rue Mignon, près de l'Imprimeur du Parlement avec approbation, et privilège du Roi, 1776-1791.

Tome I, 1776, Paris, chez Nyon.

Tome II, Paris, 1777.

Tome III, 1778.

Tome IV, 1779.

Tome V, 1780.

Tome VI, 1780.

Tome VII, 1780.

Tome VIII, 1782.

Tome IX, 1783.

Tome X, 1784.

Tome XI, 1786.

Tome XII, 1786.

Tome XIII, 1788.

Tome XV, 1791.

Tome XVI, 1814 A Paris chez Treuttel et Wûrtz, Libraires et à Strasbourg, même maison de commerce.

Tome XVII, 1814 (même adresse que le tome XVI).

Sonnerat, Pierre, *Voyage aux Indes Orientales et A la Chine, fait par ordre du Roi, depuis 1774 jusqu'en 1781: dans lequel on traite des Moeurs, de la religion, des sciences et des Arts des Indiens, des Chinois, des Pégouins et des Madégasses; suivi d'observations sur le Cape de Bonne Espérance, les isles les Philippines et les Moluques et de recherches sur l'Histoire Naturelle de ces pays*, Paris: l'auteur, Froullé, Barrois, 1782.

Staunton, George Leonard, *An authentic of an Embassy from the King of great Britain to the Emperor of China*; taken chiefly from the papers of his excellency the earl of Macartney, 3 vol. London: Cambridge, 1797.

Ouvrages récents, articles et cataloques

Belevitch-Stankevitch, H., *Le goût chinois en France au temps de Louis XIV*, Thèse de doctorat d'Université de Paris, Paris: Jouve & Cie, 1910.

Beurdeley, Michel, *Peintres Jésuites en Chine aux XVIIIe siècle*, Arcueil, Anthèse, 1997.

Boothroyd, Ninette, et, Détrie, Muriel, *Le voyage en Chine-Anthologie des voyageurs occidentaux du moyen âge à la chute de l'empire chinois*, Paris: Robert Laffont, 1992.

Bruand, Yves, et, Hebert, Michèle, *Inventaire du fonds français, graveurs du XVIIIe* siècle, tome onzième, Paris: Bibliothèque Nationale, 1970, pp. 267-279.

Butz, Herbert, « Kraakporselein and impact of chinese export porcelain on European fine and applied arts », in *Zhong guo gu dai mao yi ci guo ji xue shu yan tao* 《中國古代貿易瓷國際學術研討會論文集》，大英博物館館藏，台北：歷史博物

館，1984，頁61-80。

Cartier, Michel, « La Chine et l'Europe au XVIIIème siècle », *Actes du IIème Colloque International de Sinologie–les rapports entre la Chine et l'Europe au temps des Lumières*, Centre de recherches interdisciplinaire de Chantilly (C.E.R.I.C.); 16-18 Septembre, 1977, Paris: Les Belles Lettres, Cathasia, 1980, pp. 1-20.

Chine: l'Empire du trait, calligraphies et dessins du Ve au XIXe siècle, Nathalie Monnet, Bibliothèque Nationale de France sur le Site François-Mitterrand, du 16 mars au 20 juin, Paris: Bibliothèque Nationale de France, 2004.

Cohen, Henri, *Guide de l'Amateur de livres à gravures du XVIIIe siècle*, Paris: Rouquette, 1912, p. 479.

Cordier, Henri, *La Chine en France au XVIIIe siècle*, Paris: Laurens Henri, 1910.

Cordier, Henri, *Les correspondants de Bertin, secrétaire d'Etat aux XVIIIe siècle et Extrait du Toung Pao, 2e série, vol. XIV, XV, XVI, XVIII et XXI, 1913-1922*, Leide: E.J. Brill, 1922.

Dehergne, Joseph, «Une grande collection, Mémoires concernant les chinois (1776-1814) », *B. E. F. O.* LXXII, Ecole d'Extrêment-Orient, 1983, pp. 267-297.

Deming, Marc, *La Halle au blé de Paris 1762-1813*, Bruxelles: Archives d'architecture moderne, 1984.

Didier, Béatrice, *La musique des lumières*, Paris: PUF, 1985.

Drège, Jean-Pierre, « l'histoire du livre chinois: une évolution originale », In *Octavo*, N°9 Printemps 1996, pp. 2-3.

Du Theil, A. M. Martin, *Sihouettes et documents du XVIIIe siècle, Martinique, Périgord, Lyonnais, Ile-de-France, Henri Bertin économiste*, Périgueux, 1932.

Ehrard, Jean, *L'idée de nature en France dans la première moitié du XVIIIe siècle*, Paris: Albin Michel, 1994.

Elisseeff-Poisle, Danielle, « Chinese influence in France, Sixteenth to Eighteenth Centuries », dans Lee Thomas (dir.), *China and Europe-images and influences in Sixteenth Centuries*, Hong-Kong: The Chinese University Press, 1991, pp. 151-163.

Gaehtgens, Thomas W., Michel, Christian, Rabreau, Daniel, Schieder, Martin, *L'art et les normes sociales au XVIIIe siècle*, Paris: La Maison des sciences de l'homme, 2001.

Heuze, Gustave, *Eloge de Henri-Léonard-Jean-Baptiste Bertin 1719-1792 par M. Gustave Heuze lu dans la séance du 18 janvier 1888*, Paris: Société Natonale d'agriculture de France, Typographie Georges Chamerot, 1888.

Huard, Pierre, et, Wong, Ming, « les enquêtes françaises sur la science et la technologie chinoise au XVIIIe siècle », *Bulletin de l'E.F.E. O.*, tome 53, fasicule 1, Paris, 1966, pp. 106-220.

Impression de Chine, Bibliothèque Nationale du 8 septembre au 6 décembre 1992, Paris: Bibliothèque Nationale de France, 1992.

Jerry, Madelaine, « la vision de la Chine dans les tapisseries de la manufacture royale de Beauvais: les premières tentures chinoises », *Actes du IIème Colloque International de Sinologie–les rapports entre la Chine et l'Europe au temps des Lumières*, Centre recherches interdisciplinaire de Chantilly (C.E.R.I.C.); 16-18 Septembre, 1977, Paris: les Belles lettres, Cathasia, 1980, pp. 173-183.

Kangxi Empereur de Chine 1662-1722, La cité interdite à Versailles, Musée national du Château de Versailles, 27 janvier-9 mai 2004, Paris, Réunion des musées nationaux, 2004.

Ledderose, Lothar, « Chinese Influence on European Art, Sixteenth to Eighteeth Centuries », in Lee Thomas, *China and Europe-images and influences in Sixteenth Centuries*, Hong-Kong: The Chinese University Press, 1991, pp. 221-249.

Mezin, Louis, « L'Europe et l'Exotisme », in *Exotisme & impression en France, XVIIe et XVIIIe siècle*, 7 mai-29 août 1994, Lorient: Musée de la Compagnie des Indes, 1994, pp. 7-14.

Pirazzoli-T'serstevens, Michèle, *Gravures des conquêtes de l'empereur de Chine K'ien-long au musée Guimet*, Paris: Musée Guimet, 1969.

Portalis, Roger, et, Béraldi, Henri, *Les graveurs du dix-huitième siècle*, tome troisième, Paris: Damascène Morgand et Charles Fatout, 1882, pp. 24-26.

Ruptures de la discontinuité dans la vie artistique, édition établie par Jean Galard, Colloque qui a eu lieu au musée du Louvre les 26 et 27 mai 2000; Ecole nationale supérieure des beaux-arts, Paris: Musée du Louvre, 2002.

Vanderstappen, Harrie S. V. D., « Some Reflection on Chinese Reaction to European Art Introduced by Catholic missionaries in The Seventeenth and Eighteenth Centuries », in *Ji nian li ma dou lai hua si bai zhou nian zhong xi wen hua jiao liu guo ji xue shu hui yi lun wen ji*《紀念利瑪竇來華四百週年中西文化交流國際學術會議論文集》(*International Symposium on Chinese-Western Cultural Interchange in Commemoration of The 400th Anniversary of Matteo Ricci S. J. In China*) , Fu-ren University 輔仁大學, Septembre 11-16, 1983, Taipei, pp. 786-800.

Walravens, Hartmut, *Das europaische Chinaverstandnis im Spiegel des 16. bis 18.*, Jahrhunderts, Ausstellungskataloge der Herzog August Biblithek, Acta humaniora, V. C. H., 1987.

中文書目

唐慎微，《重修政和經史證類備用本草》，1249，台北：南天，1976。

榮振華、耿生譯，《在華耶穌會士列傳及書目補編》，北京：中華書局，1995。

方豪，《中西交通史（上）（下）》，台北：文化大學出版部，1983。

方豪，《中國天主教史人物傳（一）（二）》，香港：香港公教真理學會，1970。

穆啟蒙、侯景文譯，《中國天主教史》，台北：光啟出版社，1992。

《三才圖會》，明代百科全書，王圻纂集，王恩義續集，王爾賽重校，萬曆37年刊本，方駿、尚可，《中國古代插圖精選》，南京：江蘇人民出版社，1992。

《武經總要》，〔宋〕曾公亮著，明弘治正德間刊本，方駿、尚可，《中國古代插圖精選》，南京：江蘇人民出版社，1992。

《樂律全書》，1536-1611，〔明〕朱載堉、鄭世子，明末清初版，方駿、尚可，《中國古代插圖精選》，南京：江蘇人民出版社，1992。

國家圖書館出版品預行編目（CIP）資料

跨時空的漢法文化對話 / 林志芸主編 . -- 初版 . -- 桃園縣中壢市：中央大學出版中心；臺北市：遠流 , 2013. 04
冊； 公分
上冊，影響與轉譯
下冊，差異與傳承
ISBN 978-986-03-5886-5（上冊：平裝）
ISBN 978-986-03-5887-2（下冊：平裝）

1. 中國文學 2. 法國文學 3. 文學評論

820.7 102000198

跨時空的漢法文化對話
（下）差異與傳承

主編：林志芸
執行編輯：許家泰
編輯協力：黃薰儀

出版單位：國立中央大學出版中心
桃園縣中壢市中大路 300 號 國鼎圖書資料館 3 樓
遠流出版事業股份有限公司
台北市南昌路二段 81 號 6 樓

展售處／發行單位：遠流出版事業股份有限公司
地址：台北市南昌路二段 81 號 6 樓
電話：(02) 23926899 傳真：(02) 23926658
劃撥帳號：0189456-1

著作權顧問：蕭雄淋律師
法律顧問：董安丹律師

2013 年 4 月 初版一刷
行政院新聞局局版台業字第 1295 號
售價：新台幣 320 元

如有缺頁或破損，請寄回更換

ISBN 978-986-03-5887-2（平裝）
GPN 1010200179
YLib 遠流博識網 http://www.ylib.com E-mail: ylib@ylib.com